扑火

张天翼 著

中信出版集团|北京

图书在版编目（CIP）数据

扑火 / 张天翼著. -- 北京：中信出版社, 2020.6（2023.2重印）
ISBN 978-7-5217-1598-9

Ⅰ.①扑… Ⅱ.①张… Ⅲ.①长篇小说—中国—当代 Ⅳ.①I247.5

中国版本图书馆CIP数据核字(2020)第030887号

扑火

著　者：张天翼
出版发行：中信出版集团股份有限公司
　　　　　（北京市朝阳区东三环北路27号嘉铭中心　邮编 100020）
承 印 者：北京盛通印刷股份有限公司

开　本：880mm×1230mm　1/32　　印　张：9　　字　数：180千字
版　次：2020年6月第1版　　　　　印　次：2023年2月第3次印刷
广告经营许可证：京朝工商广字第8087号
书　号：ISBN 978-7-5217-1598-9
定　价：59.80元

版权所有·侵权必究
如有印刷、装订问题，本公司负责调换。
服务热线：400-600-8099
投稿邮箱：author@citicpub.com

他们的行程:

第一个故事：陶丈夫 — 10

第二个故事：吻瘾者 — 23

第三个故事：猜书人 — 41

第四个故事：梦城 — 56

第五个故事：收集患者头发的医生 — 69

第六个故事：乐队主唱在世界末日 — 91

第七个故事：盗贼合作者 — 106

第八个故事：诗与其他魔法 — 121

第九个故事：魔王与男孩 — 145

第十个故事：海滩鉴赏家 — 165

第十一个故事：魔术师的女儿 — 177

第十二个故事：里瑟先生的故事 — 223

第十三个故事：H的故事 — 245

里瑟和H搭乘故事，前往内心深处的宇宙

目录

当里瑟先生开始讲的时候，它并不知道少年 H 是否在听，也不知道他到底听进去多少。

——里瑟先生是"它"，不是"他"。它是医院负责护理的高智能机械人。

H 从不提问。他的声带断了，七天前他企图用医院餐刀割断动脉气管，那把刀实在太钝，他不得不用它锯了两个小时，结果锯烂了喉软骨和声带肌。那是他第七次自戕未遂。在那之后，人们决定把他固定在床上，四肢都以束缚带捆绑，能动弹的只剩几根手指和脖子。

他唯一能做的只剩下——听。听里瑟先生给他讲的故事。

他们在海边。

时间恰在黄昏，光线最奇妙的时刻。海风低啸。海像一头将在火中平静死去的巨兽，每一块鳞片都反射着不同的光。

里瑟先生说，如果你不喜欢海，可以换成阿姆斯特丹的郁金香田，或者，阿拉斯加的雪原，杭州的西湖，约塞米蒂的红杉林……

少年缓缓摇头。他出神地凝视海面。要暂时忘记陆地上的种种痛苦，乞灵于远离陆地的错觉似乎是最好的办法。太阳停留在即将坠入海中那一刻，停留在黯淡之前的五分钟。天空像一整块金子。水犹如魔法师的药剂，融合了橙黄、淡金、玫瑰红的汁液。更远处，云像刚熄灭的炭堆一样，呈出疲惫的紫灰色。

在日暮余晖中，里瑟先生的脸颊隐隐泛出金属光泽。有时，少年 H 长久地盯着它，它的五官和身体都显示出非人的优雅，像程序一样准确、规整、匀称，无可挑剔。那双没有生命的眼睛竟似乎闪着若有若无的嘲讽。

它是否暗暗渴望得到真正的生命，因此对不珍视生命的异类感到恚怒和嫉恨？怎么会有人，受着至美的青春的恩典，却一心想自毁？

这个时候 H 还不知道，里瑟先生是一个曾自杀未遂的机器人。他只发现，他和它都痛恨绵软无用的慰藉，犹如莎士比亚《暴风雨》中的台词：厌弃安慰，就像厌弃一碗冷粥。

里瑟先生（并不理会 H 的敌意）说道：

世间故事其实不过那么几个。以人种来比喻，上帝造人的时候，他会先决定造一个黄种人还是白种人，种族决定了高眉脊还是低眉脊，是否有突起的颧骨，鼻梁鼻翼扁平或高耸，头发是葡萄藤触须一样的卷曲，还是丝线一样的笔直……

再在看起来并无分别的骨骼之上，贴补血肉。眉毛眼睛之间的距离相差几毫米，足以造就让人见而忘餐的美人，和让人走避不及的丑妇。

扑火

这就像用几个音符写出无限的旋律，用几十个字母——斯拉夫字母、拉丁字母、阿拉伯字母——构建出几千年的文明史。而在圆周率 π 那无限不循环的数字里，包含了地球上几十亿人的生命密码。

卡尔维诺说，元素是有限的，它们的组合却可以成千上万地倍增，其中只有一小部分找到了一种形式和意义，在一团无形式无意义的尘埃中受到重视。

音乐、绘画、诗歌、戏剧，从这个角度来说都是叠加与组合的艺术。只要时间足够，一群猴子在打字机上胡乱敲打，也能打出莎士比亚的全部著作……

H 转动眼珠，嘴角折出一绺笑意，似乎在问，你敢说你的机器头脑在无限次的运算组合之后，能造出媲美卡尔维诺的故事？

里瑟先生（仍不理会 H 的笑）继续说：

如果当初盛着婴儿摩西的藤筐被风送到另一条河道上，并没有漂到埃及公主洗澡的水域，整个人类的历史都会变得不一样。水流的方向决定了一切。对故事来说也是这样。我们一把一把地捧起更多的土，塑造河岸，决定故事的走向。我们一根一根地把钉子砸上去，星罗棋布，让故事的线索在钉头上打个结，再前往下一根钉子。就像一颗颗高低错落的星辰，组成独一无二的星座图案。

假如说，我们的故事起点是男人——这是个最普通的开头，可以前往任意一个终点。

接下来就用海作为第二根钉子吧。男人　海。循着这个开端，向无垠的海平面望过去，我们可以看到伊萨卡国王奥德修斯率领部众渡海归国，看到被放逐的米兰公爵普洛斯彼罗乘着孤舟漂荡，看到亚哈船长用木腿支撑身体，鹰隼一样的眼在海波间搜索那条巨鲸的白色身影，看到尼摩船长指挥鹦鹉螺号纵横驰骋，看到布列塔尼的年轻渔夫扬恩和古巴老人圣地亚哥正在整理捕鱼用的钓丝、渔网……

当布景搭建好，主角也穿好戏服，徐徐登场，他们问：我们要做什么事情呢？我们在海上冒险的目的是什么？

于是我们拿出第三根钉子：复仇。

男人 海 复仇。这么一来，伊萨卡国王带着他的属下退场了。老圣地亚哥蹒跚离开，他要的只是赢——赢，然后生存。渔夫扬恩也默默离开，他的任务是爱不是恨。拥挤的舞台变得安静多了，但亚哈船长和尼摩船长仍留在台上，被放逐的公爵则抱着三岁的米兰达站在一边，那娇痴的小女儿正在父亲肩头沉睡。

他们问，结局是什么？

等我们亮出第四根钉子，毁灭，前公爵兼魔法师微微一笑，用手中魔杖敲一敲地面，他和千金的身影立即消失在一团烟雾中。尼摩船长立在台心，木然不动。亚哈船长则激动地用木腿跺着舞台，咚咚作响，这是我的故事，是我和莫比-迪克的故事！

而这时舞台下，科尔喀斯的公主美狄亚和莎乐美正在厉声呼喊：为什么不换掉男人和海那两根钉子？换成女人、王宫和复仇，那我们就可以上台了。

少年 H 的回答还是淡淡一笑，似乎在说，你以为用你这个理论套子，就能装得下世间所有的故事？

里瑟先生说：当然，下面由你自己来选择，怎么样？

扑火

少年眯起眼睛，眉心皱起一点，表示：你想让我怎么选？

里瑟先生回答说，第一步，选择故事的主角，比如——

它在虚空中点点手指，少年眼前忽然出现一个巨大的、半透明的方形屏幕。屏幕上有一排词语亮起来：

男人　女人　女孩　婴儿　青年　老妇　老叟

它继续说道，这个可供选择的不多，但接下来要选择的身份、职业很复杂。那将会决定他们在世间的作为，以及在试图有所作为的过程中遭遇、碰撞出的故事。

一片词语密密麻麻地亮起来，少年只来得及读出前几行：

水手　邮递员　狱卒　武士　侏儒　魔术师　钟表匠　神甫　隐士　报童　作家　弄臣　挤奶工　歌剧演员　理发师　记者　小号手　律师　农夫　护林员　牧童……

词语闪烁着，又变换了一组。里瑟先生解释说，现在这些是舞台的布景。

小镇　铸币厂　码头　磨坊　学校　妓院　河湾　剧场　城堡　兵营　采石场　运河　丛林　机场　地铁　博物馆　医院　碉堡　双桅船　山谷……

它说，接下来的选择最重要，是人们在故事里需要完成的任务，是贯穿整个迷宫的线绳，是陵寝中心沉睡的王妃。情节像花瓣围绕花心一样生长出来，辞藻和对话则会像羽毛一样，覆盖、装饰这具肉体——

选择　痴迷　猜测　寻找　复仇　迷失　泄欲　等待　重逢　失去　毁灭　争夺　验证　战胜……

最后，你还可以选择一些道具，它们也许具有深远的象征意义，也许是一件极其重要的信物，就像波塞冬手中的三叉戟，艾丽莎为天鹅哥哥们编织的披甲，道林·格雷的画像，《牡丹亭》里杜丽娘的画像……

独木舟　瓷器　海豚　缆绳　罂粟籽　图谱　沙漏　辘轳　陀螺　盔甲　宝藏　罗盘　骨灰坛　青铜雕塑……

一排一排词语闪亮着，自动向下滚动。少年 H 却只盯着屏幕，并不做出选择。里瑟先生挥一挥手，所有的词语黯淡下去。

或者你更喜欢另一种方法？它说，那就是翻翻字母表，随机选择。

半晌，H 的手指终于动了。他的指尖在床单上滑动，那块屏幕上也有一个小小的亮点，随着他手指的轨迹慢慢移动，最后停下来。那是一个字母 P。

一秒钟之后，屏幕上出现了所有"P"条目下的词语：pacifist（反战主义者），pack（兽群），pandemic（流行疫病），panther（黑豹），parable（寓言），pedant（书呆子），pessimism（悲观厌世），phoenix（凤凰），pistol（手枪），pilgrim（朝圣者），pitfall（陷阱），plague（瘟疫），prank（恶作剧），potentate（君主），pregnant（怀孕的），pustule（脓疱），precursor（先驱）……

代表手指的光点先在"pessimism（悲观厌世）"上停了一下，后来又在"pistol（手枪）"上停了一下。

H 分明看到里瑟先生泛着金属光泽的平滑脸颊上，再次闪过一丝嘲弄的笑意。

——它早料到他会选择这几个词吗？它当然知道他第四次自杀是用一把贝雷塔92F打穿了太阳穴，子弹却（不幸地）嵌在颅骨缝隙里，没有按计划把颅骨打碎。

　　H 的手指迅速点动，翻找到一个词：pontificate（自以为是的，武断的），重重敲击一下，再找到"prejudice（成见）"，敲击一下，睁圆眼睛瞪视里瑟先生，表示：这两个词是给你的。

　　里瑟先生脸上现出完美协调的笑，装作不理解他的意思。你选这两个词？

　　少年摇摇头。

　　真打算选择的时候，他在"premediate（预谋）"和"pirate（海盗）"之间犹豫了一会儿。

　　但他最后挑定的是：pottery（陶器）。

　　里瑟先生点一点头。陶，这会是个有趣的故事……

　　它昂起合金构造的头颅，特意以一个标准的人类姿势，动了动脖颈。少年 H 已经发现，它喜欢以局外人的身份发表对人类社会的想法。而他也只能默默听着。

　　它说：制陶是个神奇的过程，从大地女神盖亚的身躯之中掬起一部分来，团成心中想象的形状，"尘归尘，土归土"，人的血肉化为泥土，人们会认为灵魂也随之委在土中。波斯诗人海亚姆非常痴迷"陶土中的生命"，他在《鲁拜集》里写了很多诗，抒发这种感慨，比如：

> 昨天，我在市场上一家陶工作坊，
> 见到陶工的脚狠狠踩在陶土之上。
> 陶土竟口吐人言：放轻些！
> 当初，我也曾与你一样。

又比如这一首:

看这雇工的水罐之上,
不是有君王的眼睛和大臣的心?
看那酒徒手中的酒碗上,
不是有醉客的脸和美女的唇?

而诗人也认为自己死后会被陶工制成器皿:

开怀畅饮吧,趁年华尚未消逝,
明日陶工将用你我尸土把陶罐制作。

中国有个故事叫《乌盆记》,一个烧窑户为钱财害死某商人,把他的尸骨烧化,和进泥土,做成盆子。后来那盆子主动开口,要人为自己伸冤。这情节有点像海亚姆的一首诗:

一天我买了陶工的一个陶壶,
陶壶居然开口把秘密吐露:
我曾贵为君王,手中高擎金杯,
如今化作酒徒手中的酒壶。

你瞧安徒生的《玫瑰花精》,死去青年的头颅埋在泥土里,土中生出了素馨花,死者的冤仇通过泥土传到花朵里,于是花精们带着毒剑从花心里走出来,杀死了凶手。泥土里藏着多少秘密啊!人类为土、石、钢铁赋予形态，甚至制成人形，借此模拟了上帝的神力，但他们又怕这种神迹成真，有些地方的工匠烧制陶人时，要在里面埋藏写有符咒的黄纸条或红布条，以防日子久了陶人成精作怪。

在结束关于"陶"的感想后，里瑟先生说，再多选几根"钉子"。

H的选择如下：女人，寻找，死亡，嗅觉，结婚礼服。

于是里瑟先生开始讲"陶"的故事。

第一个故事
陶丈夫

　　有这么一个女人,她的鼻子非常灵敏。她八个月大时,母亲抱着她到两条街之外的一幢楼里去看望女友。路过一扇门,她忽然放声大哭,伸手抓住那家防盗门上的铁枝子,怎么也不肯松开。无论母亲怎么劝说、呵哄,她都不放手。整条楼道的人都出来看热闹,七嘴八舌地出主意,却也不敢硬掰小孩子的手指,怕弄伤了她。

　　忽有人问,这户家主是谁?这么大动静还没出来。

　　人道:是魏老婆子。老伴前年殁了,闺女嫁在外地,她一人住……呀,几天没见她了。

　　请来警察和消防队,撬开门。魏婆子倒在厨房里,身边还有一条鲤鱼。鱼和人都死得透透的。据分析,魏婆子剖鱼的时候,鱼跳到地上,她俯身去捡,就此一头栽倒。

　　人们啧啧称奇,说,刚生下来的小孩都有天眼,能观生死。

　　多年后家族聚会,仍有人以此为佐餐的谈资,问她是否记得。她摇头说不记得,但她心里清楚自己靠的不是天眼,是鼻子。她隔着两道门,嗅到了尸臭。

没人知道,对她来说,这世界有多么恶心,多么折磨人,多么难以忍受。

自小,她家三口人与祖父祖母住在一起。她不愿到老人的房间去,祖父祖母和旧家具相得益彰地发出腐朽的气味,无论母亲多勤快打扫,也没法改变那股味道。她厌恶家中饲养的猫狗。狗臭得蠢钝,猫则暗暗地飘出阴险的臊气。学校组织游园时,她皱眉站得远远的,看同学们兴致勃勃地冲进鹿苑,靠近膻气冲天的麋、白唇鹿、梅花鹿,它们舔吃人手心里的萝卜丁,他们居然还咯咯笑;又经历了猩猩屋的闷臭,关押虎和狮子的笼室几乎令她昏厥,此后她就再也不去动物园。唯一能让她勉强接受,站着欣赏一小会儿的动物是金鱼,可惜鱼主人无一例外懒于清洗鱼缸。

她永远躲不开的动物,是人。在一切臭气的源头里,人的气味最糟糕。人的肉身简直找不到一块干净地方。任何有生命的东西,都不像人这样,综合多种臭味于一体。

人的头发,只要不在二十四小时内清洗,发根就会发出油腻腻的、陈核桃仁的哈喇味。嘴巴。世上一半臭气,来自男人的嘴。他们舌头上积着黄厚的舌苔,齿缝里净是牙石牙垢,这两样已经是细菌和异味的富矿,再加上随时添加的烟臭、酒气,他们竟然还乐于、敢于在别人面前开口大笑,大声打嗝,以及把脸凑到小婴儿面前要"香个脸蛋儿"。

指甲。手指的指甲倒寻常,只是些不洁但安分守己的尘土气。脚趾丫杈和甲缝里,则掩藏微带甜味的腥,像有半杯牛奶贮留在那里,直到彻底馊掉。

第一个故事

陶丈夫

腋下。腋汗是最刺鼻的一种臭味,在酸臭之外,尚含芥末的辣,窜鼻冲脑。因此她最痛恨的季节是夏天,公交车上的人们扬起手臂,满不在乎地露出湿漉漉的腋窝。

还有胯部。据说男人们迷恋女人下体"母马一样的迷人气味"。母马大概不会错,迷人?……处于经期的姑娘,胯下散发出烂苹果的气味和铁锈气。但是女人们(大部分女人)小解后至少会用纸擦拭尿道口,男人们只不耐烦地抖两下(甚至根本省却这一步),就把他们排泄的工具收敛起来,滴滴余沥,都滋润了工具袋。当然更别指望他们在大解后认真清洁肛门,所以有的女人甚至会在丈夫内裤上看到粪便残渣。

壮年男人闻上去像牛、驴、骡子,他们的臭味新鲜、旺盛而持久,由顶至踵。胖男人的气味像搁在厨房角落不新鲜的猪肉。老男人的毛孔里发出糟朽的木头气味。老女人们大半生受妇科疾病困扰,括约肌病入膏肓,难以提住小便,于是她们散发出霉味和尿臊。这些老者安静而绝望的臭,就像是对粗心儿女的无声控诉,跟随他们颤巍巍的脚步,扩散到每一处。他们一天比一天闻起来更像即将变成的尸体。

在她心中,母亲是世上最好闻的人。母亲的齐肩短发细软清香,如同春日初生的嫩草,肌肤像百合花瓣一样雪白娇腻,圆润的肩膀有蜜桃那种天真快活的香气,两粒乳头散发神秘莫测的甜味,乳晕旁的一颗红痣,闻上去则像糖豆沙。盛夏午后,母亲锁紧前门,把巨大的铅盆搬到后院,兑满温水,抱着小小的她坐进去,洗去汗污,再往两人身上和竹席上抹些茉莉香味的花露水,相拥睡去——这是童年最好的记忆,在这样短暂的时刻,她才感到世界是香的、美的,值得留恋。

然而,这样花儿似的母亲,当年怎么会同意嫁给一个秽气的父亲?父亲懒于洗澡,通常是他目不转睛看电视的时候,母亲端来水盆毛巾,给他擦身。有一回家里留了亲戚过夜,她被迫在父母的卧室支起小床睡觉。那一夜啊!父亲入睡后张嘴打鼾,不一会儿屋里就充满了他口里的臭味。她不得不用枕巾掩住口鼻。

中学时,她离开家到学校住宿。挤满青春期少男少女的教室,就像刚浇过粪肥的农田(她小时读过一部童话,英国人罗·达尔的《慈善巨人》,吃人的巨人拿寄宿学校当作自己的爆米花盒,趁夜闯进去,抓起里面的男孩女孩往嘴里塞。她的第一反应是,小孩子又脏又臭的,不要放在泰晤士河里洗洗再吃吗?);自习课上,总在她身后弯腰给她讲题的男老师,不断把带着臭味的唾液喷到她耳朵上、头发上;寝室里,不爱洗澡的舍友每天随手把脏衣服抛在她床上,某个懒女孩从不洗衣服,把一周的脏内裤、脏袜子攒在袋子里,周末带回家⋯⋯勉强读完中学,她就不愿待在学校里了。

朋友替她想办法:我姑姑开了一家花店,你想去帮忙吗?她摇头,不,花店里净是死去植物的腐臭味,你知道吗?从被插入水瓶那一天,花就开始腐烂了。

最后,她终于在一家糕饼店安顿下来。烤面包和奶油的味道,差不多能把世间的臭气抵消大半。

在寻找伴侣这方面,她就没这么幸运了。这时候,她二十岁,并不算美,但继承了母亲的洁净和清香的体味(可惜世人多半"以貌取人",没有谁懂得"以嗅取人")。虽然所有男人在她眼中——或者说,在她"鼻中",都令她鄙夷和厌恶,但她坚信所有的谜面都有谜底,既然上天创造了这样的鼻子,就会有一个人能通过这只鼻子的筛选。她不能跟母亲一样受一辈子罪。

但更无法忍受的是她的家人,在一个小城,不嫁人的姑娘足以成为

第一个故事

陶丈夫

家族之羞。亲戚们屡战屡败又屡败屡战地为她介绍适龄男人,暗地里,她自己也并不放弃寻找,周末她常强忍恶心,到人多的地方去,酒吧、旅店、商场、超市……就像在一望无际的泥淖中,拨开污泥,翻检秽物,寻找珍珠。

一年一年过去,她仍然单身。快要变成老姑娘了。

母亲也老了,像干花,不再有丰足沁人的香气。有一日,她伴着母亲坐在窗下,母亲道,我知道你的心思,你总是不甘心,是不是?

她不回答。

母亲徐徐道,女人嘛,哪个肯随便甘心,我懂得的。若是不甘心,你就出去走走,散散心吧……

她拿着母亲的存款,走到外面去。

可令她失望的是,越大的城市,气味越坏,因为那里的人更稠密,所以人们的鼻子普遍"聋"了。她甚至去了外国,那里也不是乐土。常年浸泡在水里的威尼斯,每一处都飘着水的微臭,站在叹息桥上,沉淀在河泥中的陈年腐气蒸腾上来。巴黎地下铁的走道和楼梯弥漫尿臊气,洋绅士洋妇人们的体臭,含蓄而欲盖弥彰地裹在浓郁的名牌香水味里。在纽约,她清晨走出旅馆散步,路过一条小巷,忽然闻到里面飘出精液和血液的腥气,吓得她大步跑开,不敢回头。

她彻底死心了,一回到小城,便在相亲的对象中选定了一个男人。他是附近一所小学的体育老师,以前在市田径队拿过国家级的奖项。由于他的本职工作就是运动,所以肉体的气味尚算清新。他向她承诺,每天回家前会在学校浴室把自己洗干净,洗两遍。

结婚前半个月,她跟他到婚纱摄影店去拍照。两人各挑了一件礼服,各自更衣。几个女店员帮助她换上那件婚纱时,她立刻嗅到上一个新娘

扑火

在穿这件衣服时，已经怀孕好几个月。羊水的腥味，以及孕妇微微水肿的四肢中滞重的血液气息，仍留在布料的经纬中。

她暗暗冷笑，这世上瞒得过眼睛的，瞒不过鼻子。

从更衣室出来，再并肩站到摄影师面前时，她愣住了。

在她鼻端出现的，就是她梦寐以求的男人气味。

这种味道没有一丝一毫可供挑剔的成分。它既纯粹又复杂。它豪爽、细腻、甜美、清冽、醇厚，她眼前好像出现了种植在海边的一个大花园，花园里有郁金香、风信子、红玫瑰、白茉莉，海滩上有人劈开一只椰子，乳汁似的椰汁飞溅开去，刚好一阵带着咸味的海风吹来，像撷取花朵的手一样拂过，捧起椰汁和花的香味又向前飘去，飘进花园旁边的一间木屋里，木屋主人正把他收集的多种好酒陈摆出来，全部打开，打算各喝一口，品评高下。于是在这一刻，各种香气混合在一起，像一次气味精灵的聚会，它们有的彼此熟识，有的初次会面，不过都嬉笑着拉起手来，抱成一团。

这种气味进入她的鼻子，就仿佛磁铁找到铁，辛德瑞拉的脚滑进水晶鞋，彻底地合衬，舒适，妥帖，天经地义。

即使在梦里，她都没能想出自己最想要的味道是什么，但她一嗅就晓得，是它了。为了确认，她假装对未婚夫的样子很满意，柔顺地把额头抵在他膊头，趁势深深地吸一口气。

那气味不属于她的未婚夫，而是残留在那件礼服上。她要的是上一个穿这件礼服的人。

她在心里说：我总算找到你了。

现在，这个人还不算真正存在，他对她来说只是残存在一件礼服中的微小的气味粒子。她立刻就下定决心，抛弃自己的未婚夫，去找他。

第一个故事
陶丈夫

翌日，她向一个做报社记者的同学借了工作证，独个儿来到那家婚纱店，找到店员，谎称自己想要采写夫妇们对于拍婚纱照的感想，她们相信了她，为她搬出了店里的顾客登记簿。鉴于礼服上的气味仍新鲜浓烈，她抄下了一周内来此拍照的九对夫妇的地址。

最后，她花钱买下了那件礼服。

当然，即使找到这个人，他多半也已经准备成婚，甚至已完成婚礼。但她不肯多想，似乎只要看到那个人活生生站在自己面前，目的就能达成……她故技重施，靠着记者证，找到了第一对、第二对、第三对、第四对、第五对夫妻的家。有时她甚至不必进门，只悄悄来到贴着大红喜字的门外，翕动鼻子，就知道门内有没有她要找的男人。

到了第六对夫妇住所的楼下，她发现楼门口张贴着惨白的门报"恕报不周"。询问坐在楼口晒暖的老妇人。老妇说：惨哪，那家人太惨……

就在三天前，他和未婚妻到酒店确认婚宴菜单，回家路上发生车祸，双双遇难。

她怔怔地立着，简直无法接受，那个人，他竟死了。

害她找了半辈子的男人，在她找到他的时候，竟然刚刚死了。

老妇又说，你是他的朋友？可惜你来晚一步，昨天上午他们家已经开完追悼会，火化了。火化之后，他家里人把他骨灰送回老家去了。

那男人的老家在另外一个省。她坐了十几个小时的火车，追到他的家乡。葬礼大概刚刚举行完毕，村口路的泥里还嵌着纸钱。墓地在村西边。她根本不用眼睛，只靠鼻子就径直找到了他的坟。

那味道还在空气中，非常浓郁。原来死者的味道并不会忽然消失，它能安全跨越火焰，停留在骨灰之中。这就是为什么有些忠心耿耿的狗

扑火

会始终守在主人的坟茔旁边，对它们来说，需要它们守护的气味并未离去，而是清清楚楚地存在于土壤里。

墓碑上写着他的名字，贴着照片。虽然照片上的他确实是个清秀可爱的年轻人，但她根本不想费心去看。她对他的名字和样貌并不感兴趣。她爱的只是他的气味。她垂着头在墓前颓然坐下，心里痛苦与迷惑交叠，手不知不觉插进墓前的泥土里，抓了一把，用力攥着。再松开手，她猛然发现潮湿的泥土在掌中黏成条状，看上去居然有点人的样子。

三天之后，她雇了一辆车，把那一只装满泥土的大筐拉到附近一间烧陶器的窑里，告诉制陶师傅：用这只筐里的土，给我烧造一个陶人，要跟真人一样大小，不必精致，只要确保只用这种土就行了。

五天之后，陶人烧制成了，为防止在运输过程中摔碎，浑身包裹着重重麻布。她在郊外租下一间小屋，将陶人搬到了屋里。

夜里，窗帘紧闭，红烛高烧。陶人被放置在屋中间的巨大棉垫子上，像一具埃及法老的木乃伊。她跪在它面前，把麻布一层一层剪破，撕掉。每拆下一层，陶人身上的香气就更浓烈一些。

最后，她把那件礼服给它穿起来。

这就是她最完美的伴侣。

她虔诚地在它身边躺下，尽力让肢体挨近它的陶土身体，感到那气味像一张大网把她罩在中央。

——如果你也曾享有这样的时刻：把鼻子埋在爱人的发根处，反复深呼吸，像干渴的旅人找到泉眼大口啜饮一样，让香气滑过鼻腔，整个身体被狂喜掏空，又瞬间填满，然后沿着他的肩背曲线移动鼻尖，像搜索松露的猎狗，分辨不同部位吐露出的气息的微小差异……那么你会懂

第一个故事

陶丈夫

得她的喜悦。人们的爱恋和憎恶，其实大半寄托在鼻子上。你爱的人的香气，可以带你去世界任何一个角落，甚至到达不存在的地方：开满白莲和半人高黄水仙的林中湖泊，丽达与天鹅就在那儿嬉戏；积雪的山谷，仙童们骑乘着银色独角兽来相会，竞相弹奏竖琴。爱人的独特香气是咒语，是一根有魔力的绳索，当你爱上一个人，你会明白每副嗅觉都专为一种气味存在。

眼睛会出错，鼻子不会。

这陶人身上的气息，来自一副已经逝去的肉体，奇妙的血液、骨髓、蛋白质、油脂的配方，酿就了对她来说独一无二、无瑕无疵的气味。经过两次烈火高温，经历了木料和土壤的阻隔，吸收，再释放，那味道被固定住了，但已经变得有点稀薄、遥远。这倒使它更加柔和，易于接受。她不知道如果那个男人真站在面前，过于强烈的香味是否会变成臭味。而如果他同意与她缔结婚约，天长日久，她必定会嗅到他身上发出的不好的气味，那就什么都完了。

她并不真的想占有他，受累于他活生生的喜怒哀乐。她只想占有他的香气，让他的气息陪伴她，陪伴她孤寂、敏感、乖戾、难以取悦的嗅觉。

死亡与陶人，解决了所有问题。这一夜她彻底放松下来，幸福的宁静像光一样，自内而外地照耀着身体，那么和煦。

从那天之后，她与她的陶爱人，在这个小屋里生活下去。

靠着在糕饼店学会的手艺，她在这个地方开了一家饼铺养活自己，生活也算过得去。有当地的男人上门求亲，都被她婉言拒绝。人们时或议论她：那真是个古怪女人……据说她总在洗澡，大概是身上有什么毛病吧？……

内室中用被褥覆盖着的陶人，是她最大的秘密。

扑火

三年过去了。五年过去了。十年，二十年，过去了。

在这些年头中，她的母亲和父亲都去世了。

有一些夜晚，她紧挨着陶人的身体，抚摸它的身体。她也曾默默祈祷，如果有什么奇迹降临，能把陶人变活，成为她真正的丈夫就好了。要是它不这么冷冰冰的，要是它的手臂能抬起来抱住她，那该多好。

她曾经设想过另一种情景：如果她肯舍弃对气味的执拗，忍着秽气嫁给一个平凡的丈夫，那会怎样？她将要每天清洗沾满臭气的内衣床单，呼吸着男人浊臭的气息，睡在他身边……不，那还是现在这样子更好。

她没想到，"活过来"那种事真能发生。第十五年，她坐在陶人身边补被子，不小心被针刺到指头。指头出血了，她甩甩手指，一滴血落在了陶人身上。从那天开始，陶人有了要活过来的迹象。它的手臂、腿脚有时会轻轻动一动，像小孩在熟睡中的样子。

在陶人诞生的第二十年，一个月亮并不太圆的晚上，它忽然发出了声音：咳，咳……

她激动得一伸手掩住了嘴巴。

陶人把脸慢慢转过来，对准她，一动不动地看着她，说，你好。

当初请陶匠烧制的时候，她并未对脸有什么要求。因此这个陶人面目不清，五官不过粗有轮廓，嘴巴只是一道竹篾划出的裂口。她根本看不出陶人有什么表情，只能小声说，哦，你好，你好。

陶人点点头，那道裂口一张一合，发出的声音很微弱，但很清晰：你能不能，把卧室的窗户打开啊？

她问，为什么？

陶人说，屋子里气味太污浊，我有点受不了。

第一个故事

陶丈夫

她呆呆张着嘴，说不出话来。

陶人额头上有两道贴上去的泥条，表示眉毛，这时那两道泥条皱在了一起。

我本来是地里的一块土，它说，我来源的地方，充满了树根和草根的青涩香味，春天有各种花香，秋天稻谷的香味飘出好几里地……可是，恕我直言，你的味道实在太难闻。

她大怒，你胡说！我有世上最灵敏的鼻子，自己身上要是有异味，我会不知道？

这时，陶人已经用两条没有手肘的胳膊把身子支撑起来，朝床下迈去，一边往门外走，一边叹息道，也许你年轻时没这么难闻，可你已经老了。老女人啊，浑身净是烂柿子烂梨的臭味，可怜你自己嗅不出来。我都忍了好多年了，终于腿脚能动弹了，不能陪你待在这屋里啦，再见……

她大吼一声，抄起床脚一张木凳，对准陶人扔了过去。

咣的一声巨响，陶人被击倒在地，碎成了几千片。一地碎片，就像遭遇过轰炸的城市的残垣断壁，浸在冷冰冰的月光里。

扑火

海上正值日落，暮光把沙滩染成橘红色，像浸透了果汁，海面波光熠熠，耀眼生花。海滩上热闹非凡，穿荧光色和豹纹比基尼的姑娘们嬉笑着走过，有两队少男少女在打沙滩排球，肥硕的中年夫妇浑身晒得像煮熟的虾，趴在沙上看书，年轻夫妇给彼此的后背抹防晒油，更远处的海水中，有人在玩帆板，有人在冲浪。雪白的帆影时而在夕阳中一闪。

当然，其实所有的比基尼美人和抱着冲浪板的青年都不存在，都是幻象。这是医院的治疗建议：要定时为患者制造置身于人群中的感觉。

H 和里瑟先生沉默地坐在一旁，就像人群之外的两块石头。

不远处，一个冲浪者抱着冲浪板，从海水中气喘吁吁地走上沙滩，黑色连体衣水淋淋的，冲浪板尖端的一根细索连接到脚踝上。一个身材姣好的女孩飞奔上去迎住他，两人忘我亲吻。女孩踮起足尖，双手从两边兜上去搂住情人的脖颈，男孩的一只手将她的身子抱得紧紧贴在自己身上，另一只手插进她的头发里，轻轻揉动。

附近的人都不由自主地微笑注视那对情侣，其中也包括里瑟先生和H。

H的手指移动，空气中亮起他的问句：你有没有……吻过？

里瑟先生转头瞧着他，探索他瞳仁中心泛起的一点奇特笑意。

它摇摇头，没有。吻是人类独有的取乐方式，吻使中脑腹侧被盖区产生多巴胺，减少体内皮质醇水平，降低血压，别的生物种群没有这个需求，机械人也没有。因此当我看到罗丹那座著名的雕像《吻》、卡诺瓦的《丘比特吻醒普塞克》，还有莫勒的《吻》、克里姆特的《吻》，我都没法感到激动或受震撼。

它反问道，你呢？你有没有吻过？

他简单地写了一个词，是的。那双眼睛里倒映着落日的金光，目光平静，因努力克制内心的痛苦，形状好看的嘴唇像蚌壳一样紧闭。

"人群治疗"的时间结束了。里瑟先生打一个响指，清脆一声，海滩上的人们倏然不见——穿荧光色比基尼的女孩，热吻中的情侣，打沙滩排球的少年们，远处玩帆板的人……就像演员们全体退场了，只剩下悬挂着的巨大布景片。

H用指尖写道，讲一个关于吻的故事。还要有"woods（密林）"，"band（乐队）"，"Parthenon（帕特农神庙）"……

第二个故事
吻瘾者

我十二岁那年夏天，父亲母亲带着我跟我哥哥，开车去山中露营。在一片幽深、人迹罕至的杉树林里，我们度过了平静的夜晚。早晨，父亲母亲去晨跑，或者做点有小孩在身边时不方便做的事情，留下哥哥陪我。但我哥也觉得看守一个比他小六岁的女孩太无聊，遂抱着汽车备胎去附近湖里游泳。出于哥哥的责任心，他把烤肉用的铁叉拿出来，放在我身边。

我在帐篷外给大家煮咖啡，看阿加莎的小说。忽听到脚步声，回过头去，见一个人正从林子深处向我走过来。他的长发披散在肩头，满面乱须，衣服破旧，步子不但迟缓，还跟跟跄跄的。

一开始我以为他受伤了，或者在山谷里迷了路，跋涉得太久。不过我还是抓起了手边的铁叉。

他在距离我几米的地方主动停下，喘着气向我打招呼，年轻的女士，你好，请别害怕，我没有恶意。

他说话口音很怪。我握紧铁叉说，我爸妈就在附近，我一喊他们就会回来。

他说，我绝不会伤害你，我只是想借一点东西……他似乎正处于一种奇怪的痛苦之中，想要继续说话，却无力地垂下头颈，身子也随之软瘫下去，跪倒在草丛里，提起双手掩住脸，肩膀微微颤抖。

我虽然仍保持警惕，但还是动了恻隐之心，问道，喂，你要什么？水？食物？我可以丢过去给你。

他不抬头地摇头，长发纷乱地抖动，像风吹过一丛野草。半晌才抬起头来，像是那一阵发作过去了。

我从餐盒里拿起一块三明治，问，要吃这个吗？放了金枪鱼和腌黄瓜，切了边，是我跟妈妈做的。

他苦涩一笑，谢谢你，我不饿。

他大概三十多岁年纪，其实还算得上年轻人，栗色头发，两枚形状漂亮的眼睛，围着长长的睫毛，若忽略风餐露宿加诸的黧黑和粗糙，那张脸是很好看的。

我问，你到底需要什么？能帮你的，我会尽量帮忙。

他仿佛下了很大决心，终于开口道，善良的小女士，我不知道我是否该向你求助。如果你有耐心听我讲个故事，讲完了，要不要帮我，由你来决定。

下面就是他的故事：

十年前，我在都柏林的音乐学院上学，是中提琴专业的一名学生，梦想某天以首席中提琴手的身份，坐在国家歌剧院的乐池里。我跟三个好友组建了一个弦乐四重奏乐队，每次学校开交响音乐会时上台表演，有时也到外边演奏挣点小钱。

大学四年级初夏,我们这支小乐队受邀到雅典去,参加一个国际青年四重奏比赛,经过初选复选决赛,得了第四名。第一名是瑞典的一个女子铜管四重奏,大伙也没什么话说——谁让她们都是盲人姑娘呢?比赛结束那天夜里,十个来自不同国家的男生女生爬上卫城山,在帕特农神庙前的石阶上整夜拉琴唱歌,傻笑,喝酒,抽大麻。为勃拉姆斯干杯!为大熊星座干杯!为贝多芬的梅毒干杯!为乔治·桑的小狗干杯[1]!直到所有人都烂醉如泥……

无论什么时代的少年人凑在一起,总会是这德行。

是我们乐队的小提琴手把我摇醒的。糜乱的狂欢夜过去,时已清晨,不知什么时候人们都离开了。我就那么迷迷糊糊地被拽下山,赶到火车站,上了火车。

回到学校,我开始准备毕业考试,但渐渐地,我觉得自己变得跟以前不一样了……是哪儿不一样呢?开始时,它只是一种模模糊糊的感觉,心里总会慢慢涌上难以形容的痒和不满足,若隐若现,就像渴了或饿了,却又不知道能解渴解饿的是什么。

那时我有一个女友,她比我大几岁,刚进入一家公司做文员。我们在学校附近租了一间旧公寓。那段时间,我变得特别喜欢吻她。夜晚入睡之前和早晨醒来之后,自然要缠绵个没完,每天下午,我以前所未有的急切到公交站去接她下班,一俟她踏下车门,就迫不及待地冲上去,

---

[1] 《小狗圆舞曲》:肖邦在世时发表的最后三首圆舞曲之一。据说,他的情人乔治·桑养有一条小狗,它喜欢追着自己的尾巴打转。乔治·桑对肖邦说,如果我有你的才能,我一定给这只狗写一首曲子。肖邦遂创作了著名的《小狗圆舞曲》。(本书注释如无特殊说明,均为作者注。)

第二个故事

吻瘾者

搂住她的腰肢，用嘴堵住她的嘴唇，不歇气地吻她。

每次亲吻过后，那种"痒"便暂时平息下去。

白天练琴的时候，我又情不自禁地回想亲吻的情景，慢慢明白那种迫切的痒，就是——要得到吻。像吸毒的人渴望毒品一样。每次我捧着她的脸，将之拉近，浑身血管就开始瑟瑟发抖。鼻孔里轻轻喷在脸上的呼吸，肉体透出来的香气和热力，嘴唇和脸颊的摩擦，都令我疯狂。而她双手紧紧箍住我的腰和背，指尖那无意识的忽轻忽重的用力，还有沉醉的神情，更让我脑中出现一阵阵狂热的空白。

起初她以为爱情迎来了第二次高潮，喜不自胜，但很快她发现我的热情仅限于亲吻。我变得不愿陪她说话、散步，甚至连做爱都不再感兴趣。我就像初生婴儿迷恋乳房一样，无理智地迷恋和索要她的嘴唇。甚至在中午，我也忍不住到她所在的办公楼去，请求她下楼来赏赐我一个让她越来越不耐烦的吻。

一切变化，都发生在卫城山上那夜之后。难道亵渎了神祇，遭到了神的诅咒？或是被卫城山上的怪物附体？又或是从哪个人那里染上了一种新型性病？

我去找我的好友，那个小提琴手，问：在卫城山那一夜，我们都做了什么？

他说，你也在啊，你不知道？

我说，我醉得太早了。

我没比你晚太多，咱们集体向瓦格纳敬酒之后，那个保加利亚的女吉他手过来坐在我大腿上，吻我；小号手跟女长笛手搂在一块儿；也有人过去跟你亲吻……

我问，吻我的人是谁？

他摇摇头,很多。大家都醉得太厉害。后来咱们玩儿"敢不敢吻"的游戏,你第一轮就抽到那对双胞胎兄弟……我甚至怀疑我也吻过你了,哈哈。

我喃喃地说,是吗?这时,我的瘾头已经发展到单是听到"吻"这个词就一阵奇痒难耐。我忽然毫无预兆地扑上去,双手捧住他的脸,把嘴唇压上他的嘴唇。

他惊得呆住了,半天才想起挣扎,一把把我推倒在地,又羞又怒地捂住嘴。这是自从我得了"神秘怪病"之后,第一次亲吻女友之外的人。我失望地发现,抢来的吻一点滋味都没有,根本没法杀瘾。

我向他解释我的"病"之后,他的怒火转变成了惊诧:糟糕,我不会被你传染吧?……

除了我和小提琴手,那一夜在帕特农神庙的还另有八个人,三个女生五个男生(最糟的情形,是我吻过了他们所有人)——斯特拉斯堡的小号手,利物浦的女长笛手,保加利亚的女吉他手,基辅的女小提琴手和男大提琴手,意大利那不勒斯的圆号手;还有土耳其安卡拉的一对双胞胎兄弟,两个都是吹单簧管的。要想一一找到这些人,当面询问端倪,得跑遍欧亚大陆。那简直是不可能办到的。

幸好我还记得他们所在的学校——每个城市的音乐学院也就那么几所。我给每个人都寄去一封信,委婉地询问:在卫城山上度过那一夜之后,可有什么不寻常的事发生在你身上?

斯特拉斯堡的小号手:看到你的信好惊喜!我会永远记得我与你的吻。我一直想念吻你的感觉。要来斯特拉斯堡找我吗?随信附上我为你写的一首曲子。

第二个故事

吻瘾者

利物浦的女长笛手没有回信。

保加利亚的女吉他手：为什么是你给我写信，不是你们乐队的小提琴手？！那夜我吻了他，他说他爱我，说会写信给我，说会坐火车来看我。帮我问他还记得吗？……

基辅的女小提琴手和男大提琴手：订婚算是不寻常的事吗？我爱了他三年，从第一次在学校音乐厅看到他拉琴那一刻。那夜我终于有勇气主动吻他，然后坦白心意。雅典娜保佑！我们正在筹备婚礼。祝福我们吧！你愿意带着你的乐队来参加婚礼吗？婚礼现场地址是……

寄给那不勒斯圆号手的信，是他的姐姐替他回复的：不得不悲痛地告知您，吾弟已于上月意外身故，在一次街头音乐会中，他们与该地盘的黑手党发生纠纷……

安卡拉的双胞胎兄弟没有回信。

我不知道真相是掌握在那几个没回信的人手中，还是知道真相的人不愿坦白？……我本打算先把考试对付过去，再解决这事儿，然而恰巧是在毕业考试期间，最严重的一次发作出现了。其时，我正在学校的音乐厅参加毕业考试演奏。院长和教授们在观众席第一排正襟危坐。

第一题是一首柏辽兹的曲子，第二题是自选协奏曲，第三题完全自由发挥，也可演奏个人作品。

第二题，我选了一支斯塔米茨的《D大调中提琴协奏曲》。刚拉到一半，忽然感到脑袋发晕，就像发条耗尽的玩具一样动弹不得，嘴唇阵阵麻痒，执弓的手也变得软弱无力。琴弦上发出毫无旋律可言的噪声，在安静的大厅里显得格外刺耳。

教授们集体蹙眉。副院长敲敲桌子，年轻的先生，集中精神！这是第二题，你已经直接跳到你自己作的曲子啦？重来一遍。

　　我躬身喃喃道歉，再次把琴弓架在琴弦上，却一节谱子都想不起来了。脑中像有一个声音在怒吼，吻！吻在哪里！我要人来吻我！嘴唇！我要嘴唇！带着热乎乎的温存的，柔软的，湿润的，嘴唇……

　　我猛地将琴和弓往地上一掷，跳下台子，从目瞪口呆的教授老师们身边飞奔过去，夺门而出。

　　考试是对外开放的，观众席上还有不少来旁听观摩的低年级学生和校外音乐爱好者，所有人都像看疯子一样看着我。在短短一瞥中，我猛然觉得人群中某张脸十分熟悉，那对目光……但当时我除了要找到一个吻，什么都没法想了。

　　我也不知道自己是怎样找到我女朋友的。一见到她，我就像即将溺死的人扑向氧气瓶一样扑向她的嘴唇，完全不理会屋里其余人的诧异眼光——那间屋是她公司的会议室，她正在陪着上司与客户开会。

　　被拖出大楼之后，我紧紧搂住她，半强迫地吻她，然后在路边瘫坐下来。她用又怜悯又嫌恶的眼神瞧着我，说，刚才那个吻，就算是我送你的分手礼物吧。

　　失去女友，我对吻的狂热变得无处发泄。我与别人说话的时候难以集中精力，总是盯着别人的嘴唇。分手后第三天晚上，我到酒吧里喝了个烂醉，走出来时，有衣着暴露的女人上来搭讪，悄声问，甜心，去你那儿还是我那儿？

　　我说，不用去你那儿，也不用去我那儿，就在这儿行不行？

　　那女人诧异地环顾四周，笑道，你的喜好是让街上的人看着？

　　我摇头，不，我只要你在这儿给我一个吻就够了，我付同样的价钱。

　　那女人还没回答，我听到另一个女人的声音说，女士，请到别处揽

第二个故事

吻瘾者

生意吧，我的朋友醉了。

回头去看，一个纤瘦姑娘，短发包围着一张秀丽的脸蛋。

我记起了这张脸，她是那位来自利物浦的长笛手。我大叫起来，是你！你去了音乐厅，我毕业考试那天，你就在观众席上！

她点头，你的信我收到了。我来是为向你道歉的。

回到我的公寓，她给我解释了这件事——其实，几句也就说明白了：那夜在卫城山上，喝醉了的人们胡乱互相亲吻，她吻过我，就此把我变成了跟她一样的"吻瘾者"。

吻瘾者，就是对吻上瘾、无法自拔的人。吻令他们亢奋，幸福，飘飘欲仙。瘾头一旦发作，就一定要得到亲吻才能平息。

我问，在你吻过的人里面，有多少会患病？

她摇着头，万中无一，我吻过很多很多人，你是第一个因我而染上瘾的人。不过，我不也是被别人传染上的吗？

为什么……是我？

她再次摇头，我不清楚，也许本来你就不在乎肉体和性爱，在潜意识中非常迷恋亲吻……这就像一群人中有一个人感冒了，大部分人都仍能保持健康，只有少数几个人会被传染。她又纠正道，这不是病，绝不是！这只是一种奇特的……瘾。

我苦笑道，天天脑子里晃荡的全是嘴唇，这样还不算是病态？

她冷冷地说道，这世上有人迷恋权力，有人迷恋金钱，有人迷恋性爱，有人公然说"我宁可一辈子没有子嗣，也不能一天没有权力"。比起他们来，迷恋嘴唇、舌头和温情带来的快意，算什么病态呢？也许我们才是世间最懂得快乐为何物的一群呢。

扑火

……第二天早晨她就离开了,在我额头留下一个礼节性的轻吻。此后,我再也没见过她。

你肯定会问,为什么两个吻瘾者不生活在一起,那不就解决问题了?这就像问吸血鬼们为什么不聚居在一起、互相吸血,一定要费尽心机冒着暴露身份的危险,停留在人间,吸食人类的血液。

世人都认为性是爱和生命的最高潮,其实性不是,吻才是。吻更美更干净。吻的美妙在于,两个希望对方因自己而更快乐的人,献出自己的嘴唇舌头手指等器官,献出温柔、善意、亲昵、满足,并取回同样同量的东西,以此形成一个不会枯竭的完美循环。

但对吻瘾者来说,他只会彻头彻尾地索要,不考虑对方的感觉。每个人,哪怕是巨奸大恶,或是阅人无数的性工作者,无论是谁,在亲吻的时候,总有一刹那是忘我的,是彻底投入的。那纯净的一刻,就像花心中隐藏的那滴蜜汁。对吻瘾者来说,让他上瘾到疯狂、不顾一切要摄取的,就是那一刻。

当两个吻瘾者吻在一起,两个人都拼命要索取,结果会像两只兽一样撕咬起来,甚至把嘴唇和舌头都咬出血。他们太贪婪,太清醒,忘我给予的那一刻,他们是没有的,就像分泌不出花蜜的塑胶花。那样的吻索然无味,像异性恋者跟自己的同性做爱,毫无乐趣可言。

而且让吻瘾者更感兴趣的,也不仅是肉体和柔情,还有不同的人对吻的不同反应。就像不同的花朵,花蕊里的蜜汁香味也不一样,蜜蜂总要采集不同种类的花蜜……

以上,就是那个男人讲的故事。

第二个故事
吻瘾者

他在这儿停下来的时候，太阳逐渐升高，天色变得明朗清澈。夏日的灼热缓缓爬上脊背和肩膀。我望着他乱须虬结的脸，想，他的鼻梁真好看，像一座奇突挺秀的山……但口中却问：为什么你们不尝试按正常人的方式去吻？

　　他苦笑道，这就是病态啊，我们没法控制自己的欲望。太想得到，那就再也生产不出来。这世上最美好的东西，也最脆弱。比如真正的诗歌，真正的音乐，以及真正的吻，必须让它们油然而生，贪婪的心没法创造它们。济慈说：如果诗不是像叶子长到树上那样自然而然地来临，那就干脆别来了。就是这个意思。

　　……长笛手临走时说，我们将像找不到海洋的鲸一样，永远困窘疲惫地在水沟中喘息苟活。从我染上这种瘾到现在，十年过去了。我混迹酒吧，拉琴挣点小钱维生，而且那儿总有很多对一见钟情抱有幻想的少女和期望遭逢艳遇的中年妇女，只要给她们拉半支曲子，买一杯酒，就能得到一个吻。可惜她们被我吻过第一次，就不会再想要第二次了。等到整个酒吧的人都开始对我的行径感到奇怪和厌倦，我就换一个酒吧。到整个城市的酒吧都换过一遍，我就换一个城市。到这个国家的大城市差不多都换过一遍，我就换一个国家。总之，是从一条水沟到另一条水沟。我依靠女人们的天真和善意过活。一个丰满的、足够的善意，就堪堪能滋润我的十几个小时……

　　我也试着再找一个愿与我保持稳定关系的女孩，但坚持不到一个月，我这种畸形的欲念就总会把她们吓跑，而且我也再没有心思坠入爱河、做爱、用言语和动作维持恋情，以及安排稳定的生活。在猎获和享用一个又一个吻之间，我只是在等待……我当然试过戒掉这种瘾，试过无数次。这一次我打算在无人的深山里，把自己关起来……我得承认我又失败了。今天距离我最后一次得到亲吻——农场里一个中年挤奶妇,是有点恶心,但当时我真是饥不择食——已经三十一天。今天,我觉得我再也忍耐不下去了……

他停了下来,声音像被一把刀斩断。我早就注意到,他说话时总禁不住打量我的嘴唇。看上几眼,又强迫自己把目光拽开,像馋极了的孩子面对大人不允许他动的糖果盒。

他那竭力保持温文的声调后面,有一个在痛苦绝望中挣扎的灵魂。

小女士,你……你现在明白我需要的是什么了吧。

我点点头。我当然明白,他要的是一个吻。

他转过身去,背朝着我说,如果你认为我是打算用一堆谎话来骗你,如果你觉得这故事又恶心又荒谬,我立刻就走。

我说,我相信你。

他又说,如果你认为我这种怪物不值得帮助,那我也立刻就走。

我说,不,你不必走。

他仍不敢看我,慢慢转过身,却又把头别到另一个方向去,脸颊贴着肩膀说,如果你还有疑虑,如果你怕我伤害你,你可以先用绳子把我捆在树上。

我说,我不捆你,你过来吧。

我的年龄过于幼小,让他有负罪感,其实我能理解和体会的,已经远比他想象的要多了。那一刻我认为他是童话里中了诅咒的野兽,而我听完了他的故事,就像接受了属于他的玫瑰花,理应报以一吻——哪怕这一吻并不能解除诅咒,让他变回正常人。

第二个故事

吻瘾者

在之后的岁月里，我得到过成百上千个吻，有男人的，有女人的。有的来自唇齿清香的少年，有的来自谨慎得发抖、呼吸带着烟草气的中年人。有的是逢场作戏，露水姻缘，但也有的饱含真挚得可笑的纯情。然而所有的吻，都不如那鸿蒙初开之际的，第一个。

并不仅仅因为它是第一个。吻瘾者的吻，是不一样的。

他双膝跪地，双手缚在背后，小心翼翼地探过身来，非常非常慢，好方便我随时改变主意。我一直睁着眼，坦率、平静地瞧着他。阳光在他发间闪烁，他的眉毛、鼻子、眼睛，在视野里变得越来越大。

在他的呼吸已经可以清晰听见的时候，我开口说，你应该猜得到，这是我的第一个吻，所以请你……

他的睫毛像怅惘又像受宠若惊似的哆嗦一下，犹如蛾子抖抖翅膀：我猜到了，我会尽力让你得到你应得的乐趣，让你不会悔恨你的慷慨。

当他的嘴唇挨上我的嘴唇，我清楚感到他浑身起了一阵剧烈的战栗，听见他喉咙深处冒出一串呻吟，那是在荒漠里跋涉多日的旅人找到一眼泉水，将口鼻连同上半身一猛子扎进去时，那种彻底放松下来的、舒心的呻吟。

开始时，我一动不敢动。一条怪蛇似的柔软的东西攻占我的领地，这种被入侵的感觉如此陌生，恐惧猛地涌上来。第一秒钟，我后悔了，但第二秒钟，我又庆幸自己做出了正确的决定。

他的口腔和舌头发烫，像正在一场高烧中，嘴唇又出奇地软，仿佛被过分的热望融化了。我试探着舔了一下他的上颚，但舌尖立即被吸走。他的唾液不多不少，分布均匀，刚好达到不让我讨厌的程度。他用鼻子深深吸气，吸得极久，极深，又细细地喷出来，热气弥散在我鼻尖和鼻子周围的皮肤上。

他并未造次。我知道他用尽全身力气让动作柔和、易于接受。一切慢慢拧紧，压实，加固。牙齿时而磕碰出声。他的舌尖在我口中搅动，有时急促，有时徐缓，就像风在云朵里面打转、盘旋，搅出令人眩晕的旋涡。

我悄悄掀开眼皮，看他一阵，又赶快闭上。他始终闭着眼睛，仿佛长久停在昏厥或是醉倒之前的一霎，那是全副心神溶解了的样子。他就活在唇和唇触碰着的这一点上。我暗想，他竟并不了解自己——在吞吐过那样多，那样多的亲吻之后，他仍对此保持着虔诚，这有多么难！他并不是怪物，不过是吻的狂信者罢了。

全身心追求吻的人，岂不比追求名利的蠢货们更接近真理吗？

我也明白了为什么他很难在同一人那里得到第二个吻。我的嘴唇只是他到达吻和快乐的桥梁，就像用酒杯饮酒，他的注意力全不在杯子上。女人们会无法忍受这种屈辱的忽视和掠夺。

可是，让他忘乎所以的是我呀，这难道不是一种成就吗？

那种可怜巴巴的欢愉，以及让人同情的贪婪和焦灼，像要抽干我的呼吸。树林和世界，其他一切都消失了，只剩两个人。渐渐连人也消失，只剩两座温热的海洋，翻涌着波涛，交融在一起。他拉着我沉入海底，黑色的水在头顶聚合。天空裂开，又弥合。阳光炽烈，水波闪闪发亮，光和影无声旋转。

……不知吻了多久，反正我和他都还没打算结束的时候，我父亲和母亲回来了。

他们看到的景象是这样的：一个成年男人把他的两片嘴唇压在他们

第二个故事

吻瘾者

小女儿的嘴唇上,他的鼻子几乎把她的鼻子挤歪,他蓬乱的胡须摩擦着她娇嫩的脸颊,弄得她两腮发红。

他们怒吼着,把那个男人掀翻了。

警察赶到之前,父亲狠狠揍了他一顿,手肿得像戴了拳击手套(等我哥哥回来,他把我哥也打了一顿)。那个男人一言不发,并不为自己辩解,他嘴边始终带着奇异的笑,虽然他的眼角被打裂,鼻梁也断了。血从额头上的伤口里弯弯曲曲地流下来,贯穿了那个笑容。

母亲一直紧搂着我,呜咽着说"我可怜的小宝贝"。他们根本不听我的反复申诉——"是我允许他吻我的,他根本没有不轨之心"。我只有十二岁,谁会听我说话呢?那个男人被送进警局,我则被送进医院。当医生告诉父母,我并未受到性侵害,他们又激动得哭起来。我说,这下你们信了?他没对我怎么样,去撤销起诉吧。

但他们说,可怜的小宝贝,他只是还没得手而已。

我想,那时我已经爱上他了。青少年保护组织的人来与我谈话,女心理学家被派来给我做心理辅导,可我根本不跟她们说一句话。我躺在床上,不断回味那个奇异的初吻,并美滋滋地幻想,等他从看守所出来,我就跟他私奔。我比他遇到的所有女人都坚强。我理解他的贪馋。我不怕他的掠夺,不怕他在亲吻之外的冷漠,也不怕他不回报。我就是上帝降给他的解药,我就是把野兽变回王子的神奇姑娘。我要时时刻刻陪在他身边,像一片会移动的罂粟花田,像一瓶吃不完的止痛药,像忠实的女奴,服侍欲壑难填的老饕主人。只要他渴望,就让他鲸吞。只要他想要,就随时提供给他——给他吻,深情的吻,炽热的吻,无数个吻,永无厌倦的吻。多得淹没他,多得让他这个吻瘾者也能得到餍足。

但我再也没机会给他第二个吻。被捕那天晚上,他在看守所自杀了。

看守所监房里没有利器，他身上更没有，连鞋带都被解去。他用牙咬破了手腕上的动脉，并在昏迷前不断吸吮伤口，尽力长时间保证血通畅地流淌。很少人有这么坚决的杀死自己的心。

我甚至没来得及问他的名字，只知道他是爱尔兰人，曾是一名中提琴手。

那件事发生后的第四天，我让母亲把隔壁家的十岁男孩请到家里来玩。当他坐在我卧室的床上，翻看漫画书的时候，我反锁上门，慢慢，慢慢地凑近他，搂住他薄薄的肩膀，把我的舌头送到他嘴里去，轻舔他戴牙套的牙齿。

从那天起，我也踏上了吻瘾者的长路。

染上这种瘾的女人，日子要比男人好过，因为女人想讨到一个吻容易得多。开始，我是花苞一样诱人的女孩，后来是果实一样鲜美的少女，再后来是果子酒一样香醇的女人……我跟各种各样的人，在各种各样的地方亲吻——吻遍了学校几乎所有男生之后，我又吻遍了所有青年男教师。但是，身为女性吻瘾者不妙的地方在于，有时男人可不满足于一个吻。我放出魔鬼来，逗引它跟我共舞，却很难再关回去。十五岁，我的贞操死在阶梯教室的讲台上——我怎么料得到清瘦得还跟高中生一样的

第二个故事

吻瘾者

数学老师，居然有那么可怕的膂力呢？

玩火者迟早被灼伤，我心知这是早晚的事儿，只能认栽。后来，我辍学离家出走，过上了跟那个爱尔兰男人差不多的生活。

我吻过公路上让我搭车的司机、加油站的红帽子员工、快餐店打工的大学生、拉斯维加斯赌场的骰子玩家、夜总会的大堂经理、舞蹈团的舞蹈教师、痴心的青年诗人、豪华游轮上的水手、邮政公司的飞行员、刚从神学院毕业分配到教堂的神甫、女同性恋促进协会的副会长……

即使在那些年美貌处于巅峰之际，我的口味也并不挑剔——只要是有几分可爱的男人，只要他们的眼睛愿为我发亮。我狂热地收集各种各样的吻，收集人们在那一刻流露的愉悦与惬意。我把它们像蝴蝶标本一样，用大头针钉在我的秘密花园的天空上。它们闪烁奇异光芒，犹如星辰。每晚睡前，我都召唤出我的星空，抚摸它们，鉴赏它们，啜饮它们。

我渐渐明白生得好的人实在占便宜。那些不幸貌丑、缺乏才能却染上吻瘾的人，他们怎么得到赖以为生的东西？他们是否会在某天因得不到吻而发狂死去？我不知道——但也许我快要知道了。我老得太快。现在我还不到四十岁，嘴唇的颜色已经变得黯淡，一定要涂两层唇膏，才能看上去红润有光。据说人一生的快乐是有定额的，用完了，生命也就到头了。我倒希望早点蒙召归天。我可不愿等到那种岁数，世界留给我去吻的只剩老人萎缩的牙床和带着厚苔的舌头……

啊，我的故事已经讲完了。夜也深了，酒吧就要打烊了。陌生人，感谢你耐心听完我的故事。现在，你愿意，施舍给我一个，就一个，吻，吗？

里瑟先生问:"猜",是什么意思?

发着微光的"guess",在透明屏幕上飘浮。那是 H 刚写出来的一个词。

他们在不存在的海边。月已升到天空正中,云层稀薄,月光晶亮,H 和里瑟先生的头脸之上,都披着一层银箔似的光膜。

不远处一艘三桅船缓缓驶过,一支由七八条灰鲸组成的队伍,跟在船附近,不时有一位成员喷起数米高的气柱。它们围绕船只游弋,潜下去又浮上水面,尾鳍扑打海水,一阵像哨音又像鸟鸣的声音,远远传来。

H 暂时没回答,用手指写道:这叫声是为什么?

里瑟先生答道:鲸天性好奇,它们见到船只,猜想这个大家伙也是同族,又不知是什么种属,因此发出叫声询问。它们甚至会上前碰撞船身,邀它一起玩耍——有的船舰就是这么被撞沉的。

鲸的高歌此起彼落,兴致勃勃。偶有活泼的幼鲸从水中跃起,直冲而上,优美的身躯闪闪生光,然后重重落下,溅起大片水花。

里瑟先生拾起方才的问题："guess"的意思是——你要我猜你的选择？

他摇摇头。

那么，你想要一个关于"猜想"的故事？

他点点头。

它像平常一样微微点头，对此发表感想：文明史科学史里全是"猜"的故事。"猜想"是人类进步最重要的薪柴之一：哥伦布猜想在遥远的西方有未知大陆，富兰克林猜想电这玩意儿像血液和水一样在流动，伽莫夫猜想宇宙是由微观粒子的爆炸形成。发掘出谜面，再自己将之揭晓，就像打开从海底捞上来的瓷瓶。猜测所需要的动力，就是证明猜测的过程，以及证明对错那一刻的痛快淋漓。医生猜测开颅后切除肿瘤能拯救性命，男人猜想独自用餐的金发姑娘会愿意给他电话号码，足球队守门员猜想罚点球的人会把球踢向门框左上角……

H的手指慢慢移动。可以证明，那很幸福，没法证明自己的猜测，算是世间最痛苦的事之一。

是的。对一个白垩纪古生物学家来说，到死都不知道自己关于恐龙灭绝原因的猜想是否正确，堪称悲剧。又有些丈夫或妻子猜疑配偶另有秘密情人，但为了维持家庭生活的平静，就把那猜疑搁在心底，直到死去。你想听这样的故事？

他摇头。它似笑非笑的眼睛是在问：你也有没法证明的猜想？他转过脸去。

鲸群之歌持续响起。它继续说道，有些"猜错"是致命的。临阵指挥的将军猜错了敌军的进攻路线，葬送千万英魂；鲸以为船是未知的"伙伴"，贸然靠近船只而被捕杀，因此早在十八世纪，北大西洋地区的灰鲸就已灭绝……啊，我还是讲点更无足轻重的故事吧。

第三个故事
猜书人

很多年前,我曾有一个男友。他有一项奇怪的爱好:猜测人们正在读的书的书名。

某个冬日夜晚,我从打工的咖啡馆下班,在地铁站台等末班车,一只手托着书,一只手从口袋里掏蜜饯梅子填进嘴里。

末班地铁间隔时间很长。我逐渐注意到,有个人影总在旁边晃动。那时我是个长相很不赖的年轻姑娘,咖啡馆里前来搭讪的人每月总有那么几个。我把一根手指夹在正在读的那页,垂下捏着书的手,抬起头来,狠狠瞪着他。

那是个戴着红帽子的年轻人。我故意问,您有什么问题?要问时间吗?

他倒退了一步,举起双手,亮出掌心,表示并无恶意,却问出一个奇怪的问题:您正在读的,是不是科塔萨尔的小说?

我很震惊,因为我的书包着书皮。他望着我的脸,嘴角冒出一个得意的微笑。我眼睁睁瞧着他收割了我的惊诧,像果农从枝头摘下一颗果实。

但我喃喃答道,不,不是科塔萨尔,是哲里科。

他的嘴巴倏地张大,难以置信地瞧着我,就像魔术师信心十足地叫出别人手中扑克的花色,却被告知猜错了。

我不再看他,转身走远一点,想:上来搭讪用这种方式,真蹩脚。不过哲里科的风格确实是模仿科塔萨尔——虽然他一辈子只出过一本薄薄的短篇集——因此这人的猜测竟也有点道理……

一个多星期后,我又轮值晚班,坐末班地铁回家,在最后一节车厢的角落里坐下来,书搁在大腿上,一只手从口袋里掏蜜饯吃,一只手翻书页。我的包里总会装两本书,一本白天看,一本晚上看。白天适合读理智一点的文字,历史、科技、传记。夜晚适合读小说或几页诗,奇特得令人晕眩的故事,歌谣式的短句子,回环舞步似的韵律,像摇篮曲一样让人慢慢放松。

整节车厢响着呼呼的风声,咣当咣当的撞击声。我用余光看到一块鲜艳的红色晃过来,在我对面停下。那是一顶红帽子。

他坐在我对面,见我看到他,笑了笑,举起手中一个线圈练习本,本子上白纸黑字写着:恶心。

我目瞪口呆地望着他——我正在读的确实是萨特的《恶心》。

坐在我右手的中年妇女恰在此时抬起头来,猛地看到"恶心",愣了一秒,惊惶地站起身,快步走到另一节车厢去了。

我忍不住笑了,但没敢笑出声来。这时我开始有点晕乎乎的感觉,就像被一支涂了毒液的箭射中了似的。

他又指指我左手边的人。那是个几乎把头埋在书里的小男孩。他掀开本子的下一页,同样是黑色大字写着:巴斯克维尔的猎犬。

我斜着目光往小男孩的书页上瞧了一眼，看到一句用引号括起来的话，"摩梯末医生……"

好吧，他又说对了。

十分钟之后，我跟他坐在地铁站外的街边，分吃我的蜜饯。

我问，你只凭封底图片、书脊上的字体样式、页数的多寡，就能判断出书的名字？

他含着蜜杏子，一边吮指头一边说，不，猜书名又不是巫毒术，在身后路过的时候，瞥见书页上的一个词、一句话，那就够了。其实我很少猜错……每天我都会在这趟地铁上看到你。昨天和前天，你读的是洛尔迦的诗集，四天前的早晨你在读亨利·贝斯顿的《遥远的房屋》，六天前你在读儒勒·米什莱的《虫》……是不是？

我说，你跟踪我？

他居然并不羞愧，是啊。慢慢嚼着杏肉，他又说，刚才你身边那个小男孩，书皮是哥特风格的暗绿色，封面封底都印着吠叫的狗头，那当然就是斯台普吞先生的宠物。那书还可能是康拉德·洛伦茨的《狗的家世》，或巴甫洛夫的《动物高级神经活动客观研究20年经验》，但以他这个年纪，能读懂，又看得那么入神的——再联系到他脸上那种又兴奋又恐惧又激动的表情——只能是《巴斯克维尔的猎犬》。啊，我小时第一次看那个沼地故事，也是那样，明知夜里会吓得睡不着，还是飞快地看下去……

他说的时候，我不断点头。

他把杏子核吐在手心里，挑挑眉毛。我发现你喜欢给诗集包绿色书皮，小说就一律包黄色书皮，历史书则是黑色书皮，散文是蓝色书皮，是不是？

第三个故事

猜书人

我说，是。

他端视着我，严肃认真地发表意见：我认为每个诗人，每个小说家，每个散文家的气质都不一样，比如叶芝是一种透明的蓝琉璃色，兰波是铁青色……

我问他的名字。

他想了想，说，你可以叫我"岩莺1947 Ⅲ"。其他的？他微微一笑，露出雪白牙齿，你想知道，就猜吧，就像我猜你手中书的名字一样。

从那夜开始，我们成了"一对"，却并不像一切正常的男人女人似的吃饭、看电影。我和他的所有节目，就是到公共场合去玩"猜书名"。

他说：

你听说过"猜飞机"吗？那是一种很昂贵的游戏。爱好者们带着高倍望远镜、照相机、摄像机，成群结队地去各国观看飞机展，到本国或外国的空军基地去，观察每一架从头顶呼啸而过的飞机，并猜测它们的型号，根据引擎发出的声音判断其系统、马力……某些国家甚至颁发了许可证，允许他们收听飞行员与地面塔台间的对话。

为什么人们会爱上猜飞机？因为那给人突破肉体和能力局限的错觉。

就像放风筝人的愉悦，源于有一条线始终拽在手中，风筝在高空中遇风而起的每一丝震颤，都能通过那根线转达回来。"猜"便是那根线——当你认出一样东西，你和它之间就有了关系。它身上仿佛承载了你的一部分。你会觉得，你能分享机翼割裂云团时受到的阻力，凝在高空隐忍不发的雨滴的冰凉……跟天空一样，书是别样的空间，是时间机器，是爱丽丝的镜子，是通往女巫狮子和风雪大陆的衣橱。当人们打开书页，他们把自己最重要的一部分安全地藏了进去。书的字句在他们心中激起的回响，从脸上，从眼底，从唇角，无声地反映出来，犹如云朵的形状颜色因天气而变化。

（他认真地说下去，长长的睫毛不断对剪。说下去。说下去。黑眼睛里像有一簇火焰。他不看我，但我知道，我的凝视让他有继续说的意愿。）

你能感受到吗？猜别人手里的书，有一种向另外多个空间窥看的快意。那些人，他们到底置身在哪儿呢？尼罗河边的繁盛王国，几十亿光年之外的星体，大西洋底的鹦鹉螺号，食人生番出没的热带岛屿，十九世纪巴黎的深夜小酒馆……

他们又在做什么呢？有人躲在裸子植物和蕨类植物丛后面，看霸王龙与三角龙撕咬在一起，血滴飞溅在他脸上。有人蹲在侦探身边，一起检查死去金发姑娘高跟鞋底的泥土，屋里弥漫诡异的檀香味道。有人则身处冬季的罗马圣彼得大教堂，乔凡尼·洛伦佐·贝尼尼正一刀一刀雕刻青铜华盖上的蜜蜂、太阳和月桂，每一刀都镌进美术史的肌理……

如果很多地方你也去过，再琢磨他们的表情，就更有趣了。与猜飞机不同，人不可能穷尽世间所有书籍（据说有位英国猜飞机狂热者，收集了 2.7 万架军用民用飞机的资料），就像不可能游历世上所有地方，但如果猜不中，也就像多走过了一处陌生的无名风景……

岩莺 1947 III 几乎每天都来找我，有时在我打工的咖啡馆外等我下班。我回学校上课、见教授的时候，他就在大学图书馆等我。休息日，我们跑去坐各种交通工具，到咖啡馆和公园里转悠，散步。年轻女士多半看"指南"、有俊美主角的畅销爱情故事、简单心理学书籍。年轻的男人喜欢读人物传记、历史书。老男人们喜欢侦探小说。车上的人多半读

第三个故事

猜书人

功能型的书。

而咖啡馆里的人手里大多捧着诗集、小说,为可能到来的艳遇和搭讪备好道具。他们的眼睛多半并不忠实于书页。我和他常为某个客人手里的书名打赌。我们会在那人身边,装作擦身而过,只限一次,然后贿赂女侍应生,让她在上咖啡的时候,偷看书页上的一个词或一句话。

我们把自己猜测的结果写在纸巾上,扣在手心里,等待着。

女侍应提着空托盘回来,轻声抛下一句,"我愿意是急流",或者一个人名,"萨宾娜"。

他便得意扬扬地亮出他的答案。浅绿纸巾上写着"裴多菲""不能承受的生命之轻"。

看书的人手执书的姿势各不相同。最斯文的姿势是把书在手心里摊开,托在眼前。有人把书的半边身体卷成圆弧,抓在手心里,封皮和封底被迫贴在一起。我们有一些小花招,比如我会装作上前问时间,等待那人把书放下,翻起手腕看表,封皮就随之露出。

那些封面鲜艳醒目、标题硕大得像一声叫喊的畅销书,隔老远就能认出来。有时我们会不停地进出一个个咖啡馆,数到底有多少人在看同一本愚蠢的畅销书。

乘飞机的时候,夜里阅读灯三三两两地亮着,每盏灯照亮一小块书页、一束清醒专注的目光,在那之外则是黑暗,以及摊手摊脚、淌着口水的酣睡——那情景就像人类世界的缩影。我们轻手轻脚地在过道里走来走去,装作到后舱去取饮料和小食,从那些人身后观察他们和他们的书,并讨论其中我们也读过的书。星空在窗外,黑沉沉的云团在窗外。

岩莺1947Ⅲ是个好情人。他的亲吻温柔耐心,舌尖不漏过任何一个

扑火

角落，像是在琢磨一段不好懂的文字。他给出的性爱则像一次漫长的朗诵，每个单词，每个段落，细致地咀嚼、吞吃，让它们融合到自己的声音和心里。

我们获取了对方的童贞。他身上的皮肤光滑苍白，不是牛奶的白，是鸽子羽毛的白，血液在其下加速流动时，就呈出淡淡的玫瑰色。

有时我坐在湖边等他，一边等一边看书。他就在我专心致志的时候，悄无声息地到来，从后面窥看我的书页，叫出书的名字。然后我们亲吻，他用舌头舔食我口腔里蜜饯残留的甜味。

他对其他事都不太感兴趣，我也曾提议去看电影，去游乐场，去溜冰，做大部分人爱做的事。他只是笑。他有一种消解一切的笑容，不是嘲讽也不是批判，只是不在意。我们甚至很少"交谈"，因为我和他没有一点地方能够重叠。他只是用轻柔而旁若无人的声音，不断地告诉我他的想法，好像这样最终就能奏效似的。

我曾问他的家乡在哪儿，他似笑非笑地，说了一句华兹华斯的诗：I wandered lonely as a cloud（我游荡如一片孤云）……

在陌生国家旅行时，异国人手里的书，封面印着陌生的文字。这时我们会玩新游戏：编造那本书的内容。比如我会问：

那个喷水池边吃汉堡的中年西装男人，他读的是什么？

那肚腩汉？他读的是《五十妙方！让女人三天迷上你》。由于毛囊堆积脂肪，他已经开始谢顶了。他喜欢公司里的红发秘书小姐，不过如果能把总在电梯里遇到的、有腋臭的老处女骗上床一两夜，也算一件成就。他打算明早就试验第一个妙方……

第三个故事

猜书人

那个穿红格子法兰绒衬衣的老头子，坐在郁金香花坛边的长椅上读书，一位老妇紧挨着他织台布。他在读什么？

他在读《玫瑰花种植指南》，身边的是他太太。年轻时他曾许愿要培植出一种新玫瑰——就像大仲马的《黑郁金香》一样——并以她的名字命名。他曾靠这个获得了一长串热吻。五十年后，他总算有时间研究这件事了。你能看到，前半本书页子已经被翻得发灰，页边上还有字迹笨拙的标注。他打算明年参加社区"绿拇指"大赛。

瞧那个坐在草坪上戴眼镜牙套的女孩，她又在读什么？

哦，她今年刚十五岁，在读生日时姨妈送的《呼啸山庄》。昨晚她已经为凯瑟琳和希斯克利夫哭过了，今天在读最后一部分，那升华成一种快乐的哀伤，余韵仍在。你看，前边有很多页她折了角，从折角页的分布来看，那些都是爱情激烈迸发、情人争吵、和好、亲吻的段落。她不漂亮，不富裕，不聪明（她读书时还要张着嘴小声朗读），再长大些也很难成为美人，但这书给予她新的想象：会有一个希斯克利夫在她看不到的地方，用绝望而恶狠狠的激情，无怨无尤地爱恋着她。

每次他滔滔不绝的时候，我的喉咙都会逐渐缩紧，手心发烫，既想永远这样听他说下去，又想要扑上去抱住他，堵住他的嘴巴。那时我真爱他啊，虽然我不知道该怎么估量他。我找不到贴近他的路径。

我并不善于猜测，把观察到的线索和缥缈的已知联系起来。只有一次，我似乎猜中了什么。在一间小酒馆里，大概已是我第两百次猜测他的身份，我带着半杯朗姆酒的醉意，半开玩笑地说：我猜你生在一个无比巨大的图书馆里，你是图书馆收养哺育的孩子。自幼至长，你只能与无穷无尽的书、书里的先哲和故事人物相伴，就像鱼类生活在水里一样。你跟它们游戏，枕着它们入眠；把书一本本切碎，拌上辣椒和香芹碎末，

扑火

咽下去，掺着砂糖和蜂蜜，喝下去……很多年过去，当你终于抬起头来，你发现距离你的同类——人的世界，已经漂浮得太远了。你所熟稔的只有书。就像有些人用信仰，责任，血脉，爱或恨，把自己跟世界联系起来，你想要用书作为桥梁，作为摆渡船，进入人世，找到落脚点……

我说完这段话，他罕见地没有否认，黑眼睛闪烁了几下，那目光就像来自一个更神秘更广袤的空间。

我不记得拥有过他多久，也许是半年，也许是一年，也许只有几个月。某一夜，我和他乘地铁，某站上来一位穿鼠灰外套的高个女士，戴着黑纱帽黑围巾，腋下夹着一本巨大的书，封面颜色殷红。

他凝神看了几眼，低声说，奇怪，那本是什么书？

我说，那样大开本，也许是画册？别急，她会拿起来读的。

待灰衣女士展开书页，他立即向她走去。从她身后走过，又走回来，回来找我。

不是画册，他摇摇头，密密麻麻的小字，"荒谬而奇妙"，"凭你的定音鼓认得你"，有这几句，你猜得出是什么书吗？

猜不出。也许只是她或她朋友自己印刷的书，你也说过，人不可能认识每一本书。

他面上竟有了忧急，不，我觉得这本书很重要，我得知道书名。

我说，那么，直接去问她好了。

就在这时，地铁到站，车门打开，那位女士下车了。

他捏了捏我的手，语速极快地说，到下一站等我。说完，他飞快地冲出了车门。车门就在他身后缓缓关上。

第三个故事

猜书人

那顶红帽子在黑压压的人群里一闪,不见了。

——就像庞德那首诗,《地铁车站》:人群中脸庞的幻影,潮湿的黑树枝上的花瓣。

我在下一站的站台上等了又等,直到错过最后一班车,也没有等到他。他离开的时候,腮帮上还鼓着圆圆的一小块,是没吃完的蜂蜜李子。那晚之后,我再没见过他。

后来我发现,不知情的永别,居然就发生在我第一次遇到他的那一站。

他下车后发生了什么事,我永远不可能知道。也许那位女人促狭地把书收起来,不让他看到封面或任何一个词语,只说,明天再来找我,看你会不会猜中?

于是他沉溺在新出题人的谜语里,忘记了我。就像安徒生故事里,小小的加伊跟冰雪女王坐着雪橇飞走了,忘了小小的格尔达。

也许干脆是他厌倦了我,倦了这漫长、过于规律、缺乏新意的往还。与死去的人交流会更顺畅一些——我说的是读书。

我没法去找他。我不知道他的住址、电话,甚至真名。后来有人告诉我,"岩莺1947Ⅲ"像是一颗彗星的名字,按照天文界的规则,1947是发现彗星的年份,Ⅲ代表它是该年被发现的第三颗彗星,岩莺则该是发现彗星的天文学家或天文爱好者的姓氏。

他早就暗示我,他只是彗星?

他亮闪闪地飞过夜空,照亮一些轮廓和我的眸子,又飞去了。

后来,过了很久很久,很多很多年,五年,十年,十五年,我搬到另一座城市,又跨过一个海,搬到另一座城市。

我任凭自己衰老下去,始终没结婚,甚至没法再投入恋爱。因为别的男人都没有他那么自由自在,不矫饰,痴心于一项隐秘的爱好,兴致勃勃,精力弥漫。那是一段不能再重现的迷恋。其实我一直深爱着他,爱得比我意识到的还深,只是当时我不相信,也没法让他相信。爱人总不能靠无休止的游戏继续下去。玩伴和爱侣是不同的。

他没有切实的质感,缺乏一切能捕捉的细节。爱是光源,是一种热力。他始终是温乎乎的,无法在任何一处烫出疤痕。于是他无可挽回地模糊下去,犹如一篇年纪太小时读过的童话,一场来得太晚、融化太快的春雪。

我时常想起他,就像叶芝想起他的"茵佛岛"(The Lake Isle of Innisfree):"……每夜每日,我总是听见湖水轻舐湖岸的微音。伫立在马路上,或灰色的人行道上时,我都在内心深处听见那悠悠水声。"

地铁、公交车、飞机、街心花园,每个坐着读书的人都像他。在车厢里读书,地铁里的风撩起我鬓边的碎发,我经常因此神经质地猛回过头,怀疑他正在身后偷看我的书页,呼吸拂着我耳朵。我怀疑我听到他的声音在背后说:你在读米歇尔·图尼埃的书,对不对?……是你看书看得太入神而已,其实我从来没离开过。

第三个故事

猜书人

有的城市的人心思浮躁，他们不喜欢读书，放弃到其他时空观光的机会，转而选择玩游戏，读网络上简短无用的信息碎片，或是用电子设备聊天。我很快就搬离那个城市，倒并不因为厌恶那些市民，只因在不爱读书的城，我没法依靠别人缅怀他。

最后我定居的这小城是个安静的地方，工商业都不怎么发达，但书店很多，政府不断慷慨拨款，保证城里的图书馆都正常运营。大多数市民都钟爱读书。他们这里的书都比别的地方小一号、薄一层（如果是长篇，就印成很多分册），刚好能放进女士手包和男士的大衣口袋，因此书便和唇膏、镜子、香烟、打火机一起成了随身必需品。人们一有闲暇，就顺手掏出书来读一段。

我心满意足地在这里住了三年，五年，七年。待在读书的人之间，我感到平静、安全。

某个晚上，我坐地铁回住处，把一本讲阿尔卑斯登山史的书摊在腿上，一只手从口袋里掏蜜饯吃，另一只手翻动书页。

车厢里很空，回响着呼呼的风声，咣当咣当的撞击声。一个人走过来，在我身边坐下，轻声说，您好。

我抬起头来。是个年轻女孩，年纪不会超过二十岁，还不到我的一半，颧骨下巴上的皮肤紧绷发亮，满眼是对世界的好奇。

她有点窘迫，但仍迎着我的眼睛说，打扰了，我能不能问问您手中的书叫什么名字？

我呆呆地望着她，手指松开，书的前半部分弹过来，合上，现出封皮。她低头看了一眼，把书名念了一遍，笑道，其实我是替我男朋友问的，他跟我经常打赌猜书名。

我问，你男友在哪儿？

扑火

她伸手一指。

我紧紧咬住牙,心脏在肋骨后面疯狂跳动。转过头去,在车厢的惨白灯光里,我看到那边坐着一个戴红帽子的年轻人,帽子下边的黑眼睛里,仿佛有一簇火焰,腮帮上鼓起圆圆一小块,像是正含着一颗蜜饯李子。

第三个故事

猜书人

H用手指写出一个词：rain（雨）。

里瑟先生说，你希望下雨吗？

他点点头。

于是海上落了雨。在时断时续的第一批雨点之后，整整齐齐、无边无际的雨幕降下来。

它跟他一起望着针尖一样闪亮的雨丝，无声刺进海面。雨到他们头顶就消失了，像雪花融在火中。

里瑟先生问，你喜欢雨？为什么？

它瞧着他的目光，有时像登山者面对一座山峰，有时又像旅人打量陌生的城市。少年的身躯即使破损，眼底仍有它无法比拟的光彩。

他画出一个w，停下来。

里瑟先生说，w？warm（温暖）？wake（唤醒）？wash（冲洗）？water（水）？wide（宽阔）？wonder（奇观）？wonderful（了不起）？

扑火

他不断摇头，写完这个词：wet（湿）。他想说，他希望下雨是想要被淋湿的感觉。在不能说不能动的巨大痛苦中，如果能被一滴一滴的雨点打在身上，也近似于品尝到跟天空和云朵对话的愉悦了。

　　里瑟先生居然明白了，它摇摇头说，模拟图像无法模拟淋雨的湿润感，医院也不会允许病人淋雨。不过我很欣慰，我认为我们开始做有效的交流了。

　　屏幕上光点徐徐挪动，出现一个字母D。

　　以D字开头的单词有：dance（舞蹈），date（约会），death（死亡），deceive（欺骗），deer（鹿），democracy（民主），diary（日记），divorce（离婚），draft（草稿），document（文献），doll（玩偶），draw（绘画），dream（梦），drift（漂流），driver（司机）……

　　每个词语都像一只魔瓶的塞子，拔起来，就会从中飘出一个须眉栩栩的故事。H本想选择"drift（漂流）"，但在选定的前一秒，他发现里瑟先生的眼睛亮了一下，知道关于"漂流"它一定储备了一个非常好的故事，于是他偏偏放弃了"漂流"，挑了平庸得多的"dream（梦）"。

　　于是里瑟先生开始讲"梦"的故事。它那金属味道浓重的声音，过分清晰地塑出每个音节、每个词语，回响在簌簌的雨声中，像是雨丝里夹杂的雪片。

第四个故事
梦城

有这样一个人,他从小到大,每次做梦,都梦到同一座城市。

婴幼儿时期混沌的梦已经无法追溯,但从他第一次记得梦境,所有内容和活动就都发生在那座城里。梦境并不是生活的补偿,在真实生活中,他是个普通城市平民家庭的普通男孩,没有什么天分,连眼睛和鼻孔的大小、睫毛和头发的数量,都符合平均水平。在梦中,他的父母也只是平民——两对父母都很慈爱,他们的长相并不相同,奇妙的是,分别打量那四个人的样貌和身量,似乎也都能在其中辨认出他五官和神情的来源。

他就像过着两种生活,或者说,生活拉长了一倍。白天,他喝一杯牛奶,坐校车去上学,交作业,下午放学后回家,写作业,睡觉。进入梦乡后,他在另一边的梦中"醒来",走出卧室,吃下另一份准备好的早餐,搭地铁上学,交作业,放学后回家。两边的生活都水波不兴,乏善可陈。假期,两对父母都会带他到公园去,或者放风筝,或者划船,节日期间拿出新衣服叫他换上，全家提着点心盒子去走亲戚。

　　起初他以为所有人的梦都是这样，直到八岁时，他跟亲戚家的孩子们谈起，你做的梦会不会一直在同一个地方？其余的孩子都奇怪地大声说道，当然不会！……我梦见我会飞，一飞飞到了钟楼顶上！顶上还有一只大狗熊，它伸手一推，就把我推下来了……我梦见我上了一趟大火车，车子开到一个田地里，那儿全是冰糖葫芦摊子，还不要钱……

　　他这才知道，梦境过于正常，反而是种不正常。后来在梦中的教室里，他又试图跟同桌探讨这个问题：你有时会不会觉得自己在梦里？

　　同桌的女生疑惑地看看他，当然不会！你怎么问这么奇怪的问题，是不是今早没睡醒？

　　他苦笑道，是啊，我是还没睡醒……

　　十二岁时，像所有男孩子一样，他对世界充满好奇，探究自己身上这个秘密的欲望变得强烈。他在梦中逃学，去逛整个"梦城"，企图证明该城是荒谬的、幻想出来的产物，但一切都那么平凡，毫无异状。梦中的城有个很好听的名字，叫作"柏州"。报刊亭售卖《柏市晨报》《柏州时报》，街边的饭馆招牌打出"柏州特色小吃"，护城河边有老人打太极拳，头上戴着的帽子印着"柏城第十届马拉松友谊赛"字样，巨大的广告牌打出地产广告：柏州"金港湾"，城市新地标！

　　这样具体而真切的小城！是不是世界上真有"柏州"存在？而在柏州城里，也真有"他"这么一个人，他只不过是像"附体"一样过着"他"的生活呢？

　　回到现实世界中，他钻进图书馆去查地图册。然而无论在多么细致的地图和国家城镇记录中，也没法找到这个地名。在邮局柜台上那奇厚无比的黄页中，没有"柏州"的邮编。

第四个故事

梦城

那么，到底哪一边的"生活"，算是真正的生活？

十五岁的时候，关键的事情发生了，他爱上了一个姑娘，很遗憾，不是现实生活中的任何一个——正像他一直暗暗担心的那样。初春，学校组织大家到郊外去踏青爬山。山叫五莲花山。山区里还有另外几个学校的学生队伍，都是来春游的。他好胜心忽起，在山路石阶上大步向前，把别人远远甩在身后，气喘吁吁地第一个冲上山顶。

正待顾盼自雄一番，却发现山顶上早就有人在了。一个穿着别的学校校服的女学生，也是十四五模样，倚坐在一棵松树下歇息。她脱了鞋子，白生生一双赤脚，脚趾短短的，足踵浑圆泛红。春天的阳光照在她脸上，她正在啃吃一枚红彤彤的果实，嘴唇皮湿漉漉的。见他瞧着自己，她有点不好意思，笑一笑说，你想吃桃子吗？那边树上结的野桃子，可甜了。

那夜之后，真实世界中的生活第一次显得乏味冗长。他太紧张，竟然愣愣地站着一动不动，不懂回答。就在他张口结舌的时候，女孩的同学在远处叫了一个名字，女孩大声应着，跳起身来，蹬上鞋子，像小鹿一样轻捷地跑掉了。

虽然没听清那个名字，幸好他还记得她穿的校服的款式。在现实中的那一整天，他都紧张地在草稿纸上反复画那件校服的式样，以免白昼的琐事像浪头一样把梦留下的痕迹冲掉。他无心听课，只反复回想那个女孩的脸。梦境从未如此鲜活，他闭上眼甚至还能看见，她唇边有些细小的绒毛，绒毛上沾着几滴透明的桃子汁液。

他急切地等待梦境的来临。

回到梦中，他跟同学们反复描述那套校服的样子，探知了那间学校的名字。可惜他不是该校学生，无法进入校门。在校门口等了半个月之后，才终于等到了她。那女孩和她的女伴并肩走着，见到他时，先愣一下，然后才笑出来。她穿着过膝校服裙子和凉鞋，露出短短的脚趾、浑圆的足踵。

自那之后，天平开始倾斜。她叫忍冬。他每天放学都去找她，跟她在城里漫无目的地散步。有时他故意落后一步，走在她侧后方的位置，欣赏她的足踵：脚踏地的时候，血色聚拢成一团红润，在足跟处淤集，抬脚时，血色又倏地消散开，脚踵变回一枚雪白的玉球的样子。他在心里说，我愿意就这么看着她忽红忽白的足踵，一直看下去，不管是梦还是真。

某一个没课的下午，他们路过一条小巷，她翕动鼻子，说，好香！一拐弯便见一户人家的外墙，墙头露出大蓬碧绿藤蔓，茂密枝叶间，开着金银两色的花朵。

她指着那花，笑道，瞧，那就是我。

他不解。她说，忍冬，也就是金银花呀。

他抱起她的臀部，努力将她托离地面，让她去够墙头的花儿。

她让他挑选她摘下的两朵花，一朵金色，一朵银色，你喜欢金色还是银色？

他说，我都喜欢。

她眨眨眼，那不行，一定要选一种。

在真实生活中他时或遇到痛苦，如父母感情不睦动辄口角，成绩不佳受老师责罚，但一想到夜里可进入另一个世界，见到如花朵般芬芳的忍冬，便觉心头宁静，无所畏惧。世间再有多少变幻，梦中的小城与忍冬，像人迹不到的深谷中的湖泊，是永远无法撼动的。黑夜的幕布一旦合拢，闭上眼睛，就像打开了去往无忧乐土的大门。

第四个故事

梦城

十八岁,在梦境中,他和忍冬都上了柏州当地的大学,而真实生活中,他不得不到外地去读书。起初他十分担心离开故乡,梦境就会改变,为此还把家中的枕头带在身边,但事实证明担忧是多余的,即使是在火车上,只要进入梦乡,他就回到了与忍冬同在的校园里。

这段时间,他对梦境产生了怀疑和畏惧。他曾努力告诫自己,不能给两种平行的生活投入相同的热情和努力,更不能厚此薄彼,梦毕竟是梦。但一切不由自主,每夜回到梦中的时候,他实在无法抗拒忍冬的温存。

忍冬不是绝美的女人,但脾性温柔和煦,让人感到毫无拘碍的舒适。他徒劳地尝试收束对她的感情,但还是像身陷沼泽一样,越爱越深,最后只好彻底放弃。大学第三个学期,他终于在忍冬身上完成了向成年男人的跨越。在黑暗中分开之后,她只独自侧卧了半分钟,垂着头似乎在默悼刚刚逝去的处子年代,但立即就转身紧贴着他,用更热烈的亲吻和搂抱表示自己绝不后悔。

二十二岁,现实与梦境的分岔日益剧烈,除了与忍冬的爱情,他在梦里的生活并不顺遂,父母早早离婚,父亲罹患胰腺癌,经历痛苦的手术和化疗,仍难免一死;母亲再婚,又再次离婚,精神颓唐。工作呢?他有几个校友搞了个做动画设计的小公司,他受邀加入。虽然这是他喜欢干的活,但设计费总被拖欠。而在现实生活中,父母身体康健,靠着家中亲戚的帮忙,他找到一个薪金不菲的公务员工作。

由于所有的感情都在梦中花掉,他在现实生活中始终没再与别的女人相好。已经有些亲友悄悄议论他是否有性取向方面的问题。为了尽孝道,解除母亲的忧虑,他勉强去相了几次亲,并在几个女人中挑了一个母亲中意的,约会了几次,草草订婚。

其实答应他求婚的那女人也并不怎么爱他,只因年近三十,危机感日甚，惧怕闲言闲语，两人都怀着"忽略爱情、赶紧结婚"的想法，一拍即合。双方父母得知喜讯，大大松一口气，互相拜访过后，立即把婚礼筹备起来。

新婚之夜，他关上灯，在漆黑中跟妻子行了床笫之私。

这是他头一次接触"真实"的女人胴体。

云散雨收，妻子满腹疑窦地说，你说你以前从没碰过女人，那怎会这么轻车熟路？

他并不回答，只轻轻摇撼她的手，传达一点模糊的安慰。

妻子以恰到好处的失落和羞恼情绪摔开他的手，下床去了卫生间。他平躺在床上，不得不紧紧闭住嘴巴，避免沮丧的呻吟从嘴里漏出来。

怎么会是这样？跟忍冬在一起享受到的，比这要强千倍万倍。对现实生活最后一点神秘幻想也烟消云散了。他恨不得以百米冲刺的速度，冲进梦境，回到柏州，回到忍冬身边。

在梦境中的柏州，忍冬也跟他领了结婚证，由于拮据，他只能向她父母借钱，办了婚礼。忍冬的厨艺起初并不高明，好在业精于勤，她报读了一个烹饪班，从此手艺一日千里。每次他结束工作回到家里，连衣服鞋子都来不及换，就跑到厨房，呆呆站着，痴迷地看她在灶台前动作敏捷地忙碌。周末的晚上，他们没钱看电影（因为他决意要攒钱，把举行婚礼的钱还给她爸妈），她就跟他坐在录像厅外，根据里面传出来的断断续续的台词和声效编造剧情，胡编出的故事往往让两人都乐不可支。

她就像领受了要使他幸福这一使命，然后虔诚地把生命奉献给此项事业，衣食住行，样样处理得妥帖至极，没有一样让他费心。

而在夜间，她又是那样温存痴缠。她给予的是一种悱恻的、具有诗意的爱情，让他胸口时常涌起激动的巨浪，想要坦白他最大的那个秘密。

第四个故事

梦城

然而，该怎么开口呢？忍冬，一切不过是个梦，我与你相处，都是在我的梦中……

他越来越怕失去她，也就越来越怕开口。跟她比起来，世界上其余事物均显得一钱不值——连同真相在内。她现在不是很快乐吗？再说，如果认真对待，梦境又何尝不能算是生活？

每次在忍冬身边睡去的时候，他都感到无限依恋。因为一闭上眼，就要回到真实世界中，面对一天比一天味同嚼蜡的生活。

某次中学同学聚会，他喝了点酒，向当年交情不错的好兄弟吐露苦闷。谁料那人竟毫不同情地说，你居然抱怨？有份公务员工作，有漂亮老婆，老婆是城市户口，还能拿出积蓄帮你买房，难得她还跟你爹娘处得融洽！你混得这么好还要抱怨，那我们只能跳楼了。

他不敢再说下去。如果没有另外一种生活相对照，也许他真会觉得这种生活不算差，可是一旦知道真正的爱是什么滋味，就像被人类养大、自幼茹素的狮子尝到了血的鲜香。

他重拾起小时的念头：如果柏州是个真实的地方，如果柏州文理学院、柏州市动漫设计公司、忍冬……万一这些都是真的，在某一个偏远的地方存在着……

那么他就可以离开这里，抛开这种蜡像似的生活，去跟忍冬在一起，过"真正"的生活！

他把这种想法当作救命稻草一样捏在手中。比起十几年前，现在他能想到的线索更多，比如，柏州特色小吃中有一种叫"滚串子"，用黄米裹红糖白糖炸成，又如他记得忍冬常买一种奇特的鱼，叫软肋鱼，那种鱼两腮发黄，肋条骨是软绵绵的……

尚未看到一点寻获柏州的希望，更糟糕的事发生了：他患上了失眠症。

连续两天彻夜未眠,他到医院去,请医生开了助眠药。

服食助眠药之后,他如愿入睡。然而,这夜他一个梦也没做。

第二夜,也是这样。

第三夜,仍然无梦。

他终于明白,借助药物的力量,就没法到达柏州。这使他产生了深深的恐慌:如果从此只能依赖吃药,岂不是再也见不到忍冬?

于是他决定不吃药,完全靠自然方式进入睡眠。

他尝试长跑,剧烈运动,绝食,希望肉体上的极度疲惫能帮他入睡,然而无效。他尝试针灸,药浴,听各种助眠录音,甚至尝试请人催眠自己,统统无效。

难道终于到了放弃一种生活的时刻?他想起多年前在金银花下,忍冬问他,喜欢金色的花还是银色的花?不能都喜欢,只能选一种……

有一种失眠疗法称,公共场所嗡嗡的噪声利于睡眠,他便到火车站里去呆坐。眼看身体慢慢软瘫下来,神智逐渐不清,似乎已经踏入睡眠的边缘了,似乎已经模模糊糊能听见忍冬的说话声了!……不幸的是,他放在膝盖上的书掉落在地上,一个好心的路人把书捡起来,放回他腿上。书的碰触把他惊醒了。他睁开血红的双眼,绝望地瞪着那个人,忽地发出野兽似的号叫,扑上去一拳打在那人的颧骨上。然后又挥出一拳,

第四个故事

梦城

又一拳。

他被押上警车。在车子前行的颠簸中，他竟然睡过去了。

睁开眼，发现自己躺在医院里。忍冬伏在他身边，嘤嘤低泣，你昏迷了好多天，吓死我了……

他预感到这短暂的睡眠随时可能结束，抬手费力地扯掉口鼻上扣着的氧气罩，拼命扯大喉咙叫道，忍冬，你等着我，我一定会回来的！我很快就会回来！

同时，在另一个世界，他痛苦地醒来，警员正在用警棍捅他的肩膀，喂，醒醒，下车了！能在警车上睡着的，您还真是头一位。

他在警局中给妻子打电话。妻子的口气十分愤怒，冷嘲热讽地把他排揎一顿。他静静听着，最后平和地道歉，对不起，给你添了麻烦，以后再也不会了。

她后来回忆说，他的口气十分镇定，应该是已经下了决心——自杀的决心。

翌日，他从警局出来，没回家，去了一处废弃的建筑工地。那座楼盖了一半，烂尾了，工人们早就离开，只剩一个十五层的钢筋水泥架子。

他爬上四楼，跳了下来。

跳了不止一次。

四楼不是一个致命的高度。医院的检验报告显示，他至少跳了三次。第一次，右半边身体先着地，造成右腿和右臂骨折。他拖着半边身子再次爬上楼去，再跳下来，这次是肋骨骨折和脑震荡。但这还不够，不够达到他的目标。

第三次，他特意以头向下的姿势扑下去，终于造成颅骨骨折。经过抢救，生命无虞，但他自此成为最没有康复希望的植物人，陷入永久的

扑火

昏迷，或者说，安眠。

警方交给家人一封遗书，是在那幢烂尾楼的楼梯上找到的。

信写给母亲和妻子：对不起，我不得不走这条路。请原谅我。如果我变成植物人，那么是我求仁得仁，千万不要难过，相信我，那确实是我这些年一直想要的。不过也请不要拔掉我维生的管道，求你们让我以植物人的状态活到自然死亡为止。此后数年要辛苦你们，谢谢。

据说，自愿想要当植物人，而且如愿成功变成植物人的，全世界也只有这么一例。

故事说到这里，本该结束了，不过还是忍不住再加上一段。这是某个深夜，我在一个专门收集奇闻怪谈的网站上看到的：某国某小城里，生活着一个奇怪的男子，他是个从不睡觉的人。自打一场事故发生——是车祸还是在田地里被雷电击中之类的——他从昏迷中醒来，康复出院，回到家，就再也不睡觉了。每夜，安置妻子小孩上床入睡之后，他便独自到书房去看书，看夜间电视节目，看影碟。几十年始终如此。因为看书、看影碟看得比别人多，他时常动笔写写书评影评，还成了小有名气的业余影评人。

有人猜测：不睡觉的人，不管身体有没有痛苦，总难免会焦躁抑郁吧？

答案是没有。据亲友和邻居说，他是最幽默最和善的朋友，也是最温柔的丈夫、最慈爱的父亲，无论何时，永远精神奕奕、笑容满面，对生活充满热爱的样子。

后来，负责吉尼斯世界纪录的人到他家给他颁发证书，证明他是世界上连续不睡觉时间最长的人。

第四个故事

梦城

有个工作人员好奇地问：不睡觉，真的不难受？

他笑道，不会啊，因为我实在太爱我妻子了。

这句答话实在奇怪，睡觉和夫妻恩爱又有什么关系呢？

这所公立医院病房里的老旧全息投影仪终于升级，换成了"虚拟体验式"，病人可以体验到虚拟的健康生活，在水中伸展四肢游泳，在草地上奔跑，在花园里赏花，等等。

少年 H 现在可以和里瑟先生在海滩上散步了。

不过虚拟传导器只能提供被动体验，无法让他获得通过损毁的声带发音的感觉。当他想要说什么，就蹲下来，写在沙子上。

更换设备的钱源自一对富翁夫妇的捐赠，里瑟先生告诉 H。他们的女儿简一个月前在十楼的一间病房逝世。捐钱的条件是，院方在花园里为简树立一座纪念铜像。如果你愿意，可以去看看，铜像就放在西侧七叶树下，据说是她住院期间最爱待的地方……

H 用手指滑动沙粒，写道，这种纪念物的意义是什么？为什么要让死亡和痛苦成为不能忽视的碑石？

海浪冲刷过来，把那行字抹掉了。

里瑟先生说，看不见，不能触碰，不能刺穿，这才是痛苦无法战胜的根源，人们总需要看得见和碰得到。纪念物的意义就在于此：一种物化，或者说，一个寄存柜、一根系泊用的桩。比起失掉和死亡，人最恐惧的是一切竟会没有痕迹，宛如一场徒劳的、无意义的噩梦。有时最极致的遗物的刺激，反而是一种治疗，比如《茶花女》里阿芒目睹棺中爱人腐败的尸骸……

memorial（纪念物）、death（死亡）、doctor（医生），H写下这几个词。

于是里瑟先生开始讲一个关于纪念物、死亡和医生的故事。

第五个故事

收集患者头发的医生

我叫布鲁·比尔德[1]，曾是格林希尔纪念医院的一名住院医师。"曾是"。现在我已经不干那行了，不过往事历历在目，清晰得就像十分钟前我还在查房，有病人问我：大夫，等我出院之后，你会来看我吗？

我答道：不会的，我不喜欢去墓地。

……啊，这只是个笑话。我所在的那间科室，几乎没人康复出院，而且患病的大多是女人。每到发现的时期，一切已经挽回不及了。

那些女病人，她们不再是阿斯汤加瑜伽教练、美甲店店主、伍尔夫读书会的会长、女律师、成绩全优的女校高中生、人体彩绘师、抚养一对双胞胎的单身母亲……她们共享一个头衔：晚期患者。对世界和她们自己来说，这个词就是剩余的全部意义。

---

1 "布鲁·比尔德"即 Blue Beard，是"蓝胡子"的意思。《蓝胡子》是法国诗人夏尔·佩罗创作的童话，讲述一个长着蓝胡子的富有神秘的男人，爱好是把历任妻子的遗骸收藏在密室里。

患者们并不信任家人。家人常泪眼婆娑,手捏一枚银十字架,喃喃说,别怕,我的心肝,一切都会好起来的……简直胡说八道!一切根本不会变好!别信那些"分担痛苦"的鬼话,快乐可以像病毒一样扩散,痛苦不能。病痛更是普罗米修斯一个人的刑罚,日日夜夜被鹰啄食内脏,全宇宙的人和神都只是看客。

而朋友……朋友变成了花束、气球、绒布玩具(竟然有人给女律师送辛普森一家的玩具!)后面那张假笑、欲言又止的脸。无谓的寒暄使人烦躁不安。他们带来点心盒子,小心翼翼打开,"瞧,这是乔和简的订婚蛋糕,我们给你留了一角哦"(他们不知道病人的味觉已经被化疗摧残,就算吃伊甸园里的果子也如同嚼蜡),还有,"一切都会好起来的"……就没一个人能说在点子上吗?在探视者离去后,很多病人都不愿意保留那些花儿。"护士小姐,你想要这些玫瑰吗?不要?那么请帮忙扔掉吧。"

让她们难过愤恨的是,世界仍在稳稳当当运行,来探病的姐夫走在医院过道还忍不住去看女护士的小腿。健康的人脸蛋泛红,香甜地吃焦糖乳酪蛋糕,带小孩去坐摩天轮,周五晚上在卧室点起香薰蜡烛,来一场酣畅淋漓的性爱。她们武断、固执地自我孤立,为这种孤独自怜自伤,继而愤愤不平,更努力地自我孤立。

——曾有一个女人,发现自己艾滋阳性之后,跟五个前男友依次做爱。最后的受害者是九个人:五个男人里有四个染病,这四人回家后分别跟自己的现任女友做爱,有三个倒霉的姑娘中招,而三人中又有一个连累了她的秘密情人……

——啊,这混乱可怕的世界。

当你知道所有让肉体和灵魂变得更美好的努力——素食、计算卡路里、健身、美容、听古典音乐会、夫妻关系改善咨询、盯着秒表让漱口水在嘴里鼓荡整一分钟——只不过是为了给"癌"这个魔鬼准备更丰盛的大餐,那"生活"还有什么意义呢?可怕的是,你身边的人也这么认为。

没人能理解,其实病人更期望被当成平常人,期望人们用平静的语气跟她们拉家常,谈论晚间播出的脱口秀节目,嘲笑她们指甲的颜色……好给她们一点机会暂时忘记身处的困境。

病人的配偶面对她们时,像对待一尊脆弱昂贵的瓷器一样,战战兢兢,温柔又哀伤,语言和肢体语言都变得谨慎客气。他无论如何也不跟她拌嘴了,以免将来从墓地回家的路上想起"啊,化疗期间我还跟她吵过架"而内疚。

她们再也得不到性爱。丈夫和同居男友(那些决定不分手的勇士)会说:不行,你需要休息,你的刀口还没长好……

——在一个绝症患者身上取乐?不不,那太残忍了。

而在手术和化疗之后,她们也多半羞于暴露丑陋的身体,更别说用这具身体去求欢了。

最后,她们能用正常方式交流的只剩医生。

病人们会爱上医生,就像人们崇拜蝙蝠侠、钢铁侠、绿灯侠、美国队长、神奇四侠……病人是被病毒绑架的人质,我们会手执手术刀和处方笺,与绑匪大战几百回合。

她们紧盯医生的眼睛,像热恋中的人一样察言观色,揣测方才他说的话有多少真心、多少假意,得到一些温言软语,一点鼓励和安抚,就能有至少半宿安眠,重燃虚假的希望。

第五个故事

收集患者头发的医生

女病人们刚住进医院的时期，总会一天几次地崩溃痛哭——这是"痛苦三阶段"中的第二阶段（一，心理应激，麻木，否定现实；二，产生抑郁痛哭等反应；三，消退，接受现实）。多数女人总觉得社会和男人亏欠自己，再被狠狠抛进绝症的黑洞，就更委屈了。

我们这儿的麦琪和路易莎护士安抚病人情绪的时候，总会说，嘘，别哭了……告诉你，比尔德医生（就是我）有个能让你开心的绝招，等他晚上来查房的时候，一定要记得问他哦。

是长得最英俊的那位？

对，就是他。

绝招是什么？

是——染头发。

别笑，别笑。别小看外形对女人的影响，一件忽然打折的名牌衣服，一次超乎想象的美甲，都能让她们的脑垂体分泌多巴胺，产生止痛和平复心情的效果。

我会告诉她们，坏消息是化疗明天开始，好消息是今晚你们可以去美发屋，把头发染成最不可思议，你以前想都不敢想的颜色。

要是染坏了，或是染完不满意，后悔了怎么办？

那就更理想了！当你开始掉头发的时候，你不会难过，反而会如释重负——总算可以摆脱这堆难看的东西啦。

结果，她们都去染了头发，无人例外。染出千奇百怪的颜色：孔雀蓝，苹果绿，芥末黄，洋葱紫，火烈鸟红，还有多种颜色混在一起的杂烩色，以及染出波点图案的……走在医院里人人侧目，平常十分钟就回到病房的路，走了半个多小时，总有人求她们站住，好奇地细细端详。

这让她们暂时找到了新的打发时间的玩具,在恶心呕吐的间隙,她们盘膝坐在病床上,小桌上立着镜子,把头发编成辫子,或盘成发髻,把花儿插到鬓边(探病的人送来的花总算派上用场),然后用手机自拍,一边咯咯笑一边看。森林绿的头发配红花,玫瑰红的头发簪白花。亲友来访,谈得最多的终于不再是某某国家研制出的、药监局尚未通过的新药(他们从网上搜索到的),而是,"上帝!你的头发……"

我轻声对她们说,趁头发没掉光之前,送一束给朋友吧,这会是件很有意思的纪念品。

她们也都按我说的做了:用黑丝线把鲜艳的头发绑成小束,赠给来探访的朋友。挺着孕肚的女友接过发束,双眼泛红,笑道,等我的孩子长大,看到这东西就会问,妈妈,这是谁的头发呀?我说,这是某某阿姨的头发。他肯定会说,哇,天哪,敢把头发染成这个颜色,那个阿姨一定超酷!

院里其余的医生都对我这种做法不以为然,护士们倒都很喜欢,因为她们需要面对的愁眉苦脸少了,病房里五颜六色的,也能提振精神。其实头发是什么颜色并不重要,重要的是,这是一种度过生命倒计时必要的态度,一种把坏事当成好事来看的、大剌剌的精神。

染了头发的女人,后来有些还去文身,去打眉环、鼻环、脐环……这更像是当肉体成为敌人时的一种反攻。

然而很快她们都到了"满足愿望"的阶段。

第五个故事

收集患者头发的医生

——"满足愿望",即医生常向家属说的:她还有什么愿望,想去什么地方,想吃什么东西,玩滑翔翼还是坐热气球,都尽力满足吧。

好,这时我要说的故事才真正开始。

有个夏天的傍晚,我查房之后又在办公室待了一会儿,写完了一篇要在翌日"临床病例讨论会"上讲的东西,然后到顶楼花园去抽烟。

从顶楼看下去,医院几幢建筑卧在夜色里,像一群安静的巨兽。每个窗格里亮着的灯光下,都有一颗忐忑恐惧,又充满希望的心。这样想来,那透亮的窗子就是兽身上的伤口了……身后有人说,比尔德医生,给我一支烟。

我转身,先看到一头蜜柑色的头发。

那是我最好的患者之一,杰斯敏,二十六岁,博物馆近现代美术研究员,没有男友来看过她。她是中期患者,化疗结果很不理想,前景灰暗。我说"最好的"是指她性格乐观,跟人说话总带着笑意,态度始终镇定温和,还喜欢用施德楼纤维彩笔给人画像。我的办公室墙上就钉着她给我画的画像。

我抽出一根烟递过去,又给她打着火,点上。她眯着眼,吐出长长一口烟气。肩膀上那两块叫作肩峰的骨头,从薄毛衫下边尖尖地扎出来。

我不说话。她也不说话。

烟快抽完的时候,我看到她眼睛下边有两道泪痕发亮。

我问,你想要什么,如果有我能帮忙的……

她用力一吸鼻子,"嘶"的长长一声,笑道,想要什么?我想要我的前男友跪在我面前,说亲爱的我是个混球,交了别的女友之后,我每夜都想着你的脸自渎。

我们都笑。

她默然好一阵，突然抬头直视着我，目光闪烁。医生，你真愿意帮我？……你可知《旧约·士师记》中，耶弗他之女死前哀悼自己什么？

以色列首领耶弗他与亚扪族作战，向耶和华许愿，说，你若将亚扪人交在我手中，我从亚扪人那里平安回来的时候，无论什么人，先从我家门出来迎接我，就必归你，我也必将他献上为燔祭。耶弗他回家之时，拿着鼓跳舞出来迎接他的，是他的独生女。诺言已许，不容反悔。女儿说，有一件事求你允准，容我去两个月，与同伴在山上，好哀哭我终为处女。

我无法掩饰自己的惊诧，一动不动地瞧着她。

她知道我的疑问，耸耸肩，我十三岁就加入了"婚前守贞姐妹会"，所以你没领会错，我是个老处女。

又说，那时实在料不到，我等不到结婚就要死了。真是不甘心哪！如果你愿意……

我掷掉烟蒂，转头就走。

她在我背后说，你可知主是怎样讲的？"你手若有行善的力量，不可推辞，就当向那应得的人施行"……

数日之后，我正在自助餐厅吃三明治，有个实习男护士过来在我对面坐下。他是医学院硕士二年级的在读生，腼腆得很。他告诉我，1463病房的病人小姐向他发出"奇怪的邀请"，他拒绝后跑了出来，又怕她恼羞成怒、事后反诬，因此先求我做个见证。

听他吞吞吐吐地讲着，我暗暗觉得有些好笑，她自况是耶弗他之女，却被别人当作了波提乏之妻。

第五个故事
收集患者头发的医生

——《旧约·创世记》中约瑟被以实玛利人卖到埃及军长波提乏家中，甚受宠爱。约瑟生来俊美，波提乏的妻子欲与之私通，还扯脱了约瑟的衣服。约瑟拒绝她之后，那妇人怒向丈夫说，那希伯来人想调戏我。波提乏便把约瑟投入监中。

我安慰那男孩一阵，就到1463病房去。她正梳理自己的蜜柑色头发，从梳子齿缝里把脱落的头发收集起来。我说，女士，你把那孩子吓坏了。

她耸耸肩。医生，是你亲口告诉我家人，说我只剩几个月活头，我还有什么可顾忌的？你不帮忙，我只能找别人。

我问，你就没有一个异性朋友能……？

她像难以忍受我说的蠢话似的，皱紧鼻梁上的皮肤。天哪，你不觉得这种事必须要找陌生人合作吗？朋友？一想到他日后可能会把这事泄露给我家人，我简直死不瞑目！

翌日早晨查房时，我对她说，我给你预约了核磁共振，晚上六点，2436室。

我在五点五十分到达，手里提着一个急救药箱，与核磁共振室内正准备离去的病人和医生打招呼。五分钟之后，她也来了。

她居然换掉了病号服，穿着一条宝蓝色的连衣裙，还喷了香水。

我们进去，关上门，反锁。我说，我们有大约三十分钟的时间。

她说，好的，医生。说完开始脱裙子，以一种出奇柔顺的肢体动作，就像把脱衣服当作仪式的一部分似的。我也转过身去，脱掉罩袍、线衫、衬衣、长裤、鞋袜。忽然后腰皮肤上一凉。我迅速回过身去，是她悄无声息地走到身后，伸手戳了我一下。她笑嘻嘻道，医生，你腰眼上这两个小坑真好看。

我遂跟她面对面站着，彼此打量了一阵。

她问，你在看刀口的针脚？

我说，当然不是。

——其实是的，那道刚痊愈不久的刀痕还泛着紫红，看得出是特纳医生的手艺。

她上下扫视的目光像是有热度的探照灯，令我朝向她的这一面身体热辣辣的。

我说，你好像并不在意在陌生人面前赤裸。

她似笑非笑的，你忘了我是美术学院的学生，我十几岁就看惯了男人女人的裸体。你知道吗？全医院男人里，你的骨架最美。她又低头看看我的双脚，你连脚都那么美，我上学时最喜欢画这种第二根趾头特别长的脚。

又说，夸我漂亮，好不好？求你了。

我立即说，你非常美，真的。

说完就觉得一阵自责，这句话真不该由她来提醒。为了掩饰窘迫，我抬头看钟，说，我们得赶快，二十分钟之后就是罗纳德医生预订的时间了。

她说，好的，医生。

我从药箱里取出备好的被单，铺在核磁共振仪的床面上。来，躺下。

她依言爬上去，躺平。我把急救药箱放在床脚随时可以够得到的地方，也爬上去。像巨型甜甜圈一样的核磁线圈，就在头顶。

床很窄，幸好两人不用并排躺着。我分开两腿在她身子两侧，用手

第五个故事

收集患者头发的医生

臂支撑身子，悬在她正上方。

她四处打量，然后把头摆正，眨眨眼。别这么紧张啊，医生，你腮帮上的咬肌都鼓出来了，第一步是亲吻，对吧？

我说，对。

她立即像看牙医一样，"啊"的一声，将嘴巴张得老大，可以看到粉红舌头和白牙齿。

我被逗笑了。伸手托住她的下巴，将下颌扶上去，说，我的舌头可不会检查龋齿。

她也笑出来。气氛缓和得多了。我遂凑近她的脸，将舌尖缓缓送进她口中，尽力温柔。刚触到她的舌头，却听到她喉咙里冒出强忍疼痛的"吭"的一声。

我立即退出来，问，怎么了？

刚问完就想到：化疗的副作用之一，是严重的口腔溃疡。

我低声道，对不起。

她也说，对不起，我应当忍住的……并抱歉地一笑，圆圆的眼因笑而弯起来，眼睛四周荡起一些细小的皱纹。

我按照程序，一点一点爱抚她，动作工整耐心，尽职尽责。前十分钟，她一直张大眼睛凝视着我，全神贯注，然后眼睛逐渐眯细。

她是怎样一个女人？我只知道她是怎样一个病人。我了解她的肉体如此详细，比任何一个丈夫对妻子、男友对女友的了解都多：她的胆红素、肿瘤标志物、球蛋白、白细胞数、各种酶的数值……我没有一刻不清醒地意识到，这是在一具"借来"的身体上建设偷来的欢娱——死神早就给它打上标记，限时取走。

毒素在沃土之下已蔓延到不可收拾，以一个医生的眼睛，我看到的

扑火

是种种疾病的征象，手指和身体擦蹭到的皮肤和肌肉，都是饲喂疾病的培养皿。然而以一个男人的眼睛，我看到的是一个瘦削修长，病容满脸，从五官形状上还能看出几分旧日美貌的姑娘。

女人和病人两个影子重重叠叠，就像收音机的旋钮停在两个频道之间，两种声音互相干扰，哪边的话都听不清，我的脑子被搅得乱成一团。幸好这种事靠的是本能指挥。终于到了最后一个程序。在征求同意之后，进入她之前，我说，如果心脏或哪里不适，你要赶快喊出来，好让我抢救你。

之后，我，一寸，一寸地，刺穿了她。

她的眼睛倏地睁得滚圆，指甲在我脊背上抠紧。那一刻我觉得自己又冷酷又残忍，却又感到自己毕竟是行了一种善。

我咬紧牙齿，动了第一下，第二下，第三下……

她在喘息间隙里，用细小的声音说，原来是……这样的。

又说，医生，如果我死在这个时候，千万别抢救。

然后她闭起眼，汗涔涔的脸上浮起一个笑容。她的眉毛已经掉了一半，可以看到在稀疏的毛发里藏着一颗鼓起来的、肉乎乎的红痣，笑的时候，那颗红痣就像一颗细小的心脏倏地活了，蹦了一下。在这样近的距离看，就像星星在云层里闪了一下。

我的心也随之颤动了一下。

难以置信，爱情就在这最不可思议、复杂得难以言说的时刻降临。一股乱糟糟的情绪，像霰弹枪的一簇子弹击中了我，焦灼、怜悯、哀愁、激动，对我那颗冷静了十几年的医生的心来说，这些都太陌生了。

在一切结束后，我迅速翻身下地，把衣服拿来盖住她的身子。她平躺着，眼神呆滞地投向天花板，细小的泪珠滑出眼角，迅速没入鬓角，

第五个故事

收集患者头发的医生

但那表情是一种对一切有了交代的如释重负。

原来是这样。我总算知道了,她慢慢坐起来,这样说了两遍。举起手掌在绯红逐渐退去的脸颊上按一按。手又滑下来,摸摸前胸,又沿着髋部向下抚摸,像是只过了短短一会儿,这具躯体已经变得陌生。

忽地仰头对我说,我后悔了。

我怔了一下。她笑笑说,我后悔的是,没在手术前就跟你约会。那时我的身材还很好,乳房还饱满得像新鲜的果子一样。现在只剩些残垣断壁,我才努力想在这废墟上开舞会……

我低下头,手指插进她蜜柑色的头发里,手掌边缘用力,令她扬起脸来,吻了她的额头。

松开手的时候,指缝里留下了几绺长发。我用另一只手慢慢将那几十根发丝拢在一起,说,你也送我一束头发做纪念,可以吗?

那就是这束蜜柑色头发的来源。

那件事之后的第五天,杰斯敏敲门进了我的办公室,身后是一个头发染成绿松石色的女孩。

一进门就说,医生,你再预约一次核磁共振,怎么样?

我抛下手里的《柳叶刀》站起身来。绿松石女孩停在门口,叫了一声"您好"就羞涩地低下头去。

杰斯敏熟不拘礼地走上来,踮起脚尖,靠近我耳边说,妮娜十九岁,刚上大学,是晚期了,她男朋友知道她得病之后再也没来过,我撞见她躲在楼梯间哭……

我向那个叫妮娜的姑娘点点头,道一句歉,有点粗暴地探手抓住杰斯敏的手腕，把她扯到房间另一端的角落里。她翘翘着跟在我身侧。

我低声道，这是医院，不是妓院。你以为你自己是拉皮条的，而我是男妓？

其实我的愤怒另有原因，但不愿说出口——她怎么能拿我当礼物来送？那一天的半个小时，又怎么能复制一遍送给别人？

我猜我的样子一定有点可怕。她飞快地看了我一眼，半垂下脸，目光落在我前胸上。哟，你这条领带图案真好看，黄底红波点，像煎鸡蛋上洒了番茄酱。

绿松石女孩始终下巴抵着胸口，双手互攥，嘴唇紧张地抿成一条缝，看得出那病号服空荡荡的原因，是纤小加上病弱。

她向那女孩摇摇手，又继续对我说道，医生，帮一次和帮两次，帮一个人和帮两个人，有什么不一样？

我小声吼道，让她去找男朋友，去找前男友，去找她的 gay 密友！我只管治病，不管泄欲。

她冷冷地说，我跟你解释过为什么这件事只能与陌生人合作。

酒吧、咖啡馆里，到处有寻求一夜情的陌生男人，想放纵，他们比我更够格。

她哀伤地注视着我：除了医生，谁还能对我们这样的身体和容貌熟视无睹？……

最后我还是被她说服了。

是的，你找到它了，喏，这束绿松石色的头发就属于妮娜。在"熟视无睹"之外，医生总是对自己无力救助的患者心怀歉疚和怜惜。

地点就在我的办公室。杰斯敏亲自帮妮娜化妆，梳头，换衣服，送

第五个故事

收集患者头发的医生

她过来。又悄声对我说,温柔点儿,她一个半月之前才动的手术。

我把妮娜送出门时,发现她从走廊拐角转出来,笑嘻嘻的,嘴唇上涂了蜜桃色唇膏。

喂,医生,你够力气再来一轮吗?

你呢?你够力气吗?……

情况已坏到无可再坏,无法施救,但如果还能在这坏里面找乐子,那就等于是在一定程度上打败了"坏"。

她们想在死之前再尝尝性爱的美味,这有什么错呢?有这样一个故事,有一人从牢狱逃出来,遭到狂象追击,他躲入一口废井,谁知井底钻出一头毒龙,井边还有四条毒蛇环伺。这时他发现井壁垂下一条藤蔓,连忙攀着它爬上去,勉强悬在半空,得以暂时不被毒龙吞噬。然而又有两头白鼠出来,啃咬这条藤。就在命悬一线之际,有一滴蜜汁从井边树上滴下来,顺着藤流了下来,于是他闭上眼,全神贯注地享用那滴香甜的蜜。

对她们来说,这临死前的偷欢,就是那一滴蜜汁了。

我呢?……我本该是拯救她们性命的人,如果不幸力有未逮,那我也不再推辞,退而求其次,就当那根藤蔓,传递那滴蜜汁给她们吧。

扑火

又一个星期之后，找上门来的是护士麦琪。她东拉西扯地说了些闲话，最后说，比尔德，今晚能不能借你的办公室用一个小时？

做什么用？

麦琪颧骨和鼻梁上的几片淡淡雀斑都通红了：有个叫劳拉的病人，就是头发染成普鲁士蓝那位，术后半年癌细胞再次扩散，没多少日子了。她跟妮娜同在一个理疗室，听说了……你跟妮娜的事。后来她跟我说，其实她一直喜欢的是女人，我说，我也是。

我多少有点惊讶。麦琪见到我的表情，反倒放松了些，笑了。怎么？觉得太凑巧？

我连忙摇头。不不，她能在最后时刻，找到人满足愿望……这最好不过了。

麦琪三十三岁了，是个有拉丁血统的美人，可惜工作劳累，作息不规律，导致气色不佳。我从口袋掏出办公室钥匙给她，在她肩膀上轻轻拍一拍。

第二天早晨麦琪来还钥匙。她从口袋里掏出一件东西，向我晃一晃，那是一束头发，普鲁士蓝色的卷发。

劳拉让我向你道谢，再道歉。

为什么道歉？我的沙发也没被你们弄散嘛。

呃，我们把你柜子里藏着的酒喝掉了……

事前实在预料不到，这种"邀约"竟迅速在暗中流行起来，很快蔓延到楼下科室以及楼下的楼下科室。麦琪说，其实被"解救"的不仅是几乎了无生趣的病人，医生和护士们也是受益者——在性爱这件事上碰壁的可不光是病人。在我们这儿，有一半医生护士是单身，有的是迟迟

第五个故事

收集患者头发的医生

找不到能忍受自己高强度工作（比例大概是十个护士要照顾四十张病床）的配偶，有的是找到了，又丢掉了，还有的丢掉过很多次。剩下一半非单身人士之中，又有一半有情感问题。同仁们的平均性爱频率，大概是每月一次。我们几乎是被工作阉割了。

麦琪又开玩笑说，大家应该成立一个正式组织，组织名字就叫"医患激情俱乐部"，或"医患性爱互助会"，因为这所医院的名字是格林希尔纪念医院，所以也可以叫"格林希尔俱乐部"，听上去更像绅士与淑女们的玩意儿。

很快，女医生与男病人也加入进来。麦琪对此事一直很热心，若是一方有意一方无意，她还会帮忙去寻找别的"约会伙伴"。

我要她向所有参加游戏的人申明以下几条规则：

一、自由选择。任何时刻任一方都可以反悔。

二、一定要采取安全措施（如果一个绝症患者忽然怀孕，后果不堪设想）。

三、医生和护士要随时注意病人身体状况，急救药品和用具必须随身携带。不可为取乐而误了人命。

四、一次浅尝即止，不可以有第二次。

我始终不知道参加过"互助会"的具体人数。有时在咖啡角喝咖啡，会有一位医生悄悄过来，向我亮出手心里一小束彩色头发，点头致意，露出微笑。我便知道那是"会员"向"创始人"的诚挚致意了。

每次我跟杰斯敏聊到她的遗愿居然会产生这种后续影响，都会摇头骇笑。她死在两个月之后。疾病的刀刃，像削土豆似的把她的脸削成了多边形。

——耶弗他之女在山顶两月，她回到父亲那里，父亲就照曾许下的

扑火

愿，将她杀死，献为燔祭。

那个下午，杰斯敏的父亲刚好回家休息去了。她求我不要给他打电话，"让他好好睡一觉吧"，这是她最后一句话。

我就站在她身旁，两手攥着除颤电极板，身子僵在一个冲过去抢救的姿势上。麦琪和另一个护士牢牢抓着我的手腕，不让我给她做心室除颤。她签署了DNR协议书——Do Not Resuscitate，"放弃心肺复苏术"。

杰斯敏，Jasmine，是茉莉花的意思。她死的时候并不像茉莉花，颧骨犹如支帐篷似的把皮肤挑起来，那层皮薄得，能透过它数出一颗颗牙齿。

她最后一个动作是嘴角皱起一些纹路，那是在笑，完全掉光了毛发的眉脊上，那粒红痣闪动了一下。

宣布死亡时间吧，医生，麦琪面无表情地说。

绿松石色的妮娜没有死在医院里，她表示想在家中度过临终时光，于是我们目送她被轮床推出去。家人们亦步亦趋地跟在她身边，她发黄的眼珠在眼皮下虚弱地转动，找到人群中的我，投来温情的一瞥，作为致谢和告别。

当然，绝不是所有头发的主人都是年轻姑娘。你瞧，这束珊瑚色的属于一个中年女人。萨沙，四十一岁的地产代理，刚刚当上事务所的合伙人。肿瘤化验报告出来一周之后，她的头发就全白了。

那是我最小心翼翼的一次。她的眼泪从头落到尾，怎么也止不住，他从没这样待过我，不管在我生病前还是生病后，他从没这样待过我。

"他"说的是她丈夫。

第五个故事

收集患者头发的医生

这一束向日葵色的头发主人是个亚裔女人，琳达。为了拿到正式公民居住权，她跟一个本地人办了假结婚，攒够时间获得公民身份后再离婚。其间他们一直分房居住。假丈夫喜欢同性，因此始终没有假戏真做。

　　她用口音很重的英语跟我讲，她有六个姐姐在遥远的故国。离乡前姐姐们为她践行，开玩笑说你简直像要离开海底、到人间去的小人鱼啊，找到王子结婚之后，可别忘了姐姐们还在海底。

　　她想让姐姐们都早点离开海底，一天打三份工。一年后，她在一个雇主家里晕倒，被送进医院，攒下的钱刚够支付手术、住院和葬礼的费用。

　　赤裸相对之际，她对准我的下身盯了好半天，释然道，总算见着了，我还以为人种不同，这器官会有多大差别呢。

　　这束短短的鲑鱼红色卷发属于一个黑女孩。路易莎，平面模特，惧怕手术移除她最美的那部分，选择保守治疗。可惜她赌输了。她意志强硬，但身体衰弱。我不得不中间停下来，给她注射了一管针剂，才能继续下去。

　　我轻抚她的卷发，不断说，这红色配你的皮肤，美极了，美极了。

　　瞧这扎成一根小辫子的蔷薇色发束，看到它，就像看到那女人爱玛白皙清秀的面孔。她是小学地理教师、贤惠主妇，有极可爱的一儿一女，死前一天还在陪孩子做手工纸雕。

　　爱玛的丈夫跟她在同一所学校做历史教师，夫妇俩都是那种循规蹈矩一辈子的人。患病后某天，她对丈夫说，晚上想在卧室里尝试几个新奇体位，丈夫登时吓得倒退几步，以为癌细胞扩散到她脑子里了。

　　在那几个体位里，我谨慎挑选出不怎么费她力气的三种。殚精竭虑,总算不辱使命。爱玛气喘吁吁地说,医生,你说患病会改变人的性情吗?自从得病,我一直后悔这几十年生活得太平淡无趣……不过,啊,我终于做了两件出格的事儿,死也不白死了。

她送我的头发,被精心地编结成辫子,扎上相配的银灰色缎带蝴蝶结。

还有这束豆沙色,海伦,她是个婚纱设计师,却永远没找到机会穿自己设计的婚纱;这束苔绿色,珍妮,她是一个独立乐队的键盘手,把每一个前男友——鼓手,主唱,录音师——的头像都文在身上,但那些人都抛弃了她,在她住院期间没有一个男人来过;这束蒲公英色,莫妮卡,她是个墨西哥裔女人,在富人家当保姆,自己也有六个小孩,丈夫是个烂酒鬼,每次性爱都以暴力始,以暴力终……

她们死去的时候,我都在。只有我知道她们不只是"绝症患者",不是从名单上勾掉的名字,不是形容枯槁、头如秃鹰的异类,不是太平间钢抽屉里的填充物。她们是温暖热情的肉体,是藤蔓一样紧紧缠绕的四肢,是渴望生之乐趣的呼喊。

是留在我手中五颜六色的发束。

只有我知道,她们至少曾因我尝到一滴蜜汁的滋味。

我爱她们每一个。真的。在我看来,这是另一种对抗死神,让她们活下来的方法。是另一种践行医生职责的途径。凡被爱过的,都是不死的。

什么游戏都早晚有玩崩的时候。事情败露在另一个科室的女医生手中,她的病人是个淋巴癌三期的少年。那晚他始终低烧,但对美丽的金发女医生的渴慕压过了一切。尸检表明,他事前服用了万艾可。这谁都

第五个故事

收集患者头发的医生

能理解：他生怕出丑。然而更糟的是他其实差两个月才到十六岁。

　　他的父母怎么也无法接受，儿子的生命竟然提前结束于一场与医生的性爱。他们状告医院监管不力，状告女医生诱奸未成年人，拒绝庭外和解。

　　覆巢之下，岂有完卵，所有参加过"格林希尔俱乐部"的医护人员都被牵连出来。这不是犯罪，我始终觉得我没做错，但我的医生生涯也就此完结了。

　　比起不得不在药品超市打工谋生，更让我痛苦的是，我不能再爱上别的女人，也不能再对健康平凡的女人产生生理反应了。

　　杰斯敏、妮娜、萨沙、琳达、爱玛、路易莎，还有海伦、珍妮、莫妮卡、菲奥娜……她们一直都在。那些耀眼的头发，像彩色的云雾一样包裹我，禁锢我。

　　唉，我的蜜柑姑娘，我的绿松石女孩，我的珊瑚女人……当她们凝望我、搂紧我的时候，目光中露出的渴望，比死亡本身更迫切，那残缺身体所燃起的激情，比健全人更炽热。我只想要那种面对即将消逝的生命时，带着苦楚和痛惜的施予和满足感。

　　而她们在哪儿呢？……在各自的墓穴里，寂寞地听着雨点打在草叶和蝴蝶花上的声音。

　　后来，我找到一个匠人，把她们的遗物，那些发束，交给他。他把所有头发黏合在一起，做成了这一顶假发，像装饰着无数珍奇鸟羽的冠冕。

　　这是属于逝者的美。

　　好了，我已经给你仔细地解释了原因，这些是我预付的酬劳，现在，你愿不愿意戴上这顶假发，转过身去，开始我们的性爱？

扑火

H问，你为什么不讲一个有幽默感的故事？

里瑟先生眯起眼睛：请定义一下"有幽默感"。

他想了想，飞快地写道，比如，人们不相信海中存在人鱼，就说其实水手们远远看到的"人鱼"是儒艮，还解释说哺乳期的雌儒艮会带着幼崽在浅海游弋，此时它乳头肿大，光线昏暗时会被误认为丰满的女人——这就很有幽默感。

里瑟先生微微一笑。

海滩上传来响亮的叫声，一队灰海豹登岸来晒太阳、睡觉，上百具肥壮的纺锤形身子铺排着，时而笨拙地翻滚一下。几只仔兽靠在母兽身边，全身覆盖白色胎毛，柔软光洁如绸缎一般，滚圆的漆黑大眼东张西望，现出好奇又怯懦的样子。同族的灰海豹将那几对母子围在中央，母子们有时脑袋相碰，母亲用鳍状的上肢碰一碰小仔，低声叫唤，都显得心满意足。

他们不出声地凝视了好久。H 感叹道，比人类可爱，是不是？

里瑟先生说，你这句话也很有幽默感。

H：如果真有世界末日，我会宁愿为它们的毁灭感到痛惜。他写下一个闪着光的词：doomsday（末日）。

末日？

是的，讲一个有幽默感的、末日的故事吧。

第六个故事
乐队主唱在世界末日

早晨七点半,我在地下室练电贝斯,用音箱把声音放得震耳欲聋。忽然门被撞开了。进门的是虎鲸。他的正经职业是软件工程师(给我写过好几个混音和做音效的软件),但他在酒吧跟女人搭讪时,总会强调自己是搞乐队的,乐队名字叫"天文馆隐士",已经出了第一张唱片,正在做第二张。一般说到这儿,女人的眼神已经很蒙眬荡漾了。其实第一张唱片《蚂蚁攻占罗马》只卖掉了一张——虽然只卖掉了一张,但毕竟是卖掉了一张啊!

不过自打五岁认识他,我还从没见他今天这样子:上身运动衣,下身条纹睡裤,睡裤下边露出一双冬天穿的皮鞋,脸上青白不定,大汗淋漓,额角破了一块,正在渗血。背后背着一个硕大的登山包。

我放下贝斯,关掉音箱,问,你怎么来了?别踩地上的草稿纸,那上面写着简谱的。

他呆呆地看着我,模样又怪异又忧伤。卸掉肩膀上的登山包,向我伸出两只脏兮兮的手,像要拥抱又像乞讨,小声叫我的名字:海豚……

我高举双臂,手掌在空中使劲按了两下,在他开口前叫道:等等!你这表情,不会是要说"我爱你"吧?

虎鲸的姿势散了,骂道,浑蛋,世界末日了还开这种玩笑?

什么世界末日?

他现出难以置信的表情。啊,你居然不知道——世界末日到了,地球就要毁灭了,再过十二个小时这世界就要玩儿完了……

他转头看看角落里堆积的饼干盒、饮料瓶:你在地下室待了多久?

我喃喃道,四天。我在写一首歌来着,写完一个不满意,又废掉重写。世界末日?是真的?

是真的。各国政府昨晚都发表了声明。

也就是说,椰汁松饼吃不着了?想上法罗群岛看灰海豹也不可能了?想排队上火星旅游也没时间了?就算冷冻起来等时间机器发明,也没机会了?

是。都完蛋了。金字塔,卢浮宫,凡·高,阿尔卑斯山,你最喜欢的自然博物馆里的那颗霸王龙化石,还有我和你,全都要变成宇宙里飘浮的灰烬了。

这时外边隐隐传来枪响,爆炸声。

我的腿有点发软,后退几步,在墙角坐下。

……外边的人们都在干吗?

虎鲸耸耸肩:抢钱,抢食物,痛哭,疯狂做爱,裸奔,烧房子,烧汽车,自杀或杀人……还有成群结队的人在街头揍人,遇人就揍。他抬手点了点额角的伤口。

既然只剩十二小时,抢东西揍人又有什么用?

扑火

人们总要找点事做嘛,他拖着背包过来,在我身边坐下,我也到附近超市去抢了点东西。

可自杀又有什么必要?抢先去天堂占位子吗……你拿了姜汁啤酒没有?

他在背包里翻腾一阵,掏出一罐姜汁啤酒。

铝罐子上溅了些猩红色点点,像是血渍。他简单解释说,超市里有一场枪战。

我扯开拉环,跟他一人一口传着喝。

我说,我要不要给我姨妈打个电话?

别打了,打不通。我本来没打算来,想给你打个电话就算了,可是几乎全世界的人都在打电话说"我爱你""再见",所有线路都在占线。

头顶楼板传来杂乱的脚步声。

我喃喃道,真可惜,第二张唱片永远没机会做出来了。

闷声喝完了一罐酒,虎鲸用力把易拉罐捏成一团,说,第一张里面,我写的那首《你的目光是我的文身墨水》,其实还挺不错的。

是啊。我写的《水母星空》也不错。

他瞪着我,《水母星空》真的不如《你的目光是我的文身墨水》,好几处扫弦加得多余……反正是世界末日,我就直接说出来:我觉得你写的歌都太怪异了。而且,《蚂蚁攻占罗马》,谁愿意听这种名字的专辑啊?

说着,他就像给自己伴奏似的,"砰"的一声又掰开一罐黑啤酒的拉环。

我第一次听他批评我,多少有点沮丧,不过想到末日近在眼前,也就放弃沮丧,说,你的话又不够客观,没说服力。

又沉默着喝完一罐酒,我说,我想去找他。

找谁?

第六个故事

乐队主唱在世界末日

找那个世上唯一买了咱们唱片的人。

为什么？！

你不想向他致谢，然后问问他对《蚂蚁攻占罗马》的感想吗？那可是咱们唯一的听众啊。

我们有一个叫猫鼬的朋友开了间唱片店。一年前，我们做完《蚂蚁攻占罗马》，烧制了五十张，就放在猫鼬的店里出售，三个月后卖出了第一张，也是唯一的一张。

还剩十个小时。猫鼬就住在他的唱片店阁楼上，步行前往大概需要三个半小时。

虎鲸跟我出了地下室。我在门口站了几秒钟，用目光跟贝斯、音箱、电脑一一道别，然后锁门。离开。

他问：锁门干什么？

万一有人闯进来砸东西怎么办？我希望它们至少能跟我一样活到末日到来那一秒钟。

我们路过广场时，看到有一两千人在集会，头上绑着黑布带，正在跪拜某个激动演讲的家伙。有几个人看到我们，转头冲过来，手里挥舞厨刀。幸好我和虎鲸都曾是长跑俱乐部的，这才没被追上。

三个半小时的路途，休息了四次，吃掉了虎鲸书包里的五个罐头。

猫鼬的唱片店门虚掩着，唱片架子倒了一个，地上丢着被掰碎的坏碟片。楼上隐隐传来音乐声。我一边大声叫着猫鼬的名字一边上楼去。房间里正播放凯斯·杰瑞 1975 年在演奏会上创作的爵士钢琴曲。厨房满地碎瓷片，猫鼬的黑猫"滴滴"蹲在桌子上一动不动，眼神忧伤庄严，就像正在说：我已经摆好了迎接末日的姿势。

扑火

猫鼬盘腿坐在卧室地毯中间，身边一片酒瓶子，脸上几道血丝。他扬扬手说，两位，末日快乐！

末日快乐。今天过得怎样？

还不错。有几个人进来砸坏了所有皇后乐队的唱片。早晨我太太告诉我，其实她早就爱上了公司的男助手，我把她所有心爱的瓷器摔碎，她在我脸上抓断了一根指甲。两小时前她的男助手来接她，他们一起走了，还带走了我收藏的酒里最好的一瓶。好了，找我有什么事？

我说，本该安慰你一会儿，可惜时间紧迫……我们的《蚂蚁攻占罗马》只卖掉了一张，你记得吗？

记得。说实话，唱片名字这么难听，我早料到卖不动。

虎鲸在旁咳嗽一声。

能查到是谁买了那张唱片吗？

问这干什么？

我要去找这个人。

猫鼬瞪着我：只剩五个多小时了，你还要在这上面浪费时间？

那么该把时间浪费在什么上面？

我得抓紧时间喝完我的酒，用对我太太的愤怒来下酒，把我收藏的托尼·班奈特的唱片听一遍。最后一小时，我还要把鱼缸里的斑马鱼捞出来喂给滴滴，它觊觎那些鱼半年多了，也该完成它这个心愿。

我的心愿就是见到那个人，向他道谢，然后问问他听完唱片的感想。

猫鼬指指桌上电脑：自己去查记录，但愿你们运气好，那人买唱片的时候刷了会员卡——如果是会员，就登记过常用电话地址。

我打开他的电脑，在表格里搜索。记录表格上购买《蚂蚁攻占罗马》的一行，购买者是会员"迷迭香"，登记地址为城市边缘的一片住宅区。

第六个故事

乐队主唱在世界末日

出了唱片店，我们先蹲在小巷里的垃圾桶后边，等待一大波赤身裸体痛哭着的游行者过去。

街对面有家蛋糕店，玻璃窗和门已经被打破了。虎鲸问，要不要先去蛋糕店吃个痛快？

就像卡尔维诺的蛋糕店小偷一样？

对，就像卡尔维诺的蛋糕店小偷一样！

我看看手表。还剩五个小时。

不给"迷迭香"带一块蛋糕吗？为了感谢她，或是他，买了我们的唱片。

于是我们从玻璃门上的破洞里小心翼翼地跨进去。屋里一片狼藉，看样子被劫掠了不止一次，想饱餐一顿是不可能了。有两个男人正在踩成泥状的松饼曲奇旁做爱，身体晃动、颤抖，并发出鸟叫一样又哭又笑的声音。我欠欠身，低声说，打扰了，我们只是来找几块蛋糕。

其中一个人抬手挥一挥，不回头地说，我们已经找过了，后面厨房里还剩一些完整的。祝末日快乐！……啊……

我道了谢，赶紧跟虎鲸往后厨走，说，帮我找找有没有奇异果蛋糕。

你不是对奇异果过敏吗？

反正就要世界末日了，正应该把过敏的东西都吃一遍。

忽有枪声响起，外面有人朝屋里扫射。我们匆忙在烤炉边趴下。外间做爱那两人厉声叫了一嗓子，也不知是被射中还是刚巧达到了高潮，随即寂然。

最后我们终于找到两块完整的蛋糕——可惜不是奇异果，是树莓的——用纸盒装好放进虎鲸的书包，从后门逃也似的走了。

大路上都在堵车，车喇叭响成一片。我们尽量挑偏僻的小路走。一个半小时之后，在一条近郊路上遇到一支奇怪的队伍：四只非洲象步伐稳当地往前走，两只成年象一公一母走在两边，中间是两只幼年象。母象背上骑着一个戴棒球帽的少年。公象旁边走着一头黑豹，样子优雅得像个艺术家，四只脚爪无声踏地，覆盖在强健筋肉上的皮毛闪闪发亮。

我们紧走几步赶上去，仰头跟那少年打招呼，嘿，末日快乐！

大象们和黑豹同时看了我一眼。少年说，末日快乐！你们要去哪儿？

我说了地址。少年很热情地说，正好顺路，上来吧，捎你们一段。他跟母象低声咕噜了几句。我只觉眼前一暗，一条黑影劈脸袭来，腰间一紧，身子随之腾空而起——公象用长鼻子把我拦腰卷起，放在自己背上。

虎鲸被放在我身后。

少年介绍道，这位（公象）是哈姆雷特，这位（母象）是奥菲利亚，这是他们的儿子蒂姆，女儿蒂娜。还有这位（黑豹）是第欧根尼先生。我嘛，我是动物园看守的儿子。

我一边努力调整坐姿，在象背上坐稳，一边向几位女士先生依次致意，问，你们这是到哪儿去？

少年很平静地说，我要送他们回森林。

去森林？

每一族的大象都有自己的坟地，蒂姆和蒂娜是在动物园出生的，从没与族人会过面，哈姆雷特和奥菲利亚希望在最后时刻，让孩子们像真正的大象一样死在本族的坟地里。

公象哼叫了一声，听起来像在说"没错"。

少年又说，第欧根尼先生则想回林子里找到他女朋友，让她尝尝城

第六个故事

乐队主唱在世界末日

里烤牛排的味道。

第欧根尼先生转脸向我点点头，又朝少年低嘶一声。少年拍拍身上的斜挎包，向我解释：牛排在我这儿，他在威胁我不许偷吃。

他又问，你们二位到哪儿去？

虎鲸抢着说，我和他是乐队的，我们出过一张专辑……

少年的眼睛亮了，叫道，真的？你们乐队叫什么名字？也许我听说过。

我有点不好意思：乐队名字叫"天文馆隐士"，你肯定没听说过，专辑也只卖出过一张。现在我们要去找世上唯一买了我们专辑的人，向他道谢，问问他听后的感想。

蒂姆和蒂娜叫了几声。第欧根尼先生也咆吼一声。少年笑嘻嘻地说，大家都说想听你们唱一首歌，可以吗？

我暗自思忖：当两只象和一头豹子希望你给他们唱歌的时候，是不是最好乖乖听话？

虎鲸提议说，我和海豚一人唱一首，你们来说哪一首好，怎么样？

女士们先生们都表示"好"。于是我先唱了《水母星空》，虎鲸唱了他写的《你的目光是我的文身墨水》。象绅士和豹先生表示《水母星空》好听，象女士和两位青少年则喜欢虎鲸的歌。接下来的路途，我们不光唱了我专辑里所有的歌，还应邀唱了很多老歌：大卫·鲍伊、彼得·保罗和玛丽三重唱（"I'm 500 miles from my home"，唱到这句时被第欧根尼打断了，他说不想听这首歌，嫌太伤感）、巴迪·盖伊的作品……

能在象背上举办一个小型演唱会，得到象听众们一致扇动耳朵打拍子，也算是末日才能发生的幸运了吧？

在岔路口分别的时候，蒂娜忽然用长鼻子卷住虎鲸的手，轻轻摇晃，叫了一声。

少年：呃，蒂娜说，你们书包里有两块很香的果子蛋糕，她从没吃过这种味道，问能不能送一块给她。

当一头象说她想吃你的蛋糕，是不是最好不要拒绝呢？

最后我们终于带着一块树莓蛋糕到达了"迷迭香"所在的住宅区。上楼，敲门。我看看手表，距离世界末日还剩一个半小时。

门上的小窗户开了，露出一只绿眼睛。

你们是谁？！

我的手心有点潮湿，把所有诚挚调动到脸上，微笑说道：末日快乐！我们是"天文馆隐士"乐队，我是主唱兼主音吉他海豚，这位是我的搭档虎鲸。

虎鲸在一旁说，我是键盘手，还负责写歌。

那只眼睛眨了眨："天文馆隐士"？有点耳熟。

你当然会耳熟！一年多之前，你买过我们的专辑：《蚂蚁攻占罗马》。

哦，好像是的，我记得这个名字。

我努力抑制住激动，说道，你是唯一一个买了那张专辑的人。我们特地来向你表示感谢，希望听听你的感想。

只听锁簧"咔嗒"一声，门开了。

站在门后的是个红发姑娘，头发蓬乱，穿着旧T恤和短裤，脸色有点苍白，眼眶泛红，好像刚哭过。

她抬手用手背蹭蹭脸，声音囔囔地说，进来吧，反正剩下时间不多，就算你们要做坏事也无所谓了。

她的公寓房间有点乱，墙上贴着电影《两小无猜》和皇家马德里足球队的巨大海报。地上扔着好多五颜六色的裙子、衬衣、背心，几乎像

第六个故事

乐队主唱在世界末日

是用衣服铺了一层地毯。我们跨进门来,脚悬在半空,不知该怎么下脚。

她略有羞涩,俯身把衣服划拉到一边:我正在犹豫该穿哪件衣服迎接末日……真可惜,这条裙子很贵,我才穿过一次就没机会穿了。

虎鲸怕她又哭出来,赶紧翻动书包,说,喂,喂,我们还给你带了一块蛋糕。

她接过纸盒,打开,舔了一下蛋糕上的紫色果酱,有点高兴起来了。是树莓味的!我喜欢树莓蛋糕。谢谢!

我咳一声,说,时间不多,先说正经事。你还记得你听完《蚂蚁攻占罗马》这张唱片有什么想法吗?

她转头看看墙上的钟,说,再过一个小时零十二分钟,地球和我和你和所有唱片都要一起消失,我对你的唱片有什么感想,还有意义吗?

我认真地说,有!如果我的生命还剩一亿年,你的想法对我有意义吗?是的,有。那么当我的生命还剩一小时零十二……十一分钟,你的想法对我有意义吗?是的,意义是一样的。一亿年和一小时,其实差异没那么大。

她歪着头想了想,忽然问我,Big Four 里,你更喜欢"奇想乐队"还是"谁人乐队"?

扑火

当然是"奇想"!

她满意地点点头,说,好吧,我去找出你那张唱片放一下,边听边说。

顿一下,又说,我买过很多乐队的专辑,但一个乐队主动上门来问我的意见,还是第一次。等等!你们专辑里有一首歌我还有点印象,旋律很棒。歌曲名字叫作……

我和虎鲸紧张地盯着她好看的嘴唇,仿佛那里将会道出阻止末日到来的秘密魔法。

她打个响指,想起来了!那首歌叫《最完美一夜》……

她在唱片架上翻找唱片的时候,虎鲸问,你的冰箱里还有吃的吗?我饿了。

还有一瓶过期牛奶,一盒朗姆酒冰激凌,一个不知坏了没有的奇异果……

我叫起来:你有奇异果?太好了!

这简直是上天的安排。

于是,世界末日前的最后一小时我们是这么度过的:把窗户都打开,舒服地躺在"迷迭香"的衣裙堆上,一边听唱片,一边听她对歌词、和弦的批评。我吃奇异果,虎鲸吃冰激凌,她吃树莓蛋糕。

果实香甜,女孩脸蛋红润美丽,音乐缓缓流淌。

十五、十四、十三、十二……

从周围远远近近的各个楼宇中,传出声调不一的痛哭和吼叫声。也

第六个故事

乐队主唱在世界末日

有一群人在齐声倒数计时。

她问，你们会不会倒立？倒立着看到世界毁灭，会不会感觉不一样？

说着她已经"呼"的一声，双手撑地，倒立起来，火红的长发像植物的根须一样下垂。

于是我们也努力把双脚竖向空中，坚持着，坚持着。

音乐持续流淌。她喘吁吁地对我说：其实你们的歌很棒，很棒，我很喜欢，很喜欢，你要记着……

这是我听到的最后一句话。

"砰"。很轻的一声，就像蚂蚁肩头扛着的饼干屑或罗马城跌落在地上。世界末日到了。

这天它和他在船上。一艘很小的双人艇，靠着风力和海浪的波动慢慢滑行，从岸边逐渐荡远。

他们和人世，犹如隔着七个不可逾越的重洋。

波涛像一群簇拥在船舷边的动物，身子不轻不重地撞击船底，一下一下，邀请船中的人到水底去。每一道掠过海波的风，那活生生的力道都会透过船底的木头，传到船中的人身上来。

H伏在船舷处，怔怔盯着海水，望了很久，像在和海底的魔物对视、交流，努力抗拒它的蛊惑。最后他在船舱里躺下来，伸出手指在空中一划。字母表出现了，他像拨动左轮手枪的转轮一样拨动字母表，等它停下来，停在了字母T上。

在T下面，有tactics（战术），tailor（裁缝），talent（天才），temptation（诱惑），terrorist（恐怖分子），thunderstorm（暴风雨），tigress（母虎），Titan（泰坦神），tone（音调），torch（火炬）……

他选了"thief（贼）"。

一个以盗贼为主角的故事？里瑟先生说，这倒有趣……

在小说和电影里，"盗贼"几乎从来不是邪恶的，亚森·罗宾每个故事中都在偷东西，从淑女的颈上和亡者的围巾里偷走钻石首饰，几百年来他被女读者当作梦中情人一样恋爱。歌颂盗贼的电影更是层出不穷，导演和编剧投观众所好，总是让脸蛋像男模一样的英俊小偷集合在一起，戴着墨镜，穿着白色亚麻西装，像纨绔子弟一样，用越来越像杂耍和特技表演的方式抢银行、偷东西，并像《魔戒》中的护戒小队拯救世界一样理直气壮。

但无论什么时代的读者和观众，喜欢盗贼故事的前提，是盗贼得"成功"。在盗贼用完美的手法违反法律，抽身远走之际，他们将自己代入进去，醉心于凌驾一切规则、束缚、禁锢的自由幻觉，享受挥霍不义之财时一掷千金的快感。盗贼故事有一种不负责任的、只能存在于肥皂泡中的美感。

小船以迟缓的、催眠曲式的节奏，平稳地晃动。

H曲起一只胳膊垫在后脑勺下面，另一只手飞快地在空中写道，你这番高论也无甚高明之处，不过是对不切实际的意淫的轻蔑罢了……那么，你不想再讲一个"侠盗"的故事了？

是啊，那样的故事太平庸了——震惊欧洲大陆、枪法无敌的午夜神秘大盗，狂野不羁的舞女，再加上忠诚的仆人和骏马，或是领军地下匪帮的青年盗贼头子，屡屡戏耍私家侦探和警探们？传奇已经被传得丝毫不奇，而且恶俗油腻了。

那就讲个最普通的小偷的故事吧！或者两个，一个男贼，一个女贼。

扑火

好,两个。结局呢?你希望是悲剧,还是喜剧?

各来一个怎么样?

里瑟先生脸上出现了"挑战接受"的神情。它讲了两个关于"盗贼"的故事。

第七个故事
盗贼合作者

本报讯：

昨晚七点，备受文学界瞩目的、历史悠久的"珀伽索斯奖"在丹桥大学（University of Dambridge）王太子学院礼堂举行了颁奖晚会。盛况空前，高朋满座。今年，来自坎特纳郡的格蕾丝·克莱门女士在五人短名单中突围而出，以其长篇小说《奇珍柜之书》摘得了这项无数小说家梦寐以求的桂冠，让那只背生双翼的小白马飞入了她手中。

该书讲述一个殖民地官员的混血私生子于三十年后回到父亲出生地，经历了牢狱之灾，险死还生之后，开启了一系列复仇与爱的故事。该书高踞畅销榜首达十周，热度持续不减，香蕉书评网打分为热情且善意的8.3。这本书甚至征服了出名挑剔的书评人——丹桥大学文学院院长芙蕾德·特德女士，她表示："能享受这本书带来的惊奇，将是每个小说爱好者这一年最快乐最难忘的事。"

扑火

"珀伽索斯奖"授奖词（节选）：《奇珍柜之书》有着质地粗糙、洋溢激情的独特叙事艺术，故事细节真实震撼。在情节方面，它永远有着令人惊奇的下一页，其极具深意的结尾更开创了一种全新的结局艺术和审美体验。

但出于种种原因，格蕾丝·克莱门事先准备的演讲为组委会所不喜，她未能获准发言。作为抗议，她没有出席晚会，由她的经纪人代领了奖座和支票。

非常荣幸，克莱门女士把她的演讲稿交给了本报主编，期望全文刊发。文中坦诚讲述了关于《奇珍柜之书》令人舌挢不下的神秘内幕。

以下就是由本报为您带来的独家内容。

格蕾丝·克莱门：我是盗贼的合作者

尊敬的评委会的先生女士们，在座的诸位同行，晚上好。

感谢你们对《奇珍柜之书》的认可。虽然写了七年小说，但能拿到这匹小飞马，还是我做梦都不敢想的事。我要说，这个奖项其实不该由我一个人来领取。出于对诚实和良心的责任，我决定把整个故事讲出来。

事情发生在两年前的三月，那时，这部小说已经在我电脑里孵了半年多。我已经有了对几个主次要人物原型的采访录音、故事梗概、章节构造、大纲和前四章的六万字。

那六万字手稿我总是随身带着，放在一个在布拉格买的扁扁的皮包里。我需要人物与故事以字母的方式围绕在我身边。我能感到它源源不断地辐射出热力和微光。开车出去的时候，我把那皮包搁在副驾驶位置

第七个故事

盗贼合作者

上。进餐馆吃饭的时候,皮包就横放在我大腿上。

只有那么一晚,我开车到一位男士家中约会,共享一夜激情,色令智昏,把皮包忘在了车子里。早晨下楼来,发现车窗被砸出了一个盥洗盆那么大的洞,碎玻璃洒了一地。

被盗走的东西计有:一些现金,一包摩洛哥"鸸鹋"香烟,堵车时玩的手掌游戏机……还有我的牛皮文件包!

你们可以想见我的沮丧和痛苦。

我像寡妇为爱子服丧一样穿深色衣裙,闭门默哀,并迁怒于那位无辜的可爱男士,任他在楼下彻夜弹吉他唱歌,把鲜花摆成普鲁斯特(我的偶像)的头像,也再不见他。

默写一遍?文稿是在长达一年的时间内断断续续写下的,那些负责记录的蛋白质早就消失了。

度过了自怨自艾、毫无希望的五十三天之后,我接到一个警察局打来的电话:您好,我们抓获一个砸车盗物的贼,并在他的居所起获大量赃物,其中有一只布拉格产牛皮包,包中一个名片盒里是您的名片……

见到皮书包的那一刻,就像看到遭绑架又被救回的孩子。只是为了不要太丢脸,我才强忍住悲喜交集的泪水。

东西几乎都在,钥匙名片盒口香糖和一颗在日内瓦湖边捡到的圆石头(上边的图案很像《星际迷航》里"进取号"飞船的形状,我把它当作我的幸运石),一切都安然无恙,只少了夹层里的一板果仁巧克力,也许抢劫过后小偷先生需要补充体力吧。

手稿呢?我特意把这项检查留到最后。拿出稿本清点,一页不少。

不但没少,还多出很多东西:在原文笔迹之上,各种彩色笔画的圈圈、十叉和杠子到处都是,像承受过一群野兽撒欢的麦田。纸面的白边

扑火

处,潦草地写着感想和批注的句子。那是小偷先生的作品。

其中极尽嘲讽之能事:

"通往地狱之路是副词铺成的,她一个人能铺成十条高速公路。"

"暗示三页之后有枪击就靠人物反复擦枪?蹩脚的伏笔。"

"整页纸都在写心理活动,再翻一页,天哪,还是心理活动!看到这些词语和句子,就像看到摩西召来的青蛙苍蝇铺天盖地涌过来。"

"为什么要安排这个圣诞聚会?还嫌这一章不够乱?能拯救这个聚会的只有受邀者全体缺席了。"

尊敬的先生们,你们肯定能理解作者对手稿的珍视——那些粗具雏形、尚需改进的情节语句,犹如幼儿没发育好的四肢百骸,当看到她遭到蹂躏,母亲的心痛难以形容。

对我自身来说,那更是一种无防备之下受到的羞辱。

但按捺着多读几页批注,怒火逐渐消退了。因为他竟然说得都对。在手稿的最后一页空白处,还有洋洋洒洒的对此后故事情节的猜想。

第二天,我决定不去想他给人物做的安排,马上接下去写第五章。我喝了一壶咖啡,嚼了五颗巧克力,抽了半包烟,写了三千字。晚饭之后,又把那三千字丢进纸篓里。

一个星期之后我发现,我没法抽离那人的想法继续写下去。我对自己说,我是个创意写作专业的硕士生,已经出版三本小说,也有读者写邮件给我夸赞我的书,我才是懂得写作的那个……但耳边总不停响起他的嘲笑声。每次我多写出废掉的一章,就越发明白,我迟早得去见他。

通过一些门路,我从警局得知,那个砸车盗物贼已经开始服刑,刑期是一年半。

一个星期之后,填写了一些表格,捏造了一些理由,我见到了那位

第七个故事

盗贼合作者

小偷先生。

说来奇怪,我最害怕的情况是,他是个满口烟熏牙、面目猥琐的秃头胖子,如果要向某个人认输,我更不愿意输给一个胖子……

锁链声音和足音混杂,越来越近,在一个粗壮狱警的押送之下,那人走进了接待室。谢天谢地!他是个模样秀气的瘦高个儿,三十岁出头的样子,一头卷发繁茂得像夏天的树冠,眼角有块伤疤,走路一跛一跛的。

他在我面前坐下,我才发现他眼角处不是伤疤,是个小小的文身图案:一只蓝色雀鸟。

——后来他告诉我,那种鸟叫蓝鹟。

——这个人,就叫他蓝鹟吧,他本身的名字很长很无趣,衬不上他。

他双手托住脑袋,眯起眼盯着我:他们说你要见我,可我不认识你,你是谁?

我说,我是铺了十条地狱高速公路的人。

他愣了两秒钟,突然笑起来,笑得那么响,嘴巴张得像个黑洞,上唇肆无忌惮地缩上去,露出雪白牙齿和粉红牙龈,一边笑一边用手拍他面前的桌子。

我只能看着他,等他笑完。

笑的浪潮退去后,他的黑眼睛变得泪盈盈的。他不断摇头,说,哦,是你!我该感谢你,你的稿子比电视里的"蠢蛋真人秀"还有娱乐性,我度过了好几个有趣的夜晚,说真的,你靠这个赚钱买面包和丝袜吗?那还挺不容易……

有一瞬间,我觉得自尊像掉在地上的一块曲奇饼。

所有作者都必须具有忍受羞辱和嘲讽的能力,我们把文稿送到世界上,就等于把脸伸到别人面前,等待掌掴。

扑火

而我不得不承认,一个小偷,一个砸车窗玻璃偷东西的贼,穿红色连体囚服的犯人,也能加入到这个队伍中,只因为他残忍、正确地看穿了我无法辩驳的软肋。鉴赏家不需要阶层来赋予资格。

出于对艺术的尊重,我诚实地把我的想法告诉他,谨慎地称赞他的洞察力和想象力,最后对他在稿纸上乱涂乱画的行为表达了竭力克制的谴责。

他抬起两手,把手腕间的铁链抖得铮铮作响:女士,你瞧,这可以算作是执法机关为你可怜的手稿报仇雪恨了吗?

我说,不,我来这儿为的并不是报复,我想问的是……你认为这个故事接下来该怎么写?

缪斯女神在上!自从十岁从云霄飞车上下来大呕特呕,这是从我嘴里吐出的最恶心的东西。这句话从舌头上滚进空气里,让我从胃到喉咙一通痉挛,眼前阵阵发绿。

我自命为作家,却跑来跟别人(一个盗贼)讨主意!

但含垢忍辱是必须的,这就像穷母亲为了让儿女吃饱长壮,会不惜颜面出门借钱一样。

蓝鹞的身子猛地往后一靠,倒在椅背上,抬手挠了挠乱发下的头皮,说,你想要……要我帮你写小说?

他快速眨了眨眼,如果答应你,我有什么好处?

尊敬的先生们,你们一定遇到过那种人:天生想象力丰富,能从傍晚布满紫灰色云朵的天空、一堵裂缝纵横的墙上看出温泉关战役的场景,

第七个故事

盗贼合作者

能从一场下午的暴雨发挥出一次外星生物攻占地球的大战。

可惜绝大部分的这种人没有进入写作行当，只把才华用来给小孩讲睡前故事，或者向飞机上的邻座姑娘虚构自己的成功史或浪荡史。

蓝鹩就是那种人，那种有一副为创造而生的眼睛、舌头和脑袋的人。但他并不清楚自己的才能，就像一位美人自幼生活在没有镜子的城堡里。

我说，出版后的版税钱我当然会分给你，而且你在狱中的每个探视日，我都会来看你，给你买任何你想要的东西，食物、衣服、书，任何东西！

他接受了吗？当然！

我反复强调，他的帮助对我有多重要。蓝鹩在孤儿院长大，他没有女朋友也没什么男朋友。我知道所有孤儿都热切地期望被关注、被重视。

我还知道自己是个长得蛮不错的女人。

第一次探视，在被狱警带走之前，他的最后一句话是：你先把所有对话都减掉一半字数……

扑火

合作是这样进行的：每个月我参照他的构思写好新章节，在探视的时候拿给他看，他再口述新想法。开始他对"作家"还保留一些尊重，在稿纸上涂鸦，与真实世界中的面对面毕竟不同。但很快他明白，我不如他。想象力是一种"礼物"，他的礼物是奢侈品店的，我的礼物是沃尔玛货架上的。

我见过太多的人，三十岁、四十岁、五十岁、六十岁的人，脑袋里塞满那种自得其乐、不容否认的假智慧和滥经验。而蓝鹩有一种肆无忌惮的、青春的健康和活力，后来我发现他违法犯禁，也只不过因为故意想"打破"点什么。他厌恶常见的、按照规律来的东西，也不屑于把事情想简单，不属于做对——这难道不就是一个创作者最宝贵的品质？

当他坐在我面前，双手托着脑袋，尖削的下巴镶嵌在两个手掌缝隙里，睁大栗色眼睛，他能口述出一个建筑在云端上以收集氢气球为生的村庄，那让我的耳朵充满了光。

第四次探视时出了问题。蓝鹩是个嘴巴刻薄、无遮无拦的人，在里边得罪了不少人，这番天外飞来的"艳遇"想必很遭人嫉恨（天知道他会怎么吹嘘自己），证据是他的室友换成了一个凶悍的墨西哥帮大汉（那人是因斗殴打人致残进来的）。我被禁止再探访他，管事的跟我扯了一大堆理由，由于监狱采取新式分级管理，蓝鹩级别太低，除非是直系亲属，否则一律不许探视，等等等等。

你们认为我该怎么办呢？反正，我当时只思索了几秒钟，就对面前的官员说，好，我会成为蓝鹩的直系亲属的。

感谢上帝，要将两个血缘、出生地、教育程度、兴趣爱好相差一个

第七个故事

盗贼合作者

光年的陌生人变成世上最亲近的人，有一种最直接的魔法……一个月后，我跟蓝鹬在监狱小教堂里举行了婚礼。

蓝鹬没有亲友，我爸妈正在国外旅行，没人观礼。

婚礼蛋糕是前一天晚上烤好的胡萝卜蛋糕。酒我忘了带，紧急从监狱超市买了一箱廉价霞多丽。我也没时间订婚纱，只穿了条白连衣裙，并给蓝鹬租了一套西装皮鞋，鞋子号码大了，他不得不拖着脚进教堂。

婚礼之后，监狱方面额外给了半天时间的"婚假"，并提供宿处。

我们住进了专给探监情侣和夫妻们使用的性爱小屋，嫩黄色雏菊墙纸，玫红床单上有可疑污渍，墙上贴了一套丁度·巴拉斯以露臀为主题的电影海报。床头放着一盒免费赠送的避孕套，床脚边还躺着一个，不过是已经用过的，底部有些液体，像只死虫子一样软软趴着。

尊敬的先生们一定觉得这场景十分眼熟。是的，在《奇珍柜之书》中，我把我自己的婚礼照原样写了进去。

为了给到此缠绵的夫妻们一点隐私，室内没有安置监视摄像头，作为替代，要在犯人脚踝上扣一个电子定位监视环。

先交换结婚礼物。我送他一套彩色铅笔，可以让他在稿纸上画各种颜色的涂鸦。他的礼物是为我的小说画的插图——我有没有提过他无师自通地会画画？

第二个节目是把墙上的海报都撕下来，拼在地上画故事情节走势图，然后乱画箭头，把主角、第二主角和各种配角的关系连在一起，胡编出无数故事：A 和 B 私通，C 被 D 枪杀……

半小时之后，我们开始觉得做些别的事也未尝不可。

于是我们脱衣服，脱至一丝不挂，他的手掌从我的肋骨处滑下去，抹过腰间的弧线，停落在髋骨上，赞道，多棒的起承转合！

亲吻我乳房的皮肤之后，他说，这是最好的修辞，简洁、干净、无滞无碍。他又说，你的身体，比你小说的任何一个章节都他妈的漂亮。

做爱的时候，我的脚蹬在那枚监视环上，双手扣住他剃秃后又长出绒毛的头颅。手指一路摸下去，能摸到他脊背上凹凸不平的疤痕。

他对此的解释有点冷幽默：小偷们的伤疤都在后背上，因为总是在逃跑过程中被枪子儿、刀片什么的击中；匪徒们的伤疤则多半分布于胸口和两臂，因为他们总是面对面遭遇攻击……

最后，就像批改我的文稿一样，他在这部由血肉砌词的作品上也做出了重大矫正，永久修改了故事性质和内容。

做爱之后，我们在地上并肩躺平，下面垫着更脏了一点的玫红床单，一起想象小说出版后的情景：书评人总要挑些毛病的，评论网站上也会有很多读者，有称赞有批评。他们会最喜欢哪个章节？会认为主人公做出了正确的选择吗？……就像新婚夫妻憧憬未来的儿女，在我们这个场景中，小说替代了"孩子"的角色。

成为合法夫妻后，我跟蓝鹞的见面、通话和通信更频繁。有时我跟他在处理人物上会有冲突，不过大部分时间我全听他的。比如他说，为什么性爱一定要做成功，到半截失败了效果不是更好吗？还有：我们可以让主人公进监狱，他会在监狱里脱胎换骨，受益良多。

要编这段情节，没人比入狱四次的他更适合。

第七个故事

盗贼合作者

因为小说主角是个在贫民窟长大、曾靠偷骗抢度日的人，蓝鹳还提供了很多"底层"青年的疯狂做爱姿势。他说，那人会愿意平躺着做？可笑！

为了说服我，他在性爱小屋里让我逐个感受了那些姿势的好处。在探监时间结束的倒数几分钟，我把腿架在他大腿上，那是属于"底层"青年的大腿，有密密的、不雅观的文身图案，多毛，多伤疤，结实蓬勃得像某种巨型植物的茎，我转身拥抱他取暖，等待狱警来敲门。每次我都会带着香薰蜡烛，每一次，蜡烛都会在结束之前燃尽。

我们一直在讨论小说的名字，就像准爸爸准妈妈给腹中胎儿取名一样。我把我想到的书名写在纸上，他也把他想到的写下来，然后互换名单。现在这个书名是他的"短名单"里面的。他说记得在他长大的孤儿院，院长办公室里有一口黑沉沉的奇珍柜，里面摆着小型鸟类骨架、人头骨模型、鲨鱼牙齿、犀牛角、鹿角、红珊瑚、（据说是）几内亚土著人的毒箭、非洲的食腐甲虫标本、虎纹蛱蝶标本，他一直觉得那个柜子阴森森的，阴魂萦绕，从不敢靠近。每个人心中都有一个奇珍柜，自鸣得意地陈列骨殖和战利品，夜间逐个拿出来摩挲欣赏。这就是书名的含义和来历。这个名字也许还不够好，但是我和他都喜欢的一个。

他说，出版后不要署我的名，这故事我没写过一个字。

我说，那么这一年里，你在干什么？

他说，恋爱，结婚。

……该讲的似乎就这些了。虽然蓝鹳讲明他放弃署名，但我要说这部小说得到的荣誉和成就，都不属于我一个人，有一半属于蓝鹳，他的全名是蒂亚戈·波力诺·伊万格里斯塔·德·希尔瓦·菲格罗拉。

谢谢，我的话讲完了。

扑火

"一切只因他在结局之前死去"——独家专访格蕾丝·克莱门

问:首先,祝贺你获奖。获得"珀伽索斯奖",会对你的创作有什么影响?

答:没有影响,完全没有。我会努力装作根本没获奖的。哦,对了,奖金是个好东西,在获奖这件事上,我唯一爱的就是奖金。那可以让我暂时不去想,天哪,我必须写点什么,去付下个月面包和丝袜的账单(笑)。

问:你下一步的写作计划是什么?

答:在这本书之前,我曾有一些计划,但现在我觉得我应像是河流中的小船,等着看水流要带我去哪里。

问:你的先生——蒂亚戈·波力诺……我可以称他为你先生吧?

答:(惊诧地睁大眼睛,笑)啊,为什么不?他当然是我的先生,从法律到肉体,都是。

问:恕我好奇,问一个较私人的问题,在小说完成之后你是否考虑过离婚?毕竟当初你是为了……

答:哦,不,我和他都没考虑过离婚的问题。你们也许没有明白,其实对我来说,这整件事最重要的,不是蓝鹟为我带来小说,而是小说为我带来了他。

问:你是否设想过,如果没有蓝鹟先生的加入,你的小说会怎么写?

答:我当然想过——如果那夜,那个男人没有砸我的车窗……说实话,没有他,我的生活和小说都会乏味得像嚼过的口香糖,呃呵(皱紧

第七个故事

盗贼合作者

鼻梁上的皮肤，做了个浑身颤抖的样子）。

问：你有没有担心在你说出合作这件事之后，人们会认为奖项颁错了人？

答：担心啊，所以我要赶快回家把奖金花出去，这样万一他们反悔，我会说，钱已经挥霍掉了，这个小飞马你们可以牵回去（大笑）……认真地说，我对人们如何评价我不感兴趣，这本小说很棒，只要这件事得到认可，就足够了。

问：你完成这本书的经历也很奇特，会考虑把它写成另一篇小说吗？

答：也许会，但我自己觉得这经历很普通，无非是另一个"一夜大肚"的故事——一次荷尔蒙主导的胡乱激情之后，女人不依不饶，找回那位男士要他共同承担责任，后来奉子成婚，日久生情。你瞧，多俗套！只不过在我和蓝鹩的版本里，"孩子"始终是一本小说。

问：最后一个问题，你一定猜得到我想问什么。据说令评委会下决心把奖颁给你的最终原因，是这本书的开放式结局，一个没有人能想象得到的结局。

从我个人角度来说，我非常喜欢这种出人意表的安排：主要人物和次要人物面对面站在大雪之夜从两万英尺的云端急速坠落的一架飞机上……然后，下一页是封底！天哪，太震撼了！

德高望重的让·克莱曼主席先生表示，他从未见过这样戛然而止的故事结尾，就像用利刃切断一道瀑布。

目前，读者们志愿补足的结尾已经有上千种，他们开设了一个网站，

扑火

叫"奇珍柜No.2",供世界各地的粉丝上传他们的"同人"作品。你登过那个网站吧?(笑)你绝对看过!若是我,肯定会每天好奇地刷新。能谈谈你——你和你先生,在安排这个结局时的想法吗?

答:哦,首先感谢你喜欢这个没有结局的结局,我当然去过那个网站(笑),大家都续写得非常棒。我猜如果让我自己续写,可能都不会写得那么好。

至于结局为什么是这样戛然而止,我的编辑、出版商等等许多人都问过,我一直没有回答。我想,今天也是时候告诉大家了。

其实小说没有结尾是因为,蓝鹬死了。

去年一月,我们已经写到了第二十七章。蓝鹬一直说,他有一个极好的想法,能让这部二流的小说变成准一流,就像格雷诺耶把香水淋在身上,让人们吞吃掉自己的那个结尾一样。

但他的习惯是保持一点神秘,所以我没有问过那个想法到底是什么样的。

二月十五日,我接到典狱长的电话。监狱中起了骚乱,墨西哥帮、巴西帮和本地帮火并,他们的武器是磨尖的塑料牙刷柄、钢勺、螺栓。蓝鹬不是任何一个帮派的人,外边乱成一片的时候,他正在自己的铺位上画画(根据事后狱警交给我的草稿来看,他想帮我设计封面图),用的是我送他的结婚礼物,那套彩色铅笔。他室友,那个墨西哥人,把自己的塑料牙刷弄断在一个人后背里,转回牢房另找武器。他四下看了看,想得到蓝鹬手里的笔。

在争执中,他被蓝鹬一拳打伤,十分恼火,抢过铅笔后,将之深深扎进蓝鹬的心脏。很可惜,铅笔刚刚削过,非常尖,是致命的那种尖。

所以这个故事的进展也跟着他的心跳一起停止了,我一个人没法完

第七个故事

盗贼合作者

成这部小说,也不想再完成它。就让它像蓝鹬心上的伤口一样,保持那个永远不能愈合的样子吧。

对不起,时间有点紧,我得去赶飞机了,瞧这阴云密布的天气,说不定会下雨。谢谢您送的蔓越橘海绵蛋糕,非常好吃,我留了一半在飞机上吃,这会是我对这个城市最美好的记忆。

记者佩姬·麦克亚当斯札记

格蕾丝·克莱门是一位身材娇小、明眸善睐的可爱女士,她穿着一件宽大的红色连体衣,看上去很有古怪的美感。交谈中我得知,这件连体衣是按监狱里的狱衣式样仿制的,为了纪念蓝鹬。

谈话持续了三十分钟。她喜欢动来动去,有时用双手托着脑袋,下巴镶嵌在两个手掌缝隙里,用指尖玩弄自己的睫毛,有时又会把手臂放倾斜,将头颅压到一边手心里。

谈话非常愉快。我们还聊了聊时装、电影、烹饪,她提到她非常喜欢今年翻拍的电影《绿里》,并教我一种烤舒芙蕾蛋糕的小绝招。

临走时,她忽然转头,顽皮地挤挤左眼,喂,你想不想看我跟蓝鹬的另一部作品?

我惊得眼珠儿几乎瞪破眼眶,迅速点头。

于是她伸手到提包里,掏出……不是一本手稿或打印稿,而是她的钱包。

她打开让我看。

那里面有一张小婴儿的照片。

第八个故事
诗与其他魔法

——《干草市文稿》初版序言

盖伊·英诺森（Guy Innocent, 1926—1998）是世界小说家中最光彩夺目的那些人之一。在七十二年的人生中，他结婚三次，生育六个子女，在八个城市居住过，养过五条狗，留下六部长篇小说、八十五篇短篇小说、三个电影剧本、几十篇他在剑桥任教期间的文学讲稿，以及上百封书信，获得包括诺贝尔奖在内的五种文学最高奖项。有些小说家，一旦属于他们的时代过去，其作品也逐渐失去吸引力，但人们对英诺森的喜爱经久不衰，从伦敦查令十字街的旧书店到菲律宾海边旅店的书架，只要采购员打算买十本以上英诺森所属国家的小说，其中必有一本以一头中箭雄鹿的图案为封面，或是以女影星坎迪斯·萨蒙那张脊背流血的剧照为封面（她因主演英诺森小说改编的电影，获奥斯卡最佳女主角提名）。

他的小说被译作上百种文字，制成几千万本印刷品。然而摆在您眼前的这本《干草市文稿》，书中十五个短篇、两个中篇均为第一次出版。十个月前，英诺森知识产权管理处与英诺森基金会正式承认它们的作者为盖伊·英诺森,并将此十七篇小说计入他的作品年表中。

这批小说写于七十四年前。那年盖伊·英诺森二十九岁,已出版第一本小说集,尚未引起评论家的重视。爱丁堡一家制药研究所向他妻子莫嘉娜提供了一个职位,两人遂移居爱丁堡,住在老城区一幢三层建筑的顶楼。盖伊的稿费微薄,莫嘉娜刚入职,只能拿到初级薪水,他们生活不太富裕,有时要向肉店老板赊肉。住处浅窄,无法接待朋友,楼下的"白狼"咖啡馆成了他的会客厅。本书收录的小说,诞生于他旅居爱丁堡的前两年,细读其中《葬礼之前》《冰雹天》《地上的血》《平原燃烧》等几篇,你会发现,日后那种令人着迷的风格已初步成型。

在爱丁堡的第二个冬天,朋友奇恩·费尼邀请夫妻俩到他在利默瑞克的别墅去。盖伊与奇恩先走,莫嘉娜要完成手头工作,未能同行。三天后她独自乘火车前往。离开时,她把家里所有手稿装进一只手提箱,随身携带。在爱丁堡干草市火车站,箱子被偷走了,没能找回来。

八岁那年,我在牙科诊所里第一次读到盖伊·英诺森的小说。候诊室书架上有些捐来的旧书,我拿了一本《世界短篇小说精华》,翻到目录,果断跳过《摸彩》《鼻子》《林荫幽径》《项链》《死者》等等一看就不精彩的故事,选了《莉莉的下午》。主角是个年纪比我还小的女孩莉莉,她父亲生病住院,住了很久。一个下午,莉莉决定偷偷溜出家门,搭公交车到医院去看望父亲,途中坐反了车,钱又被偷了。作者用字简易,我刚识字四年,也能读懂大部分,那些词看似普通,却具有旋涡似的魔力。我坐在候诊椅上,心惊胆战地跟莉莉经历了一段堪比《奥德修纪》的路程。

凡对文学稍有了解的人,都知道故事结局:莉莉历尽艰险到达医院,发现她父亲已于半月前去世,她母亲怕家人难过,隐瞒了死讯。莉莉把预备送给父亲的一小束金黄雏菊留在护士接待台上,转身回家。回到家里,她附在老祖母耳边,说出了人生第一个谎言:我见到我爸了,他正笑呵呵地吃病号饭呢……牙医助手出来叫我的名字,发现我坐在妈妈身边默默落泪,像个彻底心碎的人。

《莉莉的下午》是英诺森最著名的短篇之一。当然,它失之甜俗,不算他最好的作品,之所以走红,大概因为怜惜种族幼崽是生物天性,孩子受苦的故事总能赢得最广泛共鸣,契诃夫的《凡卡》大受欢迎,也是这个原因。

后来我又被很多小说打动过,但英诺森始终是"那一个"。十七岁之前我读完了能找到的所有英诺森作品、两本最受认可的传记,还有他最后一任妻子茜茜的回忆录《我的盖伊》。毕业旅行,我选了爱丁堡。那座三层小楼门口立着牌子,设了售票处,迎接粉丝的朝圣。街对面的"白狼"咖啡馆仍在营业,有人排队,有人拍照。我买了票,摆手表示不用导览耳机,踏着边缘磨损的水磨石楼梯,走上顶楼,站在两根立柱牵起的弧线后面,望向里面的房间。

最引人注目的是窗户下的写字台,那是真家伙,盖伊·英诺森用过的东西。写字台上有一个盛着黄色稿纸的长方铁丝筐、一个笔筒、五支埃伯哈德·辉伯出品的黑翼602铅笔、一台皇家打字机、一沓时装杂志、一个铁皮烟灰缸、一盒红苹果香烟、一只插着雏菊的蓝花瓶。写小说间隙读时装杂志是他的怪癖,据说能刺激灵感。雏菊则是他最爱的花,也是他跟莫嘉娜结婚照上新娘的手捧花。

阳光照进来,被窗户切割成方方一块,摊在桌上,像张干干净净的稿纸。我望着桌子,想象灵感怎样在那上头的空气里凝固,从透明变为

第八个故事

诗与其他魔法

半透明，飘飘荡荡，英诺森抽着烟，伸手抓住它，黑翼602铅笔像绣花针似的嚓嚓穿刺，把海蜇一样滑溜的故事固定在黄色稿纸上。

后来莫嘉娜用那台打字机把它打出来。稿纸越积越多。一个夏天的傍晚，她提着装满文稿的皮箱走出这扇门，轻捷地走下楼梯（我在楼梯上大喊，别带走！放下！），皮箱里的手稿随着脚步晃动。她到了干草市火车站，买了票。火车还有半小时才到，她走进车站旁边的酒吧，要了一杯啤酒，箱子放在凳脚旁的地上。候车的人很多，不断有人从她身后走过（我在她身后大喊，盯住箱子啊，那是无价之宝！）。箱子里的手稿上有很多"眼睛"，盖伊喜欢描述眼睛，人的眼睛，鹿的眼睛，树皮上的眼睛，尸体的眼睛。所有眼睛透过箱子皮革，看着伸过来的手，看着那个断裂的时刻。莫嘉娜喝完酒，弯身伸手去摸，箱子不见了。

他没再把那些小说写出来。莫嘉娜试图靠打字时的记忆默写出一些，但最终放弃。有三个月的时间，盖伊没有写任何东西。他们每天到面对大海的莫赫悬崖散步。长女厄苏拉受孕于那段时期。再次开始写小说，他用黑翼602在黄色稿纸上写下一个题目：雄鹿之死。

那只手提箱与其中的文稿，就此从文学史里消失。

扑火

我经常想象那只箱子是否还存在于世界上，如果还在，它会在哪儿？……作家们也会遭遇意外，车祸、心脏病，以及闯进家里，把人抓进集中营的宪兵。卡夫卡《城堡》的最后一句："她说话很吃力，要费很大劲才能听懂她的话，但是她所说的（全书完）。"伊莱娜·内米洛夫斯基的《法兰西组曲》计划写五部，只完成两部。我猜每个作家逝世之际，脑子里都有没写出来的故事大纲。那箱文稿，是英诺森生命和著作里永远缺少的一块拼图。

两年前一个下午，我到格拉斯哥探望女友萨茉，她在那里的医院进修。我下了火车，找张长椅坐下，一边吸烟，一边等她。初秋的风阵阵吹拂，风里有一张报纸打着滚过来，裹在我小腿上。刚好我发愁没什么可看，就从腿上撕下报纸，折一折，读起来。本地新闻页右下角，有个小女孩抱着花束咧嘴发笑的照片，新闻标题是：

"感人至深！十岁女孩小说赢得万元征文大奖"

获奖小说全文刊载在一旁，是个三千字的短篇小说，名叫《黄昏》，一个身患绝症的老小偷和他怀孕的老猫的故事。我很快就读完了。读完第一遍，立即回到开头，读了第二遍。然后我把报纸放在腿上，茫然兀坐，心灰如死，就像回到了八岁那年的牙科候诊室里。烟蒂自己烧尽，烫了手指。

我一边甩手，一边怀着震惊和疑虑，重新打量那个女孩的照片，把她的双马尾和钢丝牙套都仔细看了一遍，就像瞧着一个未来必将登基的小公主。然而那个疑虑的小人，声音越来越大地说：不可能，这不可能出自一个十岁女孩的手笔。这小说太英诺森了。没人能写出这样的小说，除了他自己。

第八个故事

诗与其他魔法

我带着"作者是他"的眼光，从头至尾，把小说再审视一遍。一切就讲得通了。

深爱一个作家，跟深爱一个画家、音乐家、导演、歌手一样。你熟悉他人生每个阶段的爱憎、兴趣、论战、交游，知道他喜欢把生活中哪些人物、题材和场景放进小说，就像熟知某个导演爱用的构图，某个歌手会以怎样的唱腔唱出歌词。你猜得到他描述一个场景时，会先从画面的哪个方向落下第一笔，猜得到男人和女人的爱意会倏然迸发，在最不可能的时与地陷入狂热，又悲切地终结，猜得到角色会陷入魔幻却合乎逻辑的绝境，最终平静、有尊严地死去。他的人物身上总有那么一小块相似之处，某种比血缘关系更紧密的联结。

一个艺术家的审美是固定不变的，乔治·奥威尔说："有些人写作是为了欣赏外部世界的美，或者欣赏词语和它们正确组合的美。你希望享受一个声音的冲击力或者它对另一个声音的穿透力，享受一篇好文章的抑扬顿挫或者一个好故事的起承转合，希望分享一种你觉得是有价值的和不应该错过的体验……即使是一个写时事评论的或者编教科书的作者都有一些爱用的词句，这对他有一种奇怪的吸引力。"

英诺森喜爱的词语组合、小说的顿挫转合，我都一清二楚。萨茉的家乡有个习俗，新郎迎娶新娘之前，有人会把他领到一块巨大的幕布前，布上有若干缝隙，每条缝里都伸出一只女性的手，他要认出新娘的手，把戒指戴上去。我能从一万只手里认出"她"的手。我也能从一万个抹掉署名的小说段落里，认出背后拿着黑翼602的英诺森的手。

报上这篇小说，就是英诺森伸过来的手，不会错，虽然我不明白为什么他的声音会从一个小女孩的嘴巴里发出。我用手捂着胸口，怕心脏撞断肋骨跳出去，连萨茉走到身边都没发觉。她开车带我回住处途中，我的目光过多流连在报纸上,而非对着她的玉容凝睇,还惹得她不高兴了。

难道英诺森的灵魂"投胎"到了一个小女孩身上?或者,她是个天赋异禀的灵媒?……那晚我给萨茉做了丰盛晚餐,饭后把那篇小说拿给她看,等她读完,我讲出我的疑惑,她点头同意,并指出其中一句,冷笑道,评委会的人都瞎吗?十岁小孩怎么可能知道凡士林是干什么用的!

我们拟了一个计划。第二天她拨通报社电话,说要找那篇报道的记者,等记者女士来接电话,她谎称自己是某出版社编辑,正在做一本小说年选,想跟那位小天才联系,征求同意,好把获奖作品《黄昏》编入书中。记者非常爽快地给了一个电话号码。

小女孩名叫莉莉安娜。萨茉跟她妈妈聊得十分愉快,约定翌日上午见面。她家住在近郊,一座老房子,院子里种着高大的石榴树,一对中年夫妇出来迎接,笑容满面,他们身后探出一只马尾辫、半张小脸,圆而大的眼睛里充满怀疑。

坐在桌边喝茶时,萨茉跟他们聊天说笑,我不时看一眼莉莉安娜,她窝在稍远的沙发里,怀抱一只小黑狗,显得闷闷不乐。我的脚在桌底踢一下,萨茉便甜笑着请主人带她参观这座"迷人的老屋"。

客厅里只剩我和莉莉安娜。我起身假装看墙上挂的照片,溜达到沙发旁边,说,女士,你的佳作真令人印象深刻。这是你第一次写小说?

她低头抚摸狗毛:嗯,算是吧。不用叫女士,叫我莉莉就行。

好的,莉莉。你的处女作就这么出色,未来你会是个了不起的作家。

我不想当作家,我要当宇航员。

我看看她怀里的狗:这小家伙叫什么?

叫莱卡。

是第一只登上太空的苏联狗的名字?

第八个故事

诗与其他魔法

她笑了，露出钢丝牙套：对！

我没有狗，只有猫，嘿，你养过猫没有？

没有。我喜欢狗。

那为什么你给米洛（《黄昏》小说主角）选的宠物是猫不是狗？

她眼神闪烁，嘟囔道，没什么原因，我随便选的。

我压低声音，以不容置辩的严厉语气说，莉莉，你骗得了别人，骗不了我。这篇小说根本不是你写的，对不对？

她的呼吸瞬间乱了套，抿紧嘴唇，目光在房间墙上弹来弹去。你说我的小说是抄来的？……你有证据吗？

我说，我只问一个问题——米洛当年的偷盗搭档最后一次来看他，他说，把你放在我家的凡士林拿走吧，这句话什么意思？凡士林是干什么用的？

莉莉的黑眼珠在眼眶里转了一阵，说，当小偷的人需要用手，需要多多保护手，所以他们爱给手涂凡士林。米洛让搭档拿走，是因为他快死了，再也用不着，还不如送给朋友。

她一边说，我一边冷笑。她说话的声音越来越小。等她说完，我摇头道，太可笑了，根本不沾边，小说原作者根本不是这个意思。莉莉，做个诚实的孩子好吗？

她咬牙坚持了一阵，眼圈慢慢泛红：可是奖金已经花掉了，我没想骗人，只想拿到奖金给妈妈买辆车，她是护士，每天早上五点就要去医院，赶公交太辛苦了……

我暗中松口气，柔声道，不要紧，我不会让他们取消名次、拿回奖金，那个不重要。我会替你保守这个秘密，不过你得告诉我实话。

她噙着泪，点点头。

扑火

答案揭晓——小说是从阁楼的纸盒里拿了几页抄来的。纸盒是谁的？是爷爷的。爷爷在哪儿？两年前去世了。你怎么知道爷爷的纸盒里有小说？他生前把纸盒放在床底下，有时会抽出几页来，当睡前故事讲给我听。他说他妈妈——太奶奶也曾经念纸盒里的故事哄他睡觉。

我向莉莉的父母打听了一下他们的祖父母，女主人热情地拿来帆布面的老相册，给我们翻看。没翻几页，我就看到泛黄相纸上一对夫妇膝上抱着婴儿，坐在王子街花园里的合影，后面耸立着爱丁堡著名的司各特纪念塔，下面一行钢笔字，写着"加里、奥娃和汤米"。

男主人说，汤米是我爸爸，他就在爱丁堡出生。那几年我爷爷在爱丁堡做建筑工人，前年我们去那里玩，特地带莉莉在他参与建筑的皇家植物园转了转。不过那年头建筑工人薪水很低。我奶奶生孩子那天还在上班，她是在火车站的售票处破水的，她的同事用推行李的小车把她推到火车站外，让运邮件的车把她送到医院……

好，案情大致清楚了：七十多年前，年轻的英诺森夫妇住在爱丁堡期间，莉莉的曾祖父母加里和奥娃也在同一城市。奥娃在干草市火车站当售票员，也许她平时就偶尔偷一点乘客的小玩意，补贴窘困的日子，也许她只干了那一次——某天下午她换班了，临回家前到酒吧喝一杯，看到了莫嘉娜和手提箱。手提箱看起来质量很好，很值钱，里面装的是不是更值钱的东西呢？奥娃从莫嘉娜身后走过，顺手拎走了手提箱。

但里面的东西着实让她失望。怎么回事？只有一堆稿纸？写的是什么？好像写了些故事？她把稿纸放进一只纸盒，处理掉手提箱（可能卖掉了，也可能留下自己用）。某个晚上，小孩睡前吵闹得实在厉害，她想找点能给儿子读一读的东西，想起了纸盒里写着故事的稿纸。牙医和女

第八个故事

诗与其他魔法

病人的暧昧之情，不行；主角是地下拳击手，太血腥了不行；美洲狮的故事，好了就读它吧……

那个纸盒作为可有可无的家庭收藏品，一年一年闲置下去。也许它被当成对初为母亲那段烦躁甜蜜时光的纪念，也许是心中对失主一点暗藏的愧疚，或作为再不能做这种事的自我警示，奥娃始终保留着它。它熬过了一次次搬家，甚至汤米六岁时举家迁往格拉斯哥，这样艰难的大搬运，它都在行李箱里赢得了一个位置。年头越久，它就越安全。它还会在阁楼上继续隐居下去，如果不是莉莉安娜心疼赶公交的母亲，想要靠它赢一笔奖金，如果不是那阵风，那张贴到我腿上的报纸……

最后我提出要求，能不能让我看看那盒"故事"？

纸盒拿来了。非常普通的一只小号瓦楞箱，原本是个狗粮包装盒，上面印着一只吐舌头的金毛犬。男主人说，我小时也听过这里的一两个故事，我不太喜欢……哪儿来的？我爸爸也讲不清这是哪儿来的，好像是我奶奶的朋友交给她寄存的，但一直没拿走……

我恭敬地捧着它，犹如教徒面对装着荆棘冠的圣物匣。萨茉在一旁看着我，嘴角含笑，只有她知道我正经历怎样的时刻。我掀开四个方向的箱盖，草草扫上几眼，合上盖子，说，我对这些故事很感兴趣，能不能复印一份带回去？

男主人毫不犹豫地答应了。

等回到家中，我才坐下来仔细读。第一页读完，我已经确定得不能再确定，这就是盖伊·英诺森遗失的文稿。一再克制之下，我读了五个小时（其间萨茉进来送了食物和水，自去睡觉），全部读完，已过午夜。那种感觉怎么形容呢？想象你的爱人去世很多年，你忽然在某个角落找到他年轻时写给你的一束情书,舍不得读完,又忍不住飞快地往下读……我和我的目光,就像骑手和野马,马奋蹄狂奔,骑手使劲勒缰,让它慢下来,缰绳稍一放松,马又冲了出去。

那时我以为,接下来的事就简单了——去找出版社的编辑,让他们出版这批小说,书名是现成的:《干草市文稿》。不管在书的什么地方,序、跋、或者页脚注释,只要淡淡放上一句"本书能与读者们见面,要感谢××先生"之类的话,让我的名字与我挚爱的作家连接在一起,我就心满意足。

然而出版社编辑根本不看稿子,他笑道,你太天真了!怎么可能随便拿来一批小说,就用英诺森的名字出版?你必须获得英诺森知识产权管理处和英诺森基金会的认可才行。

这也不难。我把文稿装进一只手提箱,买了机票,启程到英诺森知识产权管理处所在的城市去。路上我用一副手铐,把箱子提手跟手腕铐在一起,以防悲剧重演。谁知道呢,也许这文稿上附着什么诅咒?不过这次谁想偷走可要动用钢锯了。空乘女士以为我是押运什么不得了的东西的大人物,悄悄给我倒了杯香槟,还眨眨眼。一开始我觉得受之有愧,但后来觉得,英诺森的小说确实是了不起的东西,也就夷然喝了。

在英诺森知识产权管理处办公室,接待我的是副理事长,一位穿粗花呢西服、模样聪明的年轻人。他坐在办公桌的一个角上,一条腿垂在地上,另一只脚悬空。他俯身接过装订起来的稿纸,一边抽烟一边读。我暗暗担心,烟灰可别掉到纸上,虽然这不是原件,但我也不希望英诺森的某个词被弄脏。

他读完了前四页,那是第一篇,《黄昏》。后面他不再细读,只是飞快翻动,随手翻到一页,上下看看,把稿子丢在桌上,手撑住大腿,微

第八个故事
诗与其他魔法

笑说道，您是第五个。

我说，什么第五个？

第五个声称找到那箱文稿的人。

我怔住。他说，您有没有读过欧·亨利的小说《双料骗子》？

没有。

他笑道，那可是篇好故事，您不妨读一读。他在稿纸上"啪"地一拍，我说实话吧，您模仿得已经很像了，非常逼真，有几段连我都恍惚了，以为真是英诺森写出来的。以您这般才华，其实不必假冒英诺森的名字……

我不等他说完，就探身把文稿抓起来，放回箱子里，咚一声砸上箱子盖，扣好，大步走出那间办公室。

欧·亨利那篇小说写的是什么呢？某个坏蛋找来一位年轻的亡命之徒，让他冒充一对富有绅士夫妇幼年走失的儿子，以获取老夫妇的巨额财富。我气得看到一半就关掉了网页。

接下来我找了另一位副理事长，找了监事，五位理事……每个人办公室的书柜里都放着英诺森小说全集，但没一个人看得出这文稿跟他们身后那些小说有着显而易见的血缘关系。

四天后我打电话给萨芙，报告我的失败。听得出她正站在医院楼梯间，说话带着轻微回音。唉，你也不能怪他们，换我来管这事，肯定也要谨慎。好比你带来一个孩子，声称这是英诺森的私生子，那人家难道二话不说就无条件相信吗？

我说，可这明明是英诺森的小说！简直是明摆着的，就像用血在白布上印了纹章一样明显，那种叙述风格，那种句子和句子之间的关系……

你那都是猜想，不能作为证据。坏就坏在这是打字稿，又不能验笔迹。

要是他们的女儿厄苏拉再早生几年，说不定听父母念过那些小说，可惜……

是，世上读过这些小说的，只有盖伊和莫嘉娜。

萨茉忽然说，我知道英诺森去世三十多年了，不过莫嘉娜，她还在世吗？

脑子里好像掠过一道白亮的闪电，我低头用手机搜索了一下，深吸一口气。是的，她在世。

莫嘉娜·芳兹，她与盖伊·英诺森的婚姻持续六年，育有一女一子，次子八个月时，两人离婚。两个月后，盖伊再婚，第二任妻子是舞蹈演员伊梅尔达。伊梅尔达曾是他和莫嘉娜的共同朋友，也是盖伊的崇拜者。一些传记声称，是遗失文稿这件事，让盖伊和莫嘉娜的感情出现了无法弥补的裂痕。

两个子女均由莫嘉娜抚养，她带着孩子回到老家第戎，在当地大学的化学实验室取得一个职位。她跟盖伊始终保持很好的关系，每年都让孩子去父亲所在的城市过假期，盖伊带他们驾船出海，或到山中露营。次子成年后，莫嘉娜再婚，这段婚姻维持了八年。随着英诺森越来越出名，多年来不少媒体试图采访她，希望挖些英诺森的早年逸事，或从她口中得到一句半句的评价、怨怼，但都被拒绝。两个孩子出席了伊梅尔达的葬礼，盖伊获得诺贝尔文学奖时，他们也盛装到场，在台下为父亲鼓掌。莫嘉娜唯一一次公开发声，是盖伊死后，她与子女联名发表了一篇悼文。

这位女士今年九十七岁，住在第戎一家医院里。

我辗转联系上了她和盖伊的儿子迈特。迈特出过几本回忆父亲的书，写得很一般，销量全靠照片和作者姓氏。他一生的主要职业就是"英诺森之子"。靠到各地演讲的收入和基金会的拨款，他在巴黎过得很舒服。

第八个故事

诗与其他魔法

拨电话之前，我犹豫了一阵，那种感觉很奇怪，好像我已经认识迈特很多年了。作家总难免写到亲人，尤其是孩子，他们作为可爱可亲的配角，在书信集和散文集里活泼泼地跑来跑去。当你爱上某个作家，他的亲人也成了你的朋友。盖伊有一部长篇小说的题献是"献给厄苏拉和迈特"，我第一次读那部小说，看到扉页上一张黑白照片，盖伊半身赤裸站在海滩上，手里牵着穿泳裤腆着圆圆肚皮、咧嘴露出门牙豁口的小男孩，下面注释"英诺森与五岁的迈特在蒙彼利埃"，从那时起，迈特在我心里一直是个五岁小孩。

几十年后，这个五岁小孩在电话那头发出老男人的沙哑声音，我总觉得打错了电话，心里隐隐奇怪，那个门牙豁口居然不影响发音。一通寒暄后，我说明意图，老男人哈哈大笑一阵，很干脆地给了我医院地址。

我说，英诺森先生，你想不想看看这些小说？我可以给你寄一份复印件。你一定能从中读出令尊的……

迈特干脆地说，不用了，谢谢。倒不是不相信你，而是，我从来不看我爸的小说。实际上我不看任何人的小说。我认为小说是给失败者读的，肥皂泡似的玩意儿。一篇小说还不如一页老佛爷百货的新品购物指南有价值。哦，也不是全没看过，我还真看过一篇，是一个小女孩离家出走去医院……

我说，《莉莉的下午》。

对对，就是她，莉莉。"奶奶，我见到我爸了，他正吃病号饭呢。"真他妈绝了，是吧？哈哈哈哈……

我再次跟手铐、手提箱、文稿一起飞过海洋。从第戎机场到医院途中，我让出租车司机找一家花店，我下车买了一束雏菊。

扑火

护士引我去病房。那可能是全医院最好的单人间，宽敞，明亮，洁净，窗口花瓶插着朱砂红的康乃馨，室内一股柠檬清新剂的香气。我在床边坐下，把手提箱放在大腿上，望着仪器和管子包围中闭着眼的老妪。一年前突发脑出血之后，她没再醒过来。

护士走到窗边，用雏菊替换了康乃馨。您是她的朋友？跟她说会儿话吧。视听刺激是植物人促醒的最好方法，我们每天都给她放音乐、读书。她爱猫，有时我给她播一段猫的影片，用投影仪打在墙上。

我说，好，我陪她聊聊天。

我仔细打量她。我早就认识她，到今天才见到她。第一次婚姻才是真正的婚姻，后来的不过是修正、补丁和模仿品。在盖伊传记书里的照片上，她是个形貌昳丽的少女，高个儿，短发，双眼闪亮如宝石，大笑时双唇形成完美的开口。两人相识于朋友聚会，他在一个月后开始给她写诗和情书。她那时已经跟一个军官订婚，只同意以朋友关系与他保持通信。他把新写成的小说寄给她，她总会回复长长的、认真的意见，不全是赞扬，也有批评。一年后她跟未婚夫解除婚约。两年后她手握一束雏菊，穿着蓝条纹上衣、白色长裤和平跟凉鞋，步行跟盖伊去市政厅，注册成为夫妻。没有婚礼，那时他们年轻得根本不在乎有没有婚礼。戒指是婚后半年在爱丁堡补买的。伊梅尔达也没有婚礼，因为那时她刚经历一次流产，身心俱疲。拥有婚礼的，是与五十六岁的盖伊结婚的茜茜。

跟前妻对自己闭口不谈的态度差不多，盖伊也极少谈起莫嘉娜，只有一次，他说莫嘉娜是他第一个认真爱上的女人，"我给她的诗，见到她第一眼时就写好了，只是需要一个月的时间决定是否寄给她"（《时代周刊》采访，1981 年）。他小说里公认塑造得最好的几个女主角，都是高个

第八个故事
诗与其他魔法

儿，短发。

现在，让那颗天才的心深深迷恋的美人，就在我面前，依稀剩一个形状。她仰躺在青绿床单上，一根细管插进她鼻孔里，用一块贴在嘴唇鼻子之间的橡皮膏固定住，像一抹白胡子。脖子上有一个气管切开手术留下的疤痕。脸皮松松地浮在头颅上，像没铺平的一块布，面颊向两边垂下去，眉骨和颧骨高高耸起。

她的手仍有修长的骨架，指甲剪得很短，很整齐。我抚摸一下她的手，手背上多皱的皮肤跟着指尖滑动。我用两只手把它握起来，感觉攥着一把又细又脆的骨头。就是这只手，在打字机键上跳动，打出箱子里这些文稿。

我开口说，芳兹女士，你还记得干草市火车站吗？告诉你一个好消息，我已经找到那箱被偷走的稿子啦。你也一定记得那些小说，对吧？那可是你一个字母一个字母敲出来的。听，我给你读一篇……

在第戎待到第二个星期，我丢了工作，我老板很客气地打电话提醒我看邮箱里的辞退信。我并不在意，但萨茉在电话里的声音已经有点急躁：怎么回事？你难道爱上她了？我的魅力输给了一个老太太？

我说，我决定留在这儿，每天给她读小说，把她唤醒。然后她就能帮我证明文稿是真的了。

什么？！

放心，你想想，她一生最内疚的事就是弄丢那箱文稿，现在东西找到了，一生的心事可以放下，她可以坦然去见另一个世界的盖伊，这还不足以让她在狂喜中醒来吗？昨天医生告诉我，她的眼动变得频繁，是特别好的现象……

扑火

萨茉冷冷地说，理论上倒是说得通，不过你的乐观还是省着点用吧。

事实证明，我确实过于乐观。虽然莫嘉娜的微意识"似乎"有了更强表现，虽然新的视听刺激"似乎"对神经通路的重建起了积极作用，但三个月后，小说已经读了好几遍，她仍是个安详的睡美人。

我陷入绝望。我对萨茉说，也许我错了，莫嘉娜听到——假设她真能听到——文稿已经找到，她的心思反而平静下来，了无牵挂，对醒不醒来这事就更加无所谓……我想，可能我该放弃了。

萨茉却说，不要灰心，昨天我去我们医院的神经外科，跟昏迷促醒团队的同事聊了聊，她说，也许老太太的大脑需要更强有力的刺激。

更强的刺激是什么？……英诺森死而复生？

不用。听我说，你给我讲过莫嘉娜和盖伊离婚后两个月，那男人就再婚，很可能他在婚姻存续期就移情别恋了，是不是？……好了，我有个主意——你会不会写诗？

那个晚上，我回到旅馆之后彻夜工作，写了九首诗。第二天早晨，我照例到医院去，坐在病床边，拿出诗稿，说道，芳兹女士，今天我不读小说了，我要给您读英诺森先生的诗。这些诗是跟那些小说文稿一起找到的，这组诗的名字叫《新生——献给伊梅尔达》，第一首《时间》：

> 这是你的脚趾雕饰空气的时间
> 是你跟重力化敌为友的时间
> 以及裹尸布伪装婚纱的时间
> 你腰窝里柔软的刀刃

第八个故事

诗与其他魔法

跟随影子飞去

是旋律摇荡如跳绳的时间
还有羚羊惨白逃窜，如一串笛声的时间
那些我被禁止拥有的时间，
坠毁在你的航线上
直到夏日和秩序，焚烧殆尽
……

  我停下来，看着莫嘉娜。她的眼珠在薄得像纸的眼皮下面，转了几转……好像转得比之前更急？我不能确定。
  我低下头继续读，组诗第二首的名字叫《你的话》：

你问我瞳孔颜色的来历
你放肆地打探 我每一条疤痕的生日
你说你曾赤裸与我相会，在镜中
夜间你的眼吐露香气
像花园砖墙的孔隙

你说，你只想尝尝血与蜜的滋味
为此愿踏着脓疮献舞
我无法曳步前行
因为缄默，因为背负爱的遗骸
……

扑火

萨茉的办法竟然真管用了。医生说莫嘉娜的意识一天比一天强,醒来的希望越来越大。不少植物人家属听说有人试图用诗歌唤醒病人,纷纷前来观摩。后来我读诗的时候,房间门口总会站着一小群人,肃立聆听。

前前后后我总共写了四十二首诗。从开始为她读诗那天算起,是第二十一天清晨,当我走进病房,先看到护士激动的脸,接着看到了莫嘉娜·芳兹的眼睛。

她在青绿的枕头上盯着我。那双眼睛,那副目光,仍然很美。

我喘着气说:……芳兹女士,您好。

她开口说话了,吐字还不太清楚,但足以听出其中的怒气。

——假的!小说是真的,诗是假的。盖伊从没给**那个女人**写过诗!!!

关于这本书如何失而复得、获得合法身份的故事,到这里就结束了。

感谢可爱的莫嘉娜·芳兹女士,她仍在积极复健中,盼望夏天去海边度假。她跟我约定,等书印出来,一起去探望盖伊的墓,把书给他送去。

感谢我太太萨茉,本书得以正名,全靠她的妙计。我们上月结婚了,新娘捧花也是雏菊。

感谢点灯人出版公司。感谢编辑马利诺夫斯基先生,他为本书做了校订与注疏,并邀请我来写前言,记录这个历经七十四年总算有了快乐

第八个故事

诗与其他魔法

结局的故事。

感谢莉莉安娜与她的家人。后来莉莉主动写信给征文比赛组委会，澄清事实，道歉，退还了奖金——在芳兹女士的主张下，那笔钱由英诺森基金会来出，所以莉莉的妈妈仍然可以每天早晨不赶公交，开车去上班。

至于英诺森知识产权管理处与英诺森基金会的先生们，不，我一点也不感谢你们。

最后，致每一位喜爱英诺森小说的读者：

《干草市文稿》是盖伊留给你们的礼物，是这个世界在多年不穿的大衣口袋里，忽然摸出的糖果。

谨祝阅读甜蜜！

空中响起轻柔的音乐，这是医院新施行的"音乐疗法"，每日一个半小时。

在 H 的病房里，乐声是从海面之上聚集的云团里飘出来的，就像云里坐着一整支管弦乐团。曲目是莫扎特的《小夜曲》《横笛协奏曲 1 号》《A 大调单簧管协奏曲》《法国号协奏曲》……

H：我为什么要听莫扎特？

里瑟先生说，音乐能使人迷醉，颠倒，忘记，是最接近酒神狄俄尼索斯的艺术。用"被动聆听"治疗精神疾患的方法，从二十世纪八十年代就有了。特定音乐的频率与声压，可以对大脑皮层形成良性刺激。按照临床实验数据，莫扎特的疗效最好，因为人们认为他的音乐里面只有最纯粹的欢乐。

H 耐着性子听完，用手指缓缓写道：CHANGE（更换）。

换一支曲子？

是的。别人听到的是"纯粹的欢乐"吗?可我听到的只有悲伤,过于纯粹的悲伤,就像——过于悲痛的哭泣,那表情跟大笑是一个样子的。

你想要听什么?

《魔王》。

你喜欢舒伯特?

不,我只喜欢《魔王》。

于是《法国号协奏曲》消隐了,《魔王》那阴郁、险恶、动荡的旋律响了起来,带着它自己的力量和秩序,侵满海天之间一切空间,不可一世。

音乐就像一匹马奔驰在无边无际的雪野之中。急促的钢琴按键声犹如马蹄嗒嗒作响。父亲、魔王和男孩三个人交替唱出诗句。魔王的嗓音妩媚柔滑,滑得像露珠在花瓣上打转,像蛇的身子蜿蜒在伊甸园的树杈之间。

> 夜色朦胧,是谁在风中奔驰?
> 是那位父亲带着他的孩子;
> 他把孩子抱在他的怀里,
> 他把他搂紧,给他温暖。

> 我的儿子,为何藏起你的脸?
> 爸爸,你没瞧见那个魔王?
> 那魔王戴着冠冕,拖着长裙。
> 我的儿子,那是一团烟雾。

"来，跟我去，可爱的孩子！
我要和你一同做有趣的游戏。
海边有许多五色的花儿开放，
我母亲有许多金线的衣裳。"

爸爸，爸爸，你没有听见，
魔王轻声地对我许下诺言？
不要响，孩子，你要安静，
那是风吹枯叶的声音。

"伶俐的孩子将你伺候得十分殷勤，
我的女儿们夜夜跳着圆舞，
跳着、唱着、摇着你，令你熟睡。"

  H 始终没有要求更换曲子，载着父亲与男孩的马一遍遍在云端和海上奔跑，男孩在父亲怀中一遍遍咽下最后一口气。一时间仿佛那旋律才是世上唯一有生命力的东西。他把双手交握在一起，承受乐曲的悲壮结局。
  里瑟先生问，你为什么喜欢这支曲子？因为你父亲曾在深夜抱你去医院？
  H 纠正道，不是父亲，是母亲。

……爸爸，爸爸，你没瞧见那儿，
魔王的女儿们站在阴暗的地方？
我儿，我儿，我看得清楚，

那是几棵灰色的老杨树。

"我爱你,你的美貌使我欢喜。
你要是不肯,我就要动用武力。"
爸爸,爸爸,他现在抓我来了!
魔王抓得我疼痛难熬!

父亲心惊胆战,迅速策马奔驰,
他把呻吟的孩子紧抱在怀里,
好容易赶到了他家里,
他怀里的孩子已经离开。

里瑟先生又问,如果被诱惑的是你,你会选择离开父亲跟随魔王吗?

H迅速瞧了它一眼,他怀疑它已经知悉他个人历史中最可怕的那部分,但它的面孔上没有任何特别的表情。

他许久没有回答,久得让人怀疑他真的曾为魔王的允诺抛弃父亲。半晌,他写道,给我讲讲魔王的故事。

第九个故事
魔王与男孩

冬夜森林黑得像浓浆一样黏稠。生铁气味的西风穿行在枝丫间，吁吁哀吟，犹如幽魂飘荡。一位父亲打马狂奔，穿过森林，怀中抱着不断战栗呻吟的男孩。

那男孩，该怎么形容他呢？他是人类能想象得到的最美的孩子。一根根柔软金丝似的头发，每次修剪时让理发师都舍不得动剪刀。带着精致褶皱的眼皮之下，眼珠蓝如晴天。他的肌肤像积雪上照耀着玫瑰色的晨曦，嘴唇是浆果果肉似的柔软红润，牙齿闪动珍珠的光泽。

而他又有着配得上容貌的聪慧，虽然这小村缺乏智者贤人，但那好学的孩子已经依靠能读到的有限几本书，开始学习写诗，研究几何算题了。在教堂唱诗班里，当他把金发梳理到脑后，穿上纯白的罩袍，用水晶似的声音唱出圣歌，聆听的人们总有一半要被那美景感动得落泪。

他像是奥林匹斯山上侍奉众神欢宴的仙童，不幸跌落云头，在人间迷了路。村里妇人在抚摩他头顶时，无不饱含复杂的情绪，暗暗叹气。她们对他父亲说：这样的孩子注定养不大，万一……你可不要太难过了。

父亲当然不会相信什么"注定"，就像这天村里的医生对着浑身滚烫、呼吸微弱的男孩缓缓摇头，告诉他孩子活不到天明了，他也不肯相信。他拒绝接受几个小时之后他的爱儿将像搁在火炉上的雪人偶一样，被无法驱散的高热烤融，而他将失去亡妻留给他的唯一珍宝。

年轻的诊所学徒忽然开口道，也许……也许另一个村的诊所能救得了他，据说那儿的大夫曾治好过几例这种病。可惜路太远了，孩子坚持不了那么久。

那父亲立即道，告诉我诊所在哪儿，我一定赶得到。

人们找来地图，指给他看——那地方在地图边缘，得穿过一大片森林。

父亲向医生借了马厩里最快的马，一匹枣红色的西班牙马。他翻身上马，一手控缰，一手搂紧用毛毯裹住的男孩，双脚狠狠一磕马腹，恍惚又焕发出当年枪骑兵的威风。马长嘶一声，奋蹄奔去。

众人目送他的背影，面面相觑，没人提起那片森林的传说。据说在没有月亮的晚上，魔王会带着他的宠物双头蛇到林中散步，把中意的过路人带回洞窟。

可怜的父亲不知道。他只是个十年前在逃兵役途中爱上小村少女的外来人。

他打马狂奔，穿过冬夜森林，怀中抱着失去知觉的爱儿。

男孩蜷缩在他手臂里，像一只被猎人俘获的鸽子，肢体不时惊悸地抽搐一下。他只觉得那柔嫩的身体出奇的小，小得像是刚从亡妻身上摘

扑火

下那天，湿漉漉，热腾腾的。那天风雪真大啊，清晨她还坐在窗边编织一双小毛线袜，雪光映在她双颊上，黄昏时婴儿出生，夜幕降临时她便咽气了。雪太大了，医生没来得及赶过来。婴孩的生日，即是她的忌日。她用全部生命化生这一块崭新的血肉。在悲欢交织的莳育中，他眼瞧着亡妻的蓝眼睛和微笑在婴孩面庞上一日比一日更逼真，更鲜活。啊，只要儿子活着，她就还有一部分活在人间。

他那颗心脏在胸脯里焦灼狂跳，怦怦地撞击肋骨。仿佛要冲破皮肉的禁锢，扑到男孩身上去，用心头的血濡沃他，暖热他。

他反复念叨，我的宝贝，我的珍珠，我的性命，这次我们一定赶得及，我不会让任何人抢走你……

这是个没有月亮的夜。马蹄踏着满地潮湿腐烂的枯叶橡实，簌簌有声。父亲用力挥鞭打马，仍嫌马速太慢，他真愿以十年寿命为租金，赁一匹带翅膀的飞马。

男孩咳嗽着，在父亲怀中不安地动弹，似乎清醒了一点。

……父亲，我们在哪儿？为什么晃得这么厉害？

我们在海上，父亲俯下头把嘴巴凑近他的耳朵，亲爱的，你不是一直想要到海上去坐船吗？

可我怎么什么都看不见？

因为现在是晚上啊。

……给我讲讲，我们乘的船是什么样的？

是一艘漂亮的三桅船，桅杆高高耸立，主桅和前桅上悬挂着洁白的横帆，后桅装着纵帆，它就像生着十对巨翅的神鸟在海上游动。啊，现

第九个故事

魔王与男孩

在是个晴朗的夜晚，稍微有点风浪——所以船在颠簸，但星星亮得像用丝绸手绢擦过一样。儿子，你可以沿着绳梯一直爬上桅顶，站进瞭望楼里，踮起脚尖，用手摸一摸星星，在上面留下几个指头印儿。

男孩的眼睛半开半合：明天我再去爬好吗？父亲，今天我累了。

父亲柔声说，再过几个小时，太阳就要出来，我们的船正驶过海峡，初升的太阳将给远方峭壁戴上光芒四射的王冠，大海将像煮沸的黄金汁液一样。答应我，明早跟我一起看日出，怎么样？他在男孩滚热的脸颊上吻了一吻。

男孩迷迷糊糊地答，好的，父亲。

夜枭的鸣叫如诡笑在树杪响起，忽东忽西，忽近忽远。他问道，父亲，那是什么声音？

是海鸥，亲爱的，它们从一朵浪尖上跳到另一朵浪尖上，就像穿着白衣服的小孩子在草地上蹦跳嬉戏。

狂风摇撼树枝，吹动树叶，头顶枯枝咯吱一声折断。他问道，那又是什么声音？

是海豚，亲爱的，它们正跟着船向前游去，有时从水波里一个翻腾跃向半空，披着晶莹水沫，再落回海中。你若站在甲板上，就能看清它们丝绒一样的灰皮肤、小小的黑眼睛，以及总像快乐微笑着的嘴巴。

男孩呻吟着说，父亲，我冷，风太大啦，为什么还没日出……
然后他再次晕过去。

夜黑得透不过气，仿佛被遮盖在巨鸦的羽翼之下。树和树在濒死的气息中沉默站立，站成无数迷宫，小迷宫之外包围着大迷宫。

那父亲打马狂奔，穿过深夜的森林，怀中抱着性命垂危的爱儿。

……男孩听到有人轻声喊他的名字，他转过头，看到一个乘黑马的骑士出现在树枝和树叶的影子里。俊俏的小马，戴着银辔头，迈着不紧不慢的步子。

那骑士就是林中的魔王。

魔王跳下马，缓缓走过来，紫色长袍下摆在草叶上滑过，簌簌有声。他的衣领和衣襟上装饰着黑得发亮的猫头鹰羽毛，领口扣眼里别着一朵风茄花，衣襟上以珍珠拼镶出奇异的图案。一条绿底黄花纹的双头蛇从他袖口里探出头来，嘶嘶吐芯子，钻回去又从他领口中钻出，盘在他脖颈上，像一条活的领结。

男孩并不害怕，他问，为什么那条蛇有两个头？

魔王笑了。他的手从袖口伸出来，像抚摸小猫一样轮流抚摸两个蛇头，答道，一个头叫贪婪，一个头叫欲念。漂亮的孩子，别嫌它们丑恶，我实在告诉你，引领人类进步的还就是这两样东西呢。

他的声音是那么温柔，就像可啜饮的丝绒，灌注进耳中有说不出的舒服。他的漆黑长发披散在肩头，包围着青白的脸庞，仿佛夜云环绕月亮。

男孩听见他说：亲爱的孩子，跟我走吧，我会带你离开这里，到更好更美的地方去。

男孩问：更好更美的地方是哪儿？会比教堂后的花圃更美吗？老神父在那儿教我种植旱金莲和黄水仙。会比春天时候的池塘和林子更美吗？我跟红头发的小蒂尔达在池塘里游泳，在林子里收集莓子和蘑菇。或者，能比我家炉火边那张狼皮褥子更好吗？冬夜的时候我会暖暖和和地坐在那儿，靠在老狗阿莎身上读书，听父亲拉一段小提琴，有时他会

第九个故事

魔王与男孩

允许我喝点他酿的苹果酒,给我讲母亲生前的事情……

魔王笑得几乎呛住,说:可怜的孩子!乡野之间这点小小乐子,比起我将给你的趣味,简直像用一根蜡烛的光去比正午的太阳光。

他走过来,把男孩的手握在自己手心里,那手白得像象牙,是冷的,但又冷得并不令人讨厌。

男孩只眨了眨眼,面前的景象就变了。

他发现自己身在一间宽敞的图书室里,三壁的书架从地面一直连接着天花板,空出的西面墙壁上挂着有流苏的壁毯,以羊毛、真丝和金银线织成,织出阿波罗由林中众女神服侍洗浴的图案,地上铺着厚厚的象牙白地毯。房间角落的瓷瓶中插着大朵茶花,几扇大窗旁边垂挂白纱里子的蓝缎子窗帘,窗边一把带靠枕的宽大扶手椅,让人一见便想坐下去,在柠檬色的阳光里读上几页书。

魔王伸开双臂,缓缓转圈,柔声说,你喜爱阅读?这里有荷马、奥维德、塔西佗、欧里庇得斯、埃斯库罗斯、马基雅维利的全部著作,都是价值连城的珍本。这是棱纹纸,这是连史纸,这一套以丝绸装帧,这一套封面用了锻压的小山羊皮……一般读书人的书架上总会收藏尼禄那位好宰相裴特洛纽斯的《萨蒂利孔》,但这座藏书室里另有他已经失传的作品《尤思逊》和《阿尔布夏》。平凡人只能看得到李维一百四十二卷《罗马史》中的三十五卷,他们说其余的都散佚了,哈,可在这间屋子里,我们有完整的一百四十二卷《罗马史》。瞧,这儿还有几十卷中世纪基督诗人的寓言诗,几十卷文体家的论述,几十卷盎格鲁-撒克逊、日耳曼、凯尔特等民族的神话传说,几十卷绘制着世界各地海洋山峰森林面貌的地理图册,上百卷由修士和僧侣撰写的历代帝王传记,甚至还有

扑火

上百卷地中海巫术的文献研究……

他在书架前滔滔不绝地讲解，回头发现男孩正呆立在房间中心的椴木桌子前面。桌上摊开着长度跟男孩身高差不多的一本巨型书，那是《奥德修纪》，抛光牛皮封面，三面书口涂金，但更美的是书内装订的数十页镶嵌画插图。男孩一页一页翻动，花瓣一样的嘴唇不自觉地微微张开，面孔上布满惊诧、虔诚和渴望。

魔王在一旁冷冷看着，轻笑一声，眸子闪烁绿幽幽的光，如深潭，如旋涡。双头蛇无声无息地从他手臂爬下来，在手腕上邀宠似的昂起头，嘶嘶有声。他轻抚蛇头，像是在对蛇讲话又像是自言自语：我常常说，人们自以为能抗拒诱惑，只因为他们还未见识过足够诱惑的东西。

父亲听到怀中的男孩轻声说，书……

一阵酸楚愧疚涌上喉头。他没钱，也舍不得离开儿子，所以始终没有送男孩到城里上学，只让他跟着神父读了几本书。而他的儿子本来配得上世上任何一所学府。

男孩又清醒了点，一阵痛苦的痉挛掠过他的面孔，就像乌云的阴影掠过草原。

……父亲，我们为什么在赶路？要去什么地方？

去城里的学校，亲爱的，你不是一直想到繁华的大城市去上学吗？

给我讲讲学校是什么样子的吧。

是一所有几百年历史的著名学府，古老的青石砖墙上爬着藤萝，园丁精心修剪的草坪上，生有又粗又高的榕树、樟树、杉树，树荫里坐着背诵拉丁文诗篇的学生。每个学科负责授业的都是鸿儒贤士，他们在课堂里讲述星辰、矿物、建筑的奥秘，讲解苏格拉底的学说，高声嘲笑当

第九个故事

魔王与男孩

代欺世盗名的学人。午后他们就坐在自己的研究室里，你可以随时敲门进去，询问算术题目，或者让他们帮忙修理你诗歌作业中不和谐的韵脚……这些就是你一直梦寐以求的，是不是？

男孩应道，是的，父亲。

学期末我会去接你回家，让你带我参观你那间小巧清洁的宿舍。明早，等太阳出来了，我就给你整理好书包，送你到教室里去，好不好？

男孩神志模糊地答道，好的，父亲。

他的声音犹如梦呓：父亲，刚才我看到一个人，一个衣领上别着风茄花的人。他邀请我跟他一起去游逛，他给我看了很多美丽的东西……

父亲的心像被一只冰冷的手揪紧。他叫道，亲爱的，不要理睬那个人，不要回答他，听我的声音，跟我说话……

然而男孩的眼睛已经闭起来，听不到父亲的呼叫了。他一分钟比一分钟急速地衰竭下去。父亲执起男孩的手放在唇边，深深地、忧急地吻着，仿佛想咬破那细嫩的指尖，把自己的生命力吹进那小身体里去。

夜黑得严严实实，宛如在深深海底。一切仿佛被一张密得没有孔洞的、绝大的绳罟网罗其中，万物在网底无声昏睡，不抵抗也不挣扎。

那父亲打马狂奔，穿过深夜森林，怀中抱着性命垂危的男孩。

魔王笑盈盈地望着男孩，眸子闪烁绿幽幽的光，如深潭，如旋涡。除了书，你还喜欢花是吗？那么来吧，好孩子，让我们到外面去看花。

他们走出图书室，走过一个金碧辉煌的轩敞大厅，每一件陈设的器物都极尽奢华，那高高穹顶上绘着的诸神画像，要把脖子仰得贴到后背上才能看到。男孩问，住在这里的是国王和王后吗？魔王笑而不答，只携起他的手。

男孩眨了眨眼，面前的景象就又变了。他正身在一片望不到边际的花园里。七个水池里喷出七股喷泉水柱，每个池子里都有雪白的大理石雕刻出的神话人物：宙斯和加尼米德，公牛与欧罗巴公主，欧律诺墨与美惠三女神……园中种着玉兰树和石榴树，树影下的小径边开着紫罗兰，蜂儿在花心里爬进爬出，嗡嗡有声。

他从未见过这么漂亮的园子，叹道，这一定是御花园吧？魔王笑而不答，只携着他，慢慢向前走。

他们路过一大块郁金香花圃。花茎纤细挺直，那线条简洁优美的花冠则像一对对虔诚合拢的手掌。男孩惊叹着，想驻足多看几眼，魔王却不停下脚步。他说，这算什么，好看的在后边呢。

他们又路过一大片山茶花花圃。有单瓣的，有复瓣的，红如玛瑙，白如无瑕的玉，粉的如新娘羞赧的脸蛋。男孩摇头咋舌，想凑近些细看，魔王却拽着他的手，牵他继续前行。他说，这算什么，好看的在后边。

他们又路过一大片风信子花圃。胭脂红、珊瑚红、像糖果一样的奶黄色，还有紫色的葡萄风信子像一串缎子小铃铛穿在一起。香气像极轻柔的歌声一样，男孩在花前俯身，深深呼吸，魔王却搂着他的肩膀，半拖半抱地强迫他往前走。他说，傻孩子，快走吧，这些都不算什么，好看的在后边。

最后他们进入一个温室花房。魔王伸出戴着猫眼石戒指的手，一株一株为他指点——

种在这里的，才是这花园的精华呢！看这种玫瑰，奶油一样的白花瓣边缘上带着少许粉红，它叫作"芭蕾舞伶"，就像身着白纱裙跳舞的伶人和着音乐、立在足尖上旋转时，听到观众的喝彩声，脸颊因兴奋得

第九个故事

魔王与男孩

意而腾起红晕……再看这株黄金鹤望兰，它那金色的花瓣又尖又细长，正像是鸟的毛冠和喙，你远看时说不定会错认是一只鸟栖落在那儿了吧？等这一整丛都盛放的时节，把鸟舍里养的葵花凤头鹦鹉和戴胜鸟放进来，混成一片，花儿像不会鸣叫的鸟，鸟儿像少点香气的花，那才有趣！……再看这株加尔西顿百合，它就是《圣经》里提到的，耶和华在高山布道时才出现的神秘花朵，这样颜色像春日晚霞一般的品种，是世间任何一个皇后的花园里也没有的……我的孩子，这儿的奇花异卉，你的老神父可培育得出来吗？

男孩蹲下来，左瞧右瞧，每一朵花都令他不舍得挪开眼睛。

魔王又说，瞧角落里这一丛！这枝黑色的鸢尾花可比巴黎香榭丽舍大街上的一个珠宝店还值钱。它原本是奥斯曼帝国的御花园培育出来的，帝国覆灭后，一个花匠把球茎藏在帽子里逃出来，才令这花不至绝种。

这最珍奇的孤品，花瓣上闪烁妖异的紫黑光泽，像被墨汁浸泡过。男孩不由自主地伸手想抚摸，魔王却把他的手打掉了。别碰，孩子。它叫"黑匕首"，每根花蕊都有相当于一小撮砒霜的毒性，若是你看谁不顺眼，或是有人碍了你的事，只消请他到你的花园里来喝茶，趁他起身赏花的时候，把一根花蕊投进他的茶汁里……

男孩惊骇地盯着那花，摇头说，我不喜欢它，如果这花园是我的，我一定先把这花烧掉。

魔王柔声道，先别急下结论，也许以后你会改变主意……书房，花园，你想要吗？

男孩点点头。

魔王指一指花园中心的凉亭：很简单，你只要娶她就行了。

凉亭的象牙椅子上坐着一个身材枯瘦、表情矜傲的少女，两个黑人女仆立在她身后，一个捧着首饰匣，一个用玳瑁柄的梳子替她梳理栗色长发。她身穿绣着孔雀翎毛图案的绿裙子，像人鱼眼泪那么大颗的珍珠，在她干瘪的胸脯上发光。那瘠薄的嘴唇搽了过多胭脂，正跟那焦黄脸色成了对比。

男孩问，那是谁？我本以为世间的女孩都跟小蒂尔达一样好看。

魔王说，她是权势和财富的女儿，她的父亲比所罗门王还有权势，她的母亲比示巴女王还富有。只要你娶了她，这一切就全都属于你。

男孩问，"娶"？……我怎么才能娶她？

魔王笑道，以你这样的才貌，我的孩子，只要你听我的话，只要你不去想爱和尊严那种事，你可以娶到世上任何一个女子。你可以拥有世上任何好东西。

男孩说，爱是什么？我不太懂，可我确实想要这个花园。

这时他隐隐听到父亲的声音：亲爱的，你在跟谁说话？回来，我的宝贝，回到我身边来……

幻象消散，男孩再次陷入一片漆黑。他喃喃道，花……

花？

父亲沉吟着，暂时松开缰绳，从衣服内袋里掏出一条项链。项链坠子是一朵玻璃做的玫瑰花。这本来是他赠给亡妻的结婚礼物，他买不起水晶或钻石首饰，只能在吉卜赛人的摊子上买这么一条玻璃项链。

揿一下玫瑰花心，花瓣便弹开，里边镶嵌着他与亡妻的合影。她笑时那甜蜜羞涩的眼睛、嘴角抿住一点的样子，他看了无数次，每次都会看得呆住几秒。男孩笑起来就跟她一模一样。他在那小照上吻一下，将它塞进男孩的衬衣里，搁在最靠近心口的地方。

第九个故事

魔王与男孩

男孩哆嗦一下，醒了过来。他费力地干咳，又因为咳嗽引起疼痛，伸手死死按住胸口，像要把肺抓出来似的。

……父亲，我们为什么一直赶路？要去见什么人吗？

去见你祖父祖母，亲爱的。他说完又感到一阵愧疚，别家的孩子都能在夏夜听祖父讲睡前故事，或是夸耀祖母做的馅饼。而自从逃兵役躲到这偏僻小村，他就再也不敢回故乡去。

男孩模模糊糊地应着，哦，那真好……能给我讲讲祖父母家是什么样的吗？

是城郊的一所老宅子，当年祖父的父亲拿二十个金币买下来的。我和你两个姑姑就出生在卧室那张松木大床上，祖母的猫"雪儿"最喜欢卧在床头的羽绒枕头上。你祖父会挨个给你讲，走廊里悬挂的画像哪幅是做过总督的曾曾祖父，哪幅是做过公主女侍的曾祖母，壁炉上那架古董镀金座钟有什么典故，墙上悬挂的公鹿头又是在怎样一次高地历险中打到的——他说不定还会带上你和他的老猎狗，去沼泽地划船猎鸭子呢。我们屋后的小菜园里有一棵樱桃树、一棵桑树，你祖母种了一畦辣椒，你祖父种了一畦葡萄，白天他们就在那儿晒太阳。等见到你，他们肯定会给你雨点一样的亲吻，自豪地把你带到邻居和亲戚家去，说，瞧吧，这就是我的孙子，漂亮得像天使一样的孙子。你也一直期盼见着他们，是不是？

是啊，父亲……

日出时，我们就会到你祖父母家啦。你祖母会把餐桌铺好带花边的雪白台布，摆得满满当当的，然后笑眯眯地看着你吃——烘得热乎乎的黑麦面包、琥珀色的焦糖布丁、热可可、果酱、腌橄榄、刚摘下来的新鲜桑葚……坚持一下，宝贝，答应我，明早陪我吃早餐，好吗？

扑火

男孩轻声说，好的，父亲，我答应你。

他吃力地喘息，胸腔随着呼吸剧烈起伏，喉咙里发出鸣哨似的声音：父亲，刚才我看到一个人，一个衣领上别着风茄花的人。他邀请我跟他一起去游逛，他给我看了很多美丽的东西……

他嘴唇嚅动，声音越来越低，终至低不可闻，就像在半夜醒来，用半睡半醒的声音讲述梦中情景，又坠入梦乡。

父亲惊惶四顾，咆哮道，不管你是什么妖魔鬼怪，滚开，离我儿子远点！……

回答他的只有凄厉风声。

惨白的雾气席卷过来，犹如一块巨大的裹尸布。寒意中如有黑森森的牙齿利爪。那父亲打马狂奔，穿过深夜森林，怀中抱着昏迷中不时谵妄的男孩。

……当然，除了这张脸蛋，你还需要点别的东西，魔王说。

男孩眼前出现一个会客室。沙发上，一个干瘦、留着小胡子的人正等待主人接见，他焦灼得一会儿站起来，一会儿坐下，用留着长指甲的手神经质地敲打扶手。

魔王悄声说，瞧，那位满脸悖时相的倒霉鬼，他就是你在读书时结交的好友，他的才华胜过你，但他脾气太臭，写的戏没有一个剧团经理愿意接演，他家中的妻儿只能到面包铺去赊隔夜面包吃。而你要做的是用很低廉的价格把他的手稿买下来，改一改细枝末节，拿去发表。虽然是同一个剧本，但作者不同，境遇可就大不一样啦。你相貌生得讨喜，娶了有钱的太太，手头阔绰，人缘又好，所有记者和剧评家都喜欢你，

第九个故事

魔王与男孩

绝不吝啬他们的赞美。所以你每有一出新戏公映，谀辞都多得要用几辆马车来拉。人们称你有一个被缪斯吻过的脑袋……

男孩听得目瞪口呆。他问道，他不会生气吗？

魔王笑道，生气？他还唯恐你不跟他做生意呢。

男孩看到客厅的门开了，一个青年走出来——那就是十年后的他。他的朋友赔着笑脸，把那布包递过去，低声道，我又写了一部新剧，你有没有兴趣看看？

魔王轻蔑地瞧着那人，又说道，你将越来越出名，而越出名，你的作品也就越受欢迎，就像泼了油的火焰一样。你甚至不再需要你朋友提供的东西了，你自己的诗集和散文集都大受欢迎。自然你写得本来也不甚坏，更重要的是，人们对你的作品早就失去了审美，他们只会习惯性地喝彩叫好。当你结束这段供求关系，你那朋友也许会气急败坏地把你告上法庭，但没关系，官司只会让你收获更多的瞩目，是一勺浇在火焰上的油脂。群众都是些笨蛋，他们只会盯着头顶最耀眼最亮的东西，不管那是太阳还是向太阳借了光芒的月亮。而只要你有名，万事都会像小刀切割奶油一样顺畅轻易。

他口若悬河地说下去：你具有所有粗鄙年轻人望尘莫及的、学者的优雅和见识（他们以为挥霍炫耀是一种值得矜夸的趣味），以及言语无味的学者们暗暗渴求的、社交场红人的美貌风度和交际手腕（他们以为博学多识就能弥补魅力的缺乏）。人们将以与你交谈饮宴为乐，以能当面祝贺你的剧目演出成功为荣……

男孩眼前像放幻灯片一样，飞快地闪过高朋满座、灯火荧荧的舞场和宴会厅，人头攒动的大剧院、音乐厅、画廊、沙龙。珠宝、绸缎、细瓷和银质瓷器，女士们带笑红唇下的皓齿，无一不在闪闪发光。魔王感

扑火

叹道，在所有这些地方，你都将成为绝对的中心。人们等待聆听你发表高论，以便抢先附和；等待你讲一个笑话，以便及时哄堂大笑。他们拿你的话到别的场合复述，还得意地说，这是他跟我密谈时讲给我的。

男孩怔了很久，犹豫着，说道，这些都很美，很吸引人，但我跟父亲住在一起，像现在这样生活下去，也有不逊色的乐趣啊，况且，我还有我的小蒂尔达……

这时他隐隐听到父亲的声音：亲爱的，你在跟谁说话？回来！我的宝贝，回到我身边来……

但这一次他没有理睬父亲，而是紧盯着魔王绿幽幽的眸子。

魔王似乎早料到这种答话，他挥挥手，说，那么，你不妨看看这个。

男孩眼前出现一个胖大妇人，褪色的头发在脑后挽一个潦草的髻，腰腹粗壮如男人，正岔开双腿坐在牛棚里为母牛挤奶。木桶挤满后，她站起来伸个懒腰，自己从桶中舀了一杯解渴。一气喝下去，提起手背心满意足地抹掉嘴边乳沫，再将手蹭在围裙上，仰起脖子打了一个长长的、响亮的饱嗝。有三四个小孩子跑过来围住她，她蹲下来亲吻他们，大声说出带肮脏字眼的亲昵话。

男孩皱眉问道，这妇人是谁？

魔王冷笑，这便是你中意的小蒂尔达。三十年后，她就是这副样子。

男孩惊呆了。魔王轻声道，花朵总会凋谢，美不是永恒的，但我却可以让你拥有四时不谢的、血肉的花朵……

男孩眼前出现一个卧室，一个身材肥硕的中年人，身穿柞蚕丝的睡衣，倚在一张大床上，床前的地毯上站满头发眼睛颜色各异的女子。

那也是他。是三十年后的他。从挺直的鼻梁和眼睛轮廓，还能辨认出当年的俊秀，长年享乐则在那眼下画上了两团暗紫的阴影。魔王笑道，

第九个故事

魔王与男孩

亲爱的孩子,这时候你早已是个幸福的鳏夫了,婚后第三年,你的夫人陪你在花园凉亭里喝茶,不幸中风猝死,你获得了她名下所有财产。

男孩身子起了一阵寒栗,像坠入湖中,猛吞了一口冬日的湖水。

(那父亲感到怀中身子在发抖,连忙再把毯子裹紧一些,试图与他说话:别怕,很快就不冷了,太阳就要出来了。我们马上就到,马上就到了……)

魔王的左手扶在一位女子的肩膀上,那肩头圆润得像水蜜桃,他的右手则撩起另一个女子的漆黑长发,絮絮说道:啊,这是世间另一类珠宝,另一类珍禽异卉。这类美更加易逝,无法保存,因此依时令采撷就更像一种艺术。瞧这大溪地少女的皮肤,如同调了蜂蜜的巧克力,腻滑得像涂了油,当你伸手抚摸的时候,手指尖将尝到蜜甜的欢愉。日本女子善于低眉顺目,当她们匍匐在地时,你可尽情欣赏那天鹅一样的后颈曲线。印度姑娘的眼睛黑白分明,像是紫檀木和贝母镶嵌上去的,瑜伽术把她们的身体塑造得惊人地柔软。锡兰美人犹如林野中的小鹿,充满弹性与活力。法国女子有苦艾酒一样醇香的风味。意大利女人的眸子像会发光的钻石……

男孩摇摇头,我对她们没什么兴趣。我并不觉得快乐寓于其中。

魔王却胸有成竹地笑着,他的嗓音像泉水汨汨流过银瓶。亲爱的孩子,我知道你自幼失掉母亲,村人视你为外来者,没人真正与你亲近。你从未真正拥有过一个女人,你不需要补偿吗?所有这些女子,她们温软的乳房,暖热的胸膛,柔滑的手臂,芬芳的体气,全都属于你,你难道不想没顶在乳香的海洋里,鲸吞那母性的柔情?

男孩这才真正呆住了。钏镯叮当作响,那群女子们缓缓围上来,像善魅的塞壬,用各自不同的语调呢喃道,哦,我只爱你一人,我愿永远陪伴你，取悦你……

黎明即将到来，森林也将到尽头，马的速度却无可奈何地慢了下来，鼻孔喷出的气息粗重，遍体大汗淋漓。

父亲不停亲吻男孩又湿又凉的额头，用脸颊蹭着他头顶，又声声呼唤亡妻的名字，求她保佑她的爱儿。

男孩的身子轻得像是不抓牢就会被风夺去。

他咕哝道，父亲，那人说要我随他而去。那人，衣领上有一朵风茄花的人……

父亲将男孩紧搂在胸口，用手掩住他另一边耳朵，叫道，不要，不要听他的话！

他的声音忽然像被斧头砍断一样，他猛然一勒马缰，马儿痛嘶，人立而起。

他也看到了魔王。

那人显身在几步远的夜雾中，脖颈上缠着双头蛇，唇角带笑，他只对那父亲说了一句话：你可知道，我的爱好就是——把闭合得紧紧的蚌壳撬开，取出里面的珍珠，拿来装饰我的袍子……

然后那身影便隐没了。

男孩像骑在云头俯瞰大地，他眼前出现了森林和湖泊之畔的那小村，低矮的房屋，昏暗室内器具简陋。人们兴高采烈地准备节日的食物和服

第九个故事
魔王与男孩

装,然而那顶好的也粗俗得可怜。魔王摇头道,难道你真的宁愿把一辈子浪费在这汤盆大小的村子里,陪伴你那忧郁而口讷的父亲?你瞧那些头脑简单、毫无见识的乡邻,你真愿意一生与他们为伍?……

　　林梢的天空开始变色,墨汁像渗进水一样逐渐稀薄。拂晓的呼吸清晰可闻。

　　男孩的身子起了一阵猛烈的抽搐,他低声道,父亲,让我去吧,他许诺给我一切最好的东西,最美的花园、书房、厅堂,最显赫的声名……我不想在这儿待下去啦……

　　不!父亲绝望地叫道,不要相信他,那不是花园,是吞噬青春和灵魂的魔窟。你去了就不会再回来,也不能再回来了……

　　眼前的景象又变换了。豪华的厅堂里,一位颀长的金发青年正站在人群中心,接受人们的祝贺。他身穿绣金线的黑天鹅绒外套,纽扣扣眼里别着一枝白玫瑰,俊美如年轻神祇。有人满面笑容地致辞,随后众人高举酒杯,向那青年祝酒。

　　那正是他自己。是十年后声名鹊起的他。世上所有美好的东西就像种在花圃里的花朵,只等他弯下腰采摘。

　　室内管弦乐队奏起欢快的乐曲,人们纷纷走下舞池,翩翩起舞。一个少女上前来,眼睛笑吟吟的,一只手持酒杯,一只手持一枝红风茄花。她用只有他们两人能听到的声音问道,喂,漂亮的孩子,我们成交吗?

　　青年瞧着女子的衣领,在蕾丝的覆盖下,那里绣着一条双头蛇。她的眸子闪动绿幽幽的光,如深潭,如旋涡。他木立不动,任凭那少女伸手抽出白玫瑰丢在地上,再把红风茄插进扣洞,像一朵新染上的血渍。

扑火

……就像从山洞隧道里钻出,父亲终于冲出了森林。眼前倏地亮起来,原来天空已这么明朗了。

噩梦般的夜晚和森林已被抛在身后,远山之间的天色呈出极浅淡的青蓝,太阳即将从那里升起。这景象是他整夜都在盼望的,然而当真正熬到这一刻,他却反而越来越恐惧,恐惧得再也不敢低头去看怀中忽然安静下来的男孩。

村庄在望。有烟囱冒出一道白烟,那是村里的面包铺。最早起身的牧牛人慢悠悠地走在道上,牛铃洒落一路清脆的叮叮声。

父亲在乡间诊所门前勒住马。他几乎是从马上跌下来的。

当身穿睡衣的医生跑出来,他的话因为激动断成一截一截:求你,救,我的,儿子……

他颤抖得像要散落成一地粉末,低下头,解开包裹得紧紧的毛毯。

第一缕晨光照上男孩的脸,长长的睫毛在颧骨上投下浓重的阴影,那原本像百合花瓣一样的脸颊,现在变作了凄惨的尸青,他四肢软绵绵地垂着,阳光仿佛薄薄的金色纱布,温柔地蒙在他脸上、身上。

那孩子已经断气了。

父亲哀痛地低号一声,哆嗦着手徒劳地在那冰冷胸口上摸索心跳,手掌被什么扎了一下。是那条玫瑰项链,玻璃花瓣不知何时碎成了渣子。

医生摇头,低声道,抱歉,看来您来晚了。

哦,天哪,我的宝贝,我的珍珠,我的性命!天哪,我的儿子……那父亲死死抱住男孩的尸骸,恸倒在杏黄色的冬日晨曦里。

第九个故事

魔王与男孩

他们站在一个岛屿的最高处,远处的灯塔像一颗星似的不停闪烁。那光芒十分有规律地忽明忽暗,缓缓旋转,掠过夜间海上悬浮的迷雾。

　　H说,我们每天都在海边,但你还没有讲过关于海的故事。

　　里瑟先生说,我所有能想到的关于海的故事,全是忧伤的,因为贯穿在故事中的海浪,就像是悲剧的背景音乐。

　　它又说,人与海之间的故事,总是过于一厢情愿。征服?太可笑啦,人怎么可能征服自然?不过是自然尚在容忍人类罢了。如果海自己会讲故事,它大概会讲天空如何用雨水和雷电与它对话,或者回忆它怎样在行星上塑造出千差万别的地形,孕育出亿万种生命。我敢肯定它不愿提及过于渺小狂妄的人类。人类是从它子宫中娩出的最不肖的子嗣。

　　人所自我称颂的"意志"所能达到的地方,就像那座灯塔能照亮的面积,与整个大海相比,实在有限得可怜⋯⋯

　　但最后它还是讲了一个海和人的故事,并像它所承诺的那样,有着忧伤的结尾。

扑火

第十个故事
海滩鉴赏家

有这样一个人，他的梦想是找到世上最美的海滩。

他自幼就是那样的孩子：在静默的遐想中才觉得自在。十岁时他生了重病，母亲带他到海边疗养。无论天气阴沉还是晴朗，他总是呆呆地坐在距离海滩几步之遥的回廊上，一动不动地盯着海浪，努力分辨海风中的每一种气味：水底生物鳞片上的腥气，海藻与海苔那植物性的清香，被冲上海滩后干渴而死的鱼的腐臭味，沙子里沉埋的石头的气息，还有更远处云彩里雨的闷闷的湿气……他着迷地翕张鼻翼，让那混合的气味充满肺叶。

夜里暴风雨袭来的时候，他偷偷从卧室窗户里爬出来，赤足跑向海滩，直到双脚感觉到湿沙的冰冷。

海浪的咆吼声震耳欲聋。青灰色的电光一次次地在云端炸亮，浪头在海面上连接成山脉，那雄壮的曲线像是能永恒变化下去，又像是根本从未变化过。浪头一次一次冲击过来，海滩不动声色地静止着，让浪头在它臂膀之上碎成散乱的白沫。

那是一种与天地同寿的原始魔力。他骇倒在地，匍匐着，默默地爱上了那种力量。

从那天起，他在心中把海许为自己的爱人。

与爱人日夜厮守有两种办法，第一是住在船上，第二是住在海滩上。基于温血哺乳动物的现状，他决定选择后者。海滩是海向人世张开的手臂，是允准人们尽情凝视她打开的衣领之间的那一块肌肤。于是他立定了毕生的志愿：选一处最美的海滩定居。

他在运输船、渔船上都做过水手。虽然总在热闹港湾停靠的船没法帮他找到他的圣地，但劳作之余，躺在帆荫下眯起眼望着他心爱的海，也是莫大的幸福了。

数年之后，父母相继去世。他一旦获得自由支配遗产的权利，立即变卖大部分财物，以那笔钱作为旅费，开始他的行程。

有人嘲讽他，你想找最美的海滩？早就有旅行家替你发掘过了。

他并不辩驳，只是笑着摇摇头。

确实有很多旅行组织和杂志评选出了"世界最美海滩"——至少有十几块著名的海滩都顶着"最美"的头衔，但那些在他心中甚至称不上"美"。

他认为那些地方都过于俗气、油腻，已经在被人类享用的过程中毁掉了。

——人们在审美上的毛病，在于他们常常只喜欢能取悦自己的东西。一切都得向他们撒娇，抛媚眼。他们喜欢头颅浑圆、眼睛比例大的形象，认为那样是可爱的（比如猫），那不过因为"圆头颅大眼睛"是人类婴儿的模样，代表着族群的未来，因此潜意识和繁衍的需求命令他们喜爱。一旦一样东西令他们吃苦、恐惧，他们就要退却了。

他们对待海滩也像对待芭比娃娃一样，沙子要细腻松软，以便人光

扑火

脚踩起来舒服；水要清澈见底，适合人下水嬉玩；珊瑚要鲜艳成群，鱼类要多种多样，好让人玩赏逗弄……

（成千上万的女人把自己的眼睛鼻子胸脯交给整容手术刀，想要变成芭比娃娃的样子，但芭比娃娃不是真正的美人。）

实际上，再没有比美感更难统一、更难交流的感觉。他想要的，不过是最能令他自己那颗心倾倒的事物。

很多繁盛城市边缘的海滩，平整柔媚，呈现出已经被人类驯服的样子，像人群中面目模糊、低眉顺眼的女人们。

渔村旁的海滩是银亮亮的，被盐渍得坚硬的沙地上铺满细小的鱼鳞，还有一堆一堆因卖不出价钱而被抛弃的海星。经过日间暴晒，死去的海洋生物发出可怕的腥臭。鱼市就开在海滩上，人们在岸上交易渔获，在谈不拢价钱的时候高声争执，一切喧闹而生机勃勃。这样的海滩像一个双手粗糙的大嗓门妇人，浑身带着浓重的烟火气。

有的海滩只有一片空寂的沙砾，死气沉沉，景色荒凉，植被匮乏，沙地上没有燕鸥筑巢，没有海雀、鸬鸟飞来歇息，海水的颜色苍白如贫血。它就像冷淡、瘦瘠、缺乏活力的姑娘，连嗓音都细弱无力的。

有的海滩又过于狂野，由于地势，风高浪急，海浪像竖起鬃毛的兽群，狂吼着奔突而来，隆隆之声震动天地。他倒并不怕这种粗粝。美人应当宜嗔宜喜，不能是个木头美人。美好的海滩不该全然风平浪静，但在暴怒之中，美人也该不失其美。

除了平庸与粗陋之地，他在人烟稀少的地方找到了很多宁静、美妙的海滩。

由于海底地形、风向的千差万别，每处海滩的海浪节奏和韵律都不

第十个故事

海滩鉴赏家

一样,就像演奏着不同的音乐。在有些海岸,每四道巨浪之后会有短暂的间歇,像一阵温柔的咕哝,然后才会再次激昂雄壮起来。而有些地方会有连续六道轻盈的小型浪头,嘶嘶地反复哼唱,紧接着是一道高亢雄壮的音波。在浪头的主旋律之外,还有风声、水花拍击在暗礁、沙地上的声音,与主调一起混响着。

各个季节不同的朝霞,正午的阳光,薄暮时云朵里洒下的轻纱似的光雾,都令海滩的颜色在数月之内、一天之中总在不停地变幻。而海水的色彩的变化,则比海滩更美,更多样。

不过它们都还不是他想要的、最美的那一个。他的背囊里有一张巨大的、精细的地图,标注了所有将要探访的岛屿、海湾、海岸线……他沿着长长的海岸线走下去,又在无数岛屿短暂驻留。他踏上无数孤寂的岬角,观察滩地的曲线与海浪的颜色,不知疲倦。

在世界各地的海域流浪久了,他也遇到过一些迷恋大海的同伴,比如追逐海上风暴的人,驾船探索各个无人岛的人,嗜好拾拣海上漂浮物的人,痴迷于潜水收集沉船遗物的人……

某一次,他从一处海岸悬崖之下的小教堂里出来,沿着花岗岩中间的一条小径向上走去,与一个水手模样的人擦肩而过,互相微笑致意。夜间他在海滩上又碰到那人,他们坐下来聊天。那人说他在找一群红露脊鲸,已经找了五年了。

他一时不慎,脱口说道,红色露脊鲸?真有红鲸这东西?

那人原本微笑的面孔板了起来,反问道,真有最美的海滩这东西?

他立即郑重道了歉。他们一起饮尽了一瓶烈酒,在月亮即将沉入海中时,醉醺醺地挥手道别。

扑火

年复一年，他开始出名了。

起因是一个驾三角帆船环游世界的航海家在抵达终点之后，开了个庆祝宴会，跟人聊到了他。

航海家说，我在厄瓜多尔的一个岛上遇到了这样一个人，他的志向是寻找世上最美的海滩，很了不起。

航海家身边的朋友也大部分是海员、探险家、船长。有人说，我倒也见过不少海滩，最美的一个是……他说了一个地名，好几人立即点头表示赞同，是的，要说景致多变、壮观又不失柔美的海滩，那里该算得上第一了。

航海家摇头，我跟他提起过，他说按他自己的排名，那处海滩只能勉强排进前五名。

人们兴致勃勃地询问，被他排名前四位的又是哪几处？

在座有一位著名旅行家，回家后将那夜欢会写成了一篇文章，发表在自己的杂志专栏里。文中复述了那段谈话，称他为"海滩鉴赏家"，"十分惭愧，那位神秘的、不知名的鉴赏家所提到的美丽海滩，我全都不曾到访过。因为它们都坐落在十分幽僻、人迹罕至的地方。我非常敬佩那位先生的精神，他不为大部分人的判断所迷惑，勇于探索与发现，而这正是旅行的真谛。因此我决定要追随他的足迹，到那几个地方去看一看——这就是我下半年的旅行计划"。

由于该人在旅游业内颇有影响力，那几处海滩很快被业内誉为"遗珠"，获得了更多关注，到访的游客也迅速多了起来。

一年之后，他在海边的酒馆与人聊天时，对方居然认出他来。

那人显得很激动，啊，原来您就是那位神秘的"海滩鉴赏家"！

他倒觉得莫名其妙，不知道这头衔从何而来。

第十个故事

海滩鉴赏家

那人说，在旅行家圈子里，您早就是传奇人物了。

晚上他到海边沙地散步，有几位旅行者已经慕名在那里等待，见到他立即欢呼着上前攀谈，表达崇敬之心，并要他讲述自己的经历。最后那群人还与他合了影。

后来，那照片和他对各地海滩的评论都刊登到了当地报纸上。这一切他都不知道，因为他已经沿着海岸线启程了。

他像所有心中持有坚定信仰的人一样，不焦躁，也不慌忙，依次前往一处又一处岬角、海湾、半岛，耐心等待那个未知的地方与自己相遇。

白昼漫长，不知如何开始，也不知如何逝去。一个个被满月照亮的夜，繁星如繁花的夜，他在海边沙地的简易帐篷里度过，侧耳倾听各处海洋的不同旋律。海面上的三角波带着雪白流苏似的镶边冲上滩来，在他脚边破碎，又倒卷回海中。

与此同时，他的名气越来越响亮。有一本旅行杂志甚至开了一个"寻找神秘鉴赏家"栏目，设立悬赏金，奖励在世界各地海滩发现他，拍照并将消息送到杂志社的人们。这就像是旅行者们共有的游戏。他们根据他的行踪猜测：他大概会南下，趁南半球天气好的时候到某片群岛去……

一年又一年过去，他越来越频繁地被人认出来。有时他刚刚到达一处有海岸线的城市的火车站，就有旅行者惊喜地叫道：快看，是那位著名鉴赏家！他们会围上来问长问短：您找到心爱的海滩了吗？您最近又发掘出哪些好去处？

他从不隐瞒自己的褒贬。获得他褒奖的地方，总会很快成为旅行者趋之若鹜的地方。

扑火

时间过得越久，人们也就越发好奇，到底哪里的海滩会令他折服、获得他加冕的桂冠？

有一年夏末，他穿过一个小村庄去看那里的海滩，那是那一条海岸线上的一段小小曲线。当那大片大片的灰蓝色在眼前展开，他的心在肋骨后面怦怦地剧烈跳动，知道他终于找到了。

那是一处精巧的海湾，海水在它怀中闪闪发亮，映着阳光的水面呈出一道道光环。不远处的凹地中生长着茂盛的灌木，树叶像翠绿的羽毛。海滨有不同种类的鸟群飞飞落落。海潮的声音犹如在双耳之中流淌，那节奏是他从未体验过的优美。

他像耗尽了力气一样，在沙粒之上坐下来，等待夜幕降临。苍茫的夜色里，水上捕鱼船的舷灯遥遥亮起。夜间的海滩犹如一只美丽的巨兽，栖息在梦境似的图景里，鼻息沉沉，向他发出无声的邀请。

他明白自己到达了终点，此处将是他的终老之地。那个念头像水晶一样明晰无误。足量的爱与满足，可以消融欲望。他不会再找下去了，地图上剩下那些还没探索过的地方，他已经不再感兴趣。

在炽热的海风里，他感到一种无法消受的幸福，几乎成了凄惶。

在这片海岸边住了十几天之后，他心满意足地离开，打算回乡卖掉祖屋，搬到这里来定居。归途中他遇到一个冲浪爱好者，那人像所有见到"海滩鉴赏家"的人一样问道：您找到那处最美的海滩了吗？

他第一次微笑回答，是的，我找到了。他说出了那个地点，然后说道，我暂时离开只是为了回来，为了与她再也不分离。

几个月之后，他料理完家乡的事情，满怀去迎娶新娘一样的幸福和焦切，回到那个地方。

第十个故事

海滩鉴赏家

但当他穿过那片村庄时，发觉事情似乎不大对劲。村里多了很多外来人，变得十分热闹，空气中可以听到各国的不同语言。而海滩的样子更是变化得翻天覆地，才不到半年时间，沙地上已经像变魔术似的多了很多房子、旅行者的帐篷。碧绿的灌木丛已经被砍光，挖成地基，看样子会盖出一大片建筑。海湾里停满了大大小小的游艇、帆船，露出大片肌肤的女人和男人们在甲板上或躺或坐。

他怔怔站着，说不出话，直到海滩上的人们发现了他，围拢上来，向他表示祝贺。他惶然四顾，头都被吵晕了。

这地方很小，没过一会儿，地区负责人便闻讯赶来，向他表示热情的欢迎。那人告诉他，有赖"海滩鉴赏家"为此地加冕，已有多位地产商买下海边地皮，准备盖豪华酒店、度假区。我们将开启大规模的改造工程，让这里变得更美，更受人欢迎……最后还兴高采烈地说，世界各地的海洋爱好者们都正在向这里赶来，急切地想要目睹，传奇鉴赏家用半生时间找到的"最美的海滩"到底是什么样子。

人们争相请他参加游艇上的宴会，他被簇拥着到处去，像个木偶似的任人摆布。晚上，沙滩上篝火处处，组成盛大的露天聚会，在狂欢的人群中，他看到很多熟悉的面孔，有那位向世界告发了他的航海家，有寻找红露脊鲸的老水手。他们笑着举起酒杯，说，我们一听到消息就赶到这里，已经等你很久啦……

当天午夜，他从悬崖上跳下去，溺死在海波之中。

第二天上午，他的朋友们从宿醉中醒来，发现了他的遗书。上面写道：我杀死了她。我必须偿命。

扑火

船长们驾着小艇出海，成群结队地到海中去打捞尸体。

几天后，那位嗜好潜水探索沉船的朋友寻获了他的尸体。与雪莱的尸骸一样，嘴唇、耳朵、眼皮、眼珠等柔软的地方都已经被鱼吃掉了。

他们将遗体放置在海滩上，赶开所有记者与好奇的旅行者，围拢成一圈，为他举行默哀仪式。据说，死者的表情并不狰狞，只像沉浸在困惑之中。

遗体就地火化，燃烧用的材料就是不远处建筑工地砍掉的树，火堆中倒入了大量宴会上没喝完的香槟。不过骨灰的处理方式略有争议，有人建议放置在本地教堂，供后人缅怀，有人力主洒入大海，因为照他蹈海自戕的本意，是想与海洋同在。

最后大家达成共识，把骨灰葬在海滩之畔，令他能朝朝暮暮听着涛声，也算帮助他完成遗愿了。

那片海滩日益繁华，后来成了那个海岸小国的第一名胜。他的墓碑前，常年堆满了游客献上的鲜花。

这就是世上第一个也是最后一个"海滩鉴赏家"的一生。

作为补充，我还可以讲一个有点相似的真实故事：

第十个故事

海滩鉴赏家

著名作家珀西·阿德莱德于1983年到1990年定居于佛得角群岛。在那期间，他为纽约一家杂志撰写专栏，讲述自己在当地潜水、出海钓鱼、与当地女人谈恋爱的经历。某一期文章中，他提到自己与一只奇大无比的海龟建立了深厚感情，那只海龟每天会在固定时间出现在固定的珊瑚礁区域，等待珀西潜到海底，与它玩耍。

在那篇文章发表后不久，就有人按图索骥，下水把那只大海龟捉走了。

阴沉的天空中，饱含雨水的云朵倒转移动，季风从远方赶来，云中回响着它们互相撞击的声音。里瑟先生和H坐在海边一座灯塔高处的小房间里，望着雨中的海洋。

有时他们也能听到真实世界那边，传来阵阵喧闹和笑声。

H面前是一张守灯塔人的办公桌，桌上有印着海鸥图案的信纸，和插在墨水瓶里的羽毛笔。他拿起羽毛笔来玩弄了一阵，在纸上写道：为什么那么吵？

里瑟先生说，来了几个本城艺术学院的学生，给那些没希望出院的人表演，三个年轻人，一个玩扑克和硬币，一个变兔子，一个让玫瑰花开放又凋谢，花瓣掉落了再长上去。没什么新鲜的，如果你喜欢，我可以在这儿给你照样演一遍。

H摇头，我不喜欢魔术，给我讲一个魔术师的故事吧。

它说，魔术其实无非是障眼法，说穿了不值一哂，这一点魔术师自己最清楚。魔术师会永远存在，其意义在于人们需要肉眼能看到的奇观，人的天性是喜欢猜谜，喜欢追索匪夷所思的感受，而且他们脑袋里需要有一点永远猜不透的东西，就像一瓶永远喝不干的酒……

后来，它开始讲一个关于魔术师和他女儿的故事。

当它讲完时，连绵整日的暴雨已至尾声，雨点对大地狂躁的鞭打，逐渐变成情人手指似的抚摸，像睡眠前的歌谣一般轻柔。

雨丝还尚未停止飘落，就有几个孩子跑到沙滩上玩。

有的孩子踢着海水跑来跑去，足趾蹚破水的阻力的感觉，令他格格发笑。有的孩子站在滩和水交界的地方，眼瞧着潮汐远远扑过来也不动，在最后一刻跑开，享受浪花追咬脚踵的快感。有的孩子坐下来用湿沙塑城堡，并不在意沙上的城能存留多久。

他们高声大笑，笑声尖利但不刺耳，那像是空旷世界中唯一的声响，直达云端。

里瑟先生说，他们才是真正的主宰，没有目标，没有计划，没有牵挂，没有顾虑，永远不会失望，不会抱憾，不会消减兴趣。他们雇用整个世界围绕在身旁、为他们取乐，而不用付出佣金。

第十一个故事
魔术师的女儿

1

我叫莉莉·葛瑞芬。我父亲是个魔术师。我从两岁半就开始做他的助手了。如果你曾路过某家剧院,瞥到剧院外墙海报上印着穿黑礼服的瘦高男人,背后倚着梳一对辫子、穿粉红纱裙、脸蛋肉乎乎的小女孩,那就是我们——"葛瑞芬父女"。后来虽然我逐渐长大,不再是婴儿肥的样子了,海报却一直没有改动过。

我父亲也许不是几大洲魔术界最杰出的魔术师,但他一定是最英俊的一个。母亲呢?我曾问起母亲的容貌。他说,照照镜子,你就能看到她了。大多数魔术师的妻子都是他们的助手,因为这涉及各人自创的秘密手法,不过母亲只是他一次表演里的临时嘉宾。至于出身,她似乎是个裁缝的女儿。

我是少年时离家出走的父亲与母亲意外激情、意外怀孕的结果——每个人都是由一堆意外拼装起来的,不是吗?父亲所在的马戏团巡演到母亲住的小城，一切就此开始。

打动我父亲的，也许是她那一头拉斐尔前派油画少女似的、华美繁茂的红铜色长发，也许是她宝石一样的碧绿眼睛。当魔术师问，有没有志愿者，她身边的女伴嬉笑着抓着她的胳膊高高扬起。她猝不及防，他已经微笑向她伸出手来。

她走上舞台，好奇而快活地凝视他，按他的要求在铺着黑天鹅绒幕布的长案子上平躺下来，双手交叉搁在小腹处。他一点点抽掉那块布，案台不见了。她的薄绸子罩袍落下来，悬在空气里。

人们鼓掌。

原先的设计是他把幕布覆盖在她身上，台子再次出现，但这一次，他把自己的手臂伸到她身下的虚空中，轻轻吹一声口哨。重力忽然又回来了，她身子往下一沉，不禁"呀"地娇呼一声，飞快扬起胳膊，搂住他脖颈。人们大笑，继续鼓掌。

无论在多小的马戏团，魔术师都能拥有一处私密空间，他们和他们的道具都需要保密。夜深了，年轻魔术师专门给红发美人表演的节目才刚开始。他每除掉她一件衣服，往上一抛，那衣服就在空中变成花瓣，纷纷扬扬洒下来。

最后她再次躺倒在方才消失过的长案子上，上面仍垫着黑天鹅绒的幕布，汗湿的红发向多个方向散开，灿灿生光。她就像刚被水手从海中打捞上来的塞壬。最激情的时刻，她一脚蹬翻了鸽子笼，鸽子们扑棱翅膀，鹦鹉嘎嘎叫，灰兔子不安地翕动鼻尖。也许我就成形于那夜——或是之后几十个同样气喘吁吁的夜晚。

她跟着马戏团去了下一个小城，并在那里跟父亲匆匆结婚，那时我已经在她肚子里长到苹果那么大了。一对新人站在圣坛前宣誓后，要戴戒指了，父亲浑身上下搜索，最后在神甫的光头上一摸，把戒指摸了出来。

六个月后，我出生了。当神鞭手佩蒂阿姨等人努力把我拽进这个世界时，父亲正在台上，从袖口里拽出鹦鹉和水晶球。本来整团已将开拔启程，去下一个城镇，班主特意为了新生儿多待了半个月。

说不准母亲是从何时开始后悔的，是怀孕期间父亲整日躲在他的工作帐篷里研究新魔术，还是频繁的哺乳和不得安宁？睡着婴儿的竹篮子放在他们婚床边，我隔几个小时就睁眼啼哭，表示肚子需要填饱。父亲称要赶制道具，几乎再没回母亲身边睡过。据驯虎师娜塔莎阿姨说，母亲很少笑，永远是睡眠不足的厌倦样子，喂奶时也心不在焉，好像有什么事想不起来，需要苦苦思索。每次她喂饱了我，就拢起衣襟往床上一躺，什么也不管了。要不是团里的女人们轮班来帮忙，我大概早早就会生褥疮。

如今我也长到了她那个年纪，我想，我明白她为何痛苦惝恍——她根本还没做好准备。一切像魔术一样突然冒出来，丈夫、女儿、责任。那一年他们两人都未足二十岁。满心欢喜地走进生活的玫瑰丛，却被意料之外的花刺扎疼了。花丛中还埋着机关，锯齿死死咬住脚踝，她得牺牲一块血肉才能逃脱。

那块血肉就是我。我五个月零十天的时候，她为父亲做助手演出了最后一场。一切并无征兆。她第一套戏服是钉假珍珠的白短裙，第二次出场时换上宝蓝绸缎长裙，头戴插着一根孔雀翎毛的礼帽。扑克牌戏法、镜中穿越、悬空飘浮（那时我父亲的魔术还很平庸，没什么个人创意），然后，他打开一人多高的描金柜子的门，把她关进去。

母亲向观众微笑挥手，又目视父亲，再挥挥手。他后来知道，那是永别的意思。

第十一个故事
魔术师的女儿

柜子门无声关上。他从架子上拿起长剑,从上至下一柄一柄刺进去,刺了五把剑。打开柜门。柜子是空的,里边横着五条雪亮剑刃。

然后他模式化地微笑,夸张地扬起手臂,向观众席最后方一指,那里有个早就留出来的空位置。母亲却并没站起身,挥手微笑。在她应该出现的那个座位上,只放着那顶插孔雀翎毛的帽子。

那枚从神甫光头上摸出来的银戒指,被留在我枕头旁边。

她的名字是温蒂(Windy),她就像自己的名字一样随风而去,离开了这潭误入的泥淖。

2

在那之后,我成了整个马戏团的婴儿。父亲练习魔术或上场表演的时候,我由人们轮流照顾。奋勇当先的通常是驯虎师娜塔莎阿姨,等她要跟她的大猫们厮混或是上场表演,我就被交到小丑咪咪阿姨手里。咪咪跟小丑丈夫表演高空秋千时,接班的是神鞭手佩蒂阿姨,她可以一只手抱着我,一只手继续挥鞭练习,把五米外一座半人高枝状烛台上的蜡烛逐根打灭,或是打落花瓶里玫瑰花的一片花瓣。不过我最喜欢跟马术女郎佐伊在一起,她会抱我上马,控着缰,令牝马"优雅夫人"踏着细碎的步子转圈,一圈又一圈,那有规律的震动,就像一只手摇着摇篮一样。

班主召集人们训话的时候,接管我的是波兰裔胖厨娘。她围裙口袋里常放着一只扁酒壶,供她在削土豆剥卷心菜的间隙咂两口。有时我在婴儿筐里哼唧起来,她就用手指蘸一点酒让我舔舔,于是一大一小两人都醉醺醺、乐陶陶的。

有一桩奇怪的事,她们联合起来不让团里的男人抱我(除了我父亲)。"拿开你们的脏手!"她们把一切男人的好奇和触碰归结为不怀好意。

扑火

她们决心把我教养成一个"淑女"——好吧，虽然后来我并没长成什么淑女，不过感谢好心的阿姨们，我比大户人家的淑女小姐更健康快活。

由于那场婚姻悲剧，父亲得到所有人心照不宣的怜悯。人们像照顾病人一样小心翼翼地待他。其实对他来说，她的出走倒纠正了一个错误。可惜这错误还留下一个遗产，是个会哭闹要吃喝的幼崽，无论什么魔术也变不走她了。

那时候，父亲跟他的女儿还不熟悉。

世间母亲与子女的感情，源于怀胎时的脉搏相通，分娩时的切肤之苦，父亲们对子女的感情没那么自然。父爱大多始于惶惑：眼前是出于逻辑和伦理，不得不耐心应付的一个陌生来客（甚至像是个陌生物种），其贪婪自私、无法交流很容易惹他们厌烦、恼火。得等这团血肉面目清晰起来，有些模样，有些谈吐，他才能找到与之相处的乐趣，一日比一日惊喜地辨认出旧时的自己。这时父爱才算成形。

母亲走后，父亲为愧疚所驱，对我的态度稍好了一些，照顾我的时间逐渐增多——他总不能跟一个婴儿比赛任性和孩子气。我也总算对他有另眼相看的时候：当我哭得停不下来，像卡住的唱碟一样持续发出噪声，人们会说，这回得把詹姆斯叫来了。

只有他能止住我的啼哭。他匆匆跑来，有时手上还拎着钉箱子的铁锤。三四只手伸过来，帮忙解开他的衬衣纽扣。他打开衣襟将我连头带脸罩住，哭声就逐渐弱下去了。这一招永远灵验。我至今记得，在一片黑暗里脸蛋贴着他的胸口、小腹，嗅着温热的体息，那种安全感——虽然两岁之后，我就很少哭了，但钻进他衣襟的习惯保留了很久。

第十一个故事
魔术师的女儿

两岁多的时候,他已经进步到能跟我长时间相处。在他对镜练习新魔术时,我被允许待在他身边。天幸我是个乖巧孩子,我可以跟一束羽毛一颗绒球一把银币玩大半天,安静地等待他休息时,蹲在我面前,给我变两手简单的戏法。他的魔术渐渐与我发生越来越多的关系。我成了他的道具、他的助手以及新魔术灵感的来源。这才让他实实在在对我感兴趣并重视起来。

我首次登台时两岁半。当父亲收起纸牌,把吹出的肥皂泡变成玻璃珠,侧幕处忽然出现一个红发小女孩,身穿蓝色海鸥图案的睡衣,迈着小短腿蹒跚上场,双颊粉红,睡眼惺忪。

场下所有女士齐齐现出"哦我的天,这难道不是个小天使吗"的表情。她们皱眉扁嘴,双手握在胸口——可爱与美态有时也会给心带来受伤一样愉快的痛感。

父亲弯腰把女孩抱起来,吻一吻她额头说,宝贝,为什么还不睡觉?

我要等妈妈来给我唱歌。

有人把一张带轮子的儿童床推上来,他将女儿放进去,柔声道,妈妈到天上去了,暂时不会回来。睡吧,亲爱的。

但女儿却顽固地说,我要妈妈给我唱歌。

愁苦的父亲现出微笑,柔声回答,妈妈不会回来了,不过,我们请她从天上给你唱首歌,好不好?他摘下帽子,从帽中取出一个一尺来长的布偶,放在小女儿怀里。那布偶有一把红铜色长发和碧绿眼珠,正跟小女孩的头发眼睛一个模样。

就在小女儿用手指梳理布偶头发时,布偶的嘴唇缓缓张合,一个温柔的声音响起来:莉莉,亲爱的莉莉,妈妈在这儿,我在你身边。

小女儿喜悦地叫了一声:妈妈!真的是妈妈。她把娃娃搂到胸口,宽慰地闭上眼睛。

下边有卖弄聪明的男人小声说：腹语术。他立即被眼睛发红的妻子顶了一肘子。

父亲的嘴唇悲哀地紧闭。女人的声音说，好孩子，睡吧，我和爸爸唱歌给你听。

父亲又摘下帽子，从帽中取出一把钢质口琴。他吹口琴，布偶轻声唱歌：

> 月儿亮又亮，玫瑰香又香，
> 爹爹和妈咪，守着宝贝入梦乡。
> 星儿闪又闪，黑夜长又长，
> 我的宝贝闭上眼，甜甜睡到大天光。

场中安静极了，许多观众看得发痴，举起双手，掌心相对，做出要鼓掌的姿势，都不忍心发出噪声。一个丧偶的年轻鳏夫，怎样苦苦把自己拆成一个父亲和一个母亲，只为让不明真相的女儿安宁睡去，这让魔术蒙上了神圣哀伤的光芒。

小女儿倚靠在父亲怀里，粉白的双臂环抱着布偶，一大一小两个相似的脑袋靠在一起。

口琴声和歌声同时停下来。女孩已经睡着了。

有人登台，把童床推下去。父亲这才面向观众鞠躬，领受掌声。

别当真，那只是表演，母亲从未在睡前唱歌给我。晚上通常是父亲读故事哄我入睡的。

第十一个故事
魔术师的女儿

父亲为我设计的魔术还有"浴缸和小宝贝"。表演时，台上搬来一个陶瓷浴缸，浴缸边沿上立着一个金色兽嘴龙头。魔术师的小女儿就在这时出场，由人抱着，交到父亲手中。

他将浴盐倒进浴缸，再扭开兽嘴龙头，水流哗哗地逐渐注满浴缸。小女儿穿着红色连体衣踏入浴缸，嬉笑着撩水玩，一只黄色橡皮鸭摇摇晃晃地浮在水面上。

父亲从口袋里掏出一枚银币，亮一亮，然后做个手势，银币慢慢脱离他的手指，像羽毛一样，轻飘飘地浮了起来，越浮越高。女孩好奇地探身，伸出指尖，去碰那枚银币。银币的魔力瞬间消失了，从空中掉下来，噗地坠入水中。小女孩"呀"了一声，也跟着一猛子扎入水里。

父亲耐心等着。过了几秒钟，她还没有出来。他弯腰在水中摸索一阵，脸上露出讶异的表情。

浴缸塞子被提起来，水咕噜咕噜地下泄，水位逐渐下降，浴缸排空了。父亲把浴缸推倒，口子朝外，让观众也能看到：缸里空空如也，孩子消失了。

（人们睁圆眼睛。）

父亲再次把浴缸摆正，再次扭开兽嘴龙头，水流再次哗哗地注满了浴缸。他关掉水龙头，叫道，莉莉，快出来，该上床睡觉了。

当他叫到第三声的时候，忽听哗啦啦一声响，小女孩从水中猛地钻出来，咯咯笑着，高举的小手里捏着一枚银币。

（人们报以掌声与喝彩。）

阿姨们很反对这个节目，她们说，淑女怎么能当众洗澡！但我和父亲都喜欢。浴缸得换成更大号的，换了三次。最后一次表演"浴缸和小

扑火

宝贝"的时候，我已经五岁了。

3

娜塔莎阿姨始终爱慕父亲，而且一点不介意别人知道。她曾悄悄问我，莉莉，我来给你当妈妈，怎么样？

有一次她以为我已经睡熟。父亲进来，到床边端详我，她从后面搂住他脖颈，把嘴唇凑上去。

我在黑影里把眼睛睁开一条缝，等待答案揭晓。

父亲身形僵硬，明显是出于礼貌而忍耐着。半分钟后，他转过身，动作轻柔地把她推开。

他那双褶痕精致的眼睛抱歉地凝视她，一言不发。她就明白了，他仍然是一片劫后余生的废墟，无法建筑新城池。她也一言不发地蹑足走了出去。

从此她再不提"给你当妈妈"这回事。

4

我六岁时，马戏团出了事故。表演大棚毫无预兆地倒塌，观众们惊慌逃跑，有好几人被踩断了胳膊腿。班主不得不把所有动物卖掉，才勉强够赔偿医药费。

这个团就此解散。不过团员们倒也不愁生计，事故一发生，早有别的马戏团经理人前来挖墙脚。买马的人当然要雇用马术女郎，买老虎的又怎么能不买下驯虎师呢？

最后一天晚上，娜塔莎阿姨到我们住的客栈房间来敲门，我听见她在门外低声说，詹米……邀我去的那个团，据说还缺一个魔术师……跟

第十一个故事

魔术师的女儿

我走……照顾你们父女……

父亲却说，对不起，我不想再待在某个团里，我打算单干。

临别之际，阿姨们逐个向我们告别。曾亲手为我接生的佩蒂阿姨哭得最伤心，她吻着我的头顶（她可是世上第一个见到我头顶的人），在我耳边说，莉莉，记着，一辈子都要小心男人。停一停，她用更低的声音说，还要记着，你父亲也是男人。

自那之后，我与父亲便以"葛瑞芬父女"的名头行走江湖了。

5

父亲才比我大不到二十岁。我五岁，他不到二十五岁。我十岁，他还不到三十。人们常误以为我们是兄妹，到我十六岁以后，又开始误会我们是夫妇。总之不像是父女。

失母的孩子大多早熟，而我能令一切早熟孩子都显得幼稚。我一天当一个月那样飞速成长，父亲却拒绝变化。他的心智永远像个男孩，任性，充满幻想；身材瘦长得总像发育中的少年，栗色头发浓密光亮，蓝眼睛宛如夏日海水，洋溢叫人一见难忘的热情；他的脸颊和额头始终光洁，犹如瓷器，时间的刀尖抵上去，总会滑开，留不下印子。

在我五岁之后，我们的关系就变得越来越奇特：我有时会表现得像个小母亲。我们在饭馆吃饭的时候，他常把不喜欢吃的洋葱、花椰菜挑出来，舀到我盘子里。我抗议说，你教育我不能偏食的，偏食会发育不良。

他挑挑眉毛，哦，我已经发育完了，所以我可以自暴自弃，至于可怜的你，还要等上十年才能随心所欲地挑食。

他睡觉时有个习惯，会把舌尖在口腔里卷起来，轻轻吸吮，嘴唇因之有节奏地微微颤动，以还原婴儿含着母亲乳头睡去的幻觉。

我极少叫他父亲。他出生证明上的名字叫詹姆斯，他的熟人有时叫他詹米，只有我，只有我能叫他吉姆。吉姆，老吉姆，大个儿吉姆，臭臭吉姆，甜甜吉姆，神奇吉姆……

凡事如果不曾拿出来两个人共享，那就不能叫发生过。他牵着我走在街上，两个人的嘴巴从来不停。瞧那拉马车的白马多漂亮！哟，新开张了一家玩具店，要不要去看看？算了，吉姆，你给我做的玩具比他家的好看得多。想吃樱桃吗？咱们的钱够买多少樱桃？除掉下周房租，大概够买三颗。那么，你吃两颗我吃一颗好了……

同在一个剧院里表演，免不了与歌剧女演员、舞蹈团的舞女相识。有时他挂在化妆室的外套口袋里，会凭空多出一封情书。他会当好玩的事读给我听："尊敬的葛瑞芬先生，有这样一件事不得不告诉您：今天早上我发现我的胸膛完整无缺，胸腔里的心却不知去向。是您，用魔术取走了我的心……您表演的到底是魔术还是巫术？我是您巫蛊之术的受害者，求您前来我的寒舍，为我解开咒语，哪怕只一个晚上……"

我也有我的拥趸。旅馆二楼的诗人先生送我一首诗，诗用蓝墨水写在账单背面。他和太太没有小孩，养了一只阴阳怪气的暹罗猫。吉姆把那诗看上几遍，随手一丢，嗤笑道，烂诗。我撇嘴说道，你可从没给我写过诗，哼，我还不如去给他当女儿的好。

他叫道，我每天都给你写诗了啊。

什么诗？

我的诗只有一句：小南瓜，我爱你，我爱你，我爱你……

第十一个故事

魔术师的女儿

6

开头时总不会太顺利,大剧院不接受无名之辈提供的节目,我们得先在一些小酒馆表演。

当时,限时逃脱、自残那类魔术最受欢迎,拿根绞索套在脖子上啦,戴着手铐脚镣泡在玻璃缸里啦,用电锯锯掉人头和手脚啦,可是吉姆不喜欢。

他常说,美感是最重要的。

还有些魔术师喜欢在表演时喋喋不休,像叫卖自己的小贩,以巴结的态度急于让观众惊叫。吉姆则很少说话,除非是跟我搭档演出剧情。

钱总是攒得慢,花得快。我们住在铺着劣质布料床单的下等旅店里,有时得买便宜的隔夜面包,不过,一旦泡在牛奶里,隔夜还是新鲜面包有什么区别呢?小孩子是绝不会觉得苦的。只要睡前他给我读一段书——《金银岛》《艾凡赫》《老古玩店》《王子与侍从》,世界也就足够美好了。

他跟我说,莉莉,有一天等我们攒够了钱,就去地中海的一个小岛上买一座小房子,屋顶刷成橘红色,墙壁刷成粉蓝色,花园里种上蔷薇和海棠。

我说,要一顶大大的水晶吊灯。

好,要水晶吊灯。还要什么?

还要一台很大很大的唱片机。还要养一匹小母马,红鬃的荷兰马。还要一个秋千,架在花园里……

我全心全意地依赖他,崇拜他,爱慕他。

7

　　八岁，我出疹子，发烧。他足不出户地陪伴我。莉莉，醒醒呀，瞧，这是什么？他从身后刷地亮出一束紫罗兰，转个身，花就变成铃兰，再用手臂一遮，又变成鸢尾，再晃一晃，变成风信子……最后他把一束虎皮百合送到我面前，指着斑斑点点的花瓣说，瞧，宝贝，现在你的小脸蛋红彤彤、斑斑点点的，就像一朵虎皮百合。

　　莉莉是百合花的意思。我本来头疼得笑不动，为了让他高兴，昏昏沉沉地咧咧嘴。

　　夜里我哭起来。他就在我身边，被惊醒了，迅速翻个身搂住我。我问他，吉姆，我会死吗？他不断吻我，说，不会的，小南瓜，这只是出疹子，每个小孩都会出疹子，就像换乳牙一样。

　　我哆嗦着拨开他的衣襟，钻进去，把滚热的脸颊压紧在他胸口。他胸口的皮肤光滑清凉。吉姆，给我变一个魔术，把疹子变没，行不行？

　　他低头亲吻我的发心，说，对不起，宝贝，这种魔术我没学会。我这就去学，不知道还来不来得及。

　　吉姆，死是什么样的？

　　我也没死过。据说，死去的人们会坐在天堂花园的苹果树下，喝红茶吃蛋糕，谈论人间的亲属。

　　你认为妈妈想念过我吗？……你认为她找过我吗？

　　这是我第一次跟他提起母亲。

　　他反问我，你呢，你想她吗？

　　我摇头。我没办法想她，因为我记不得她，她连一个影子都不是。

　　如果我当初努力做个更好的丈夫，也许她不会离开？也许咱们会过上更好的日子？

第十一个故事

魔术师的女儿

我想了想，如果我出生时就像现在这么好看，嘴巴甜一点，多叫她几声妈妈，也许她不会离开？

他笑了。身子笑得一颤一颤的，我的脸也跟着颤动。过了一会儿，我低声说，不，吉姆，不会再有比现在更好的。就我跟你，永远这样，那就是最好的。

第二天他也开始发烧，咳嗽，满身满脸的鲜红斑丘疹。医生笑道，成年人再得麻疹的很少见，他开了两人剂量的药。旅馆老板娘派厨房洗碗的姑娘帮忙照顾我们。她一天三次上来送水、麦片粥、馅饼、橘子，他虚弱地咳嗽着，手指在托盘边沿抓一下，摸出一朵白色雏菊，又抖一抖，花瓣里跌出一枚银币来，叮地落在托盘上。那姑娘被逗得脸蛋绯红，颤声说，哦，葛瑞芬先生……

虽然眼睛正被结膜炎弄得红肿，但我还是努力斜过眼珠，狠狠瞪了她一眼。

厨房姑娘走后，他支撑起来喂我喝水，吃药。我说，对不起，吉姆，你该把我送进医院，那样就不会传染给你了。他笑道，这样挺好，不管发生什么我都陪着你，跟你一起……你现在没那么害怕了吧？

奇迹一般，我第二天就退烧了，第三天已经基本恢复，那刚好是他的病进展到最厉害的时候。

他闭着眼睛，身体蜷成一团，弓着背。蓬乱的头搁在枕头上，嘴巴微微张开一条缝，呼吸粗重而不均匀，一只手呈半握拳状，搁在太阳穴旁边。我站在床头望着他。监护人与被监护人的身份逆转了，他第一次显得比我还柔弱无力。没人知道那一刻我心中有多激动，仿佛马上要开启一项伟大而甘美的事业，踌躇满志。一种神圣的使命感迅速膨胀、发

扑火

酵,胸腔像是塞满了绒毛,弄得从头顶到手指尖都痒酥酥的。我心里对自己说,是神灵让我赶快痊愈,好照顾他的。机会终于来了。

那个厨房丫头,我再也没允许她进门。她端东西上楼来敲门,我并不开门,只说,请放在门外。她隔着门问,葛瑞芬先生好些了吗?我得意扬扬地说,不关你事!

这世上只有我有资格照管他。

他数日不能退烧。医生告诉我,成年人出麻疹,病势往往比儿童严重。他喉咙疼,用被子蒙住头,拒绝吃东西。我跳上床去,骑在他髋部,双手去扯被子,扯不动。被子上鼓起一个头颅的形状,微微摇动。我厉声说,起来!

人们——旅馆里奇奇怪怪的租客们:皮鞋除臭粉推销员,失业工人,保加利亚寡妇和她嫁不出去的女儿,跑了半辈子龙套的老舞蹈演员,希腊来的流浪者夫妇——对此感叹不已,一个八岁小女孩,独力看护生病的父亲。她母亲在她八个月时就跟别的男人跑掉了(传谣言者总一厢情愿地想给抛夫弃女的女人找个情夫),留下父女俩相依为命,流离转徙。才八岁,就那么坚强!……有好几人专程上来探望,表达善意,或是满足好奇心,弄得我不胜其烦。

后来那个保加利亚老寡妇也来了,带着她做的牛腰肉馅饼。

我蹲在远远的房间角落,背对着他们,面对一只大木盆,装作在洗吉姆的衬衣衬裤。他强打精神跟那老女人说话,没说几句,她就挑明了来意:替她女儿做媒。

我在心里冷笑一声:吉姆才二十七,那个老姑娘都三十五了,瘦得像根鱼刺,还有狐臭!我每次在楼梯上跟她擦肩而过都得屏住气。

第十一个故事

魔术师的女儿

……年轻人,像你这样带着女儿四处跑,到底不是个办法。跟你说实话,若是你愿意,我还拿得出一份像样的妆奁……

谢谢您的好意,但我实在没有再婚的意愿。

你早晚总需要个女人吧?我的索菲做得一手好饭,尤其是烤肉圆和焖兔肉。而且我保证,我和索菲都会好好待你女儿,唉,这样好的孩子,没人会不喜欢她……

我听见吉姆衰弱地笑了两声。不不,跟您说实话,除了莉莉,我不需要别的女人了。

莉莉是你女儿,可不是你女人,再说莉莉也需要一个母亲呀。

母亲?您不了解莉莉,她自己就可以既当母亲,又当女儿……她比我坚强多了。她是个小女神。

等老寡妇阴沉着脸离开,我一跃而起,把自己抛到床上,张开双臂搂住他滚热的脖子。

他疲乏地微笑,眼窝深陷,两个拱起的颧骨赤红:你以为我会答应娶那个有狐臭的老处女索菲?哈,我再烧高十度也不会犯这个傻。

我说,我当然知道你不会的。我高兴是因为,你第一次这样夸我。

过了一会儿,他说,咱家有两口人就够圆满了,是不是?

我点点头。高热令他的气息格外浓烈,从衣领里散发出来。那就是把我跟世界捆绑在一起的绳索。

又过了一会儿,他轻声说,莉莉,你才是上帝派来跟我相依为命的情人,你母亲只不过是个介绍人罢了。我继续点头,下巴一下一下磕着他胸口。时已黄昏,纤细的金色箭矢透过旅馆窗户,纷纷射进来。

我们转过头去,眯着眼睛,看琥珀逐渐融化成无穷橙红色汁液,把人间包裹在里面。

扑火

8

　　九岁那年,我们在一个山坳里的小城暂时落脚。那里对外交通不便,日常娱乐匮乏,人们热爱酗酒、乱交,遍地妓院和私生子。我们的表演很受欢迎,门票价格一涨再涨。父亲在节目里还增加了催眠术,那是他花了一笔钱,在上一个城市向一个退休的老魔术师买来的。吉姆很聪明,跟那老头学了两天就学会了。

　　我是他第一个练习对象。等从催眠状态中醒过来,我发现自己抱着装兔子的笼子,赤脚站在桌子上。他哧哧怪笑。

　　我气恼地跳下来。喂,你问了我什么问题?

　　没什么特别的。我问你,世上最爱的是谁,想要什么东西……

　　我怎么回答的?

　　答案我也早就知道了。最爱的是老吉姆,最想要一所海边的房子,其次是学弹钢琴和骑马……

　　他耸耸肩:哦,还有,你说你背着我偷偷喝过酒。

　　我们在那城里度过了凉爽湿润的春天,随后是花开得发疯的夏天。

　　有一天,他从外边拿回一些印刷品。我一时不慎,脱口说道,吉姆,你……如果真有这个需要,可以去一次妓院,不要紧,我仍当你是个好爸爸。

　　他像受了侮辱似的睁圆眼睛:年轻的女士,说话注意点!这个我不是给自己买的,是给你买的。

　　那上面的女人个个都像是未吃禁果的夏娃。她们本来的使命,是给饥渴的男人们充当虚拟情妇。而由于我天生缺乏母亲这个模板的耳濡目染,父亲得借用纸上的女人做教具给我上一节课。

第十一个故事

魔术师的女儿

他给我做出了关于地壳变动的预告:一马平川之处将会怎样隆起连绵山脉,荒凉的隐秘峡谷将会如何芳草萋萋,而地表之下又藏着怎样一口湖泊,未来它将会应和月亮,定时涌起殷红的潮汐,孕育一团生命……而所有这些又会带来怎样的疼痛,该如何处理。疼痛无法避免,可那是值得快慰骄傲的痛苦,因为,莉莉,那意味着你成了真正的女人。它们会赋予你阿尔忒弥斯一样美妙的曲线和丰韵。

我永远记得他说这些话时的声调,平静、专注、虔诚,就像描述一座正在营造之中的圣殿。虽然有些内容早已自己揣摩出来,但我还是喜欢他亲口讲给我听。

之后是亚当的部分。他拿来笔纸,一面在纸上粗略地画出构造,一面讲解。我暗暗发笑。笨蛋吉姆,教具不是现成的吗?让我瞧瞧你的不就得了?

他瞟了我一眼,我撇撇嘴,照你刚才说的,我就是从那个地方滋生的,为什么不能让我看?

于是他站起身,解开睡裤的系带。亚当暂时恢复成了刚被造出来时的模样。

我严肃地盯着它看了一阵,结论是:男人这东西真丑,幸好我是女人。他整理好衣衫说,莉莉,如果别的男人向你露出这个部位,你一定要跑回来告诉我,我会去把他的家伙揪下来。

9

我的十岁生日在一个繁华热闹的大城市度过。他挽着我去听歌剧,用镶面纱的帽子、胸前带褶裥的绸连衣裙、珍珠项链,把我打扮成一个小号贵妇。又亲手给我编辫子,编好了盘在头顶,用矢车菊形的头饰固定住,就像一个花环。湛蓝水晶矢车菊花瓣,衬着红铜色的头发。

在魔术里,我则是他的公主。那几年,我们最受观众欢迎的一个魔术是"国王、公主和魔术师"。

故事总是这样开头:某国有个愚蠢的王,他最宠信年轻的御前魔术师。有大臣上来禀告某省旱情严重,王转头说,干旱?把我最好的消防队派过去。

(人们笑。)

王说:传膳。铺好的餐桌被抬上来,桌上却只有面粉袋子、生牛肉、一筐生鸡蛋、空酒杯、一串葡萄。

王怒道:我的厨子呢?拉出去砍头!

后面有人说:昨天您的厨子跟王后私通,您已经下令把他扔进狮笼了。

魔术师说,不要紧,陛下请稍等。他用银质餐盘罩子罩住生牛肉,揭开,牛肉变成了滋滋作响的热牛排;从一串葡萄里摘下几颗放进杯子,手掌盖住杯子,再打开,葡萄变成了红宝石一样闪光的酒浆;又把面粉从袋子里倒进手心,另一只手捂住手心,再一点点往外抽,抽出来的是热气腾腾的面包。

(这时魔术师多半会把酒杯和面包递给观众,请他们品尝。)

他又把筐里的鸡蛋一个接一个竖着摞起来,圆头顶尖头,问,陛下请挑选,想吃哪一只?

王说,我要最下面那一只。

魔术师小心翼翼地用手托住倒数第二只蛋,把最下面的取出来,再把蛋塔小心地放落桌子上,塔只是晃了晃,并未歪倒。

(人们鼓掌。)

内廷(侧幕处)传来消息:王新得了一位公主。

第十一个故事

魔术师的女儿

公主即刻抱来了。她是个搁在柳条篮子里的木头娃娃。王把那娃娃拿起来端详一番，不悦，问魔术师道：有没有能把我女儿变大、变漂亮的魔术？不许说什么"咒语需要等十年时间"，我要她现在就变。

魔术师点头：遵命。他脱下外套，盖住篮子，然后伸出手杖，煞有介事地画一个圈。

外套下有东西在蠕动，一只小手伸了出来，掀开外套，爬出一个红发碧眼的小女孩，面向国王，声音清脆地叫道：父亲。

王端详公主，蹙眉道：亲爱的魔术师，为什么这孩子的样貌有点像你呢？

（人们心领神会地大笑。）

魔术师对公主说：殿下喜欢什么东西，我都可以给您办到。

公主说：我想要鸟儿，很多很多鸟。

他挥挥手，有人拿上来一个空笼子。用黑绸缎把笼子蒙上，手杖点点笼子，再掀开黑绸布，笼子里已赫然挤满了鸟：鹡鸰、捕蝇鸟、红斑雀、灯芯草雀、凤头鹦鹉……他打开笼门，鸟儿立即叽叽喳喳地钻出来，在空中鼓翼聒噪。就在它们要四散飞去时，他高高扬起手杖，鸟群居然又飞了回来，在他杖头上空盘旋。然后，他在台上缓缓踱步，它们便随他的杖头向前飞去，像仍被囚禁在一个无形的巨大笼子里，像一片被拴住的彩色的云翳。

（人们热烈鼓掌。）

……取悦国王和公主的魔术，可以不断变换，一直演下去。

愚蠢的国王，愚蠢的世界，在一切混沌愚蠢之中，有一个聪明的魔术师，和他美丽的小女儿。这几乎就是我们的生活样貌。

只有他才能把这世界变得跟我有关系。而对他来说，世界之所以有

扑火

趣,也是因为我恰在其中。我快乐得像个公主,应有尽有——吉姆为我营造出应有尽有的幻象。

不,那也不是幻象。没有欲望,就不会感到匮乏。除了吉姆,我什么也不想要。在任何有他的地方,我都能安定下来。

然而这一年,我们不得不逐渐拉开距离,不能再睡在同一张床上,住旅馆时需要备有两张床的房间。

幸好,终究不是两个房间。吉姆怕我独自住一间,会有坏人半夜闯进去。

临睡前我总要在他床上盘桓很久。先是倚着他半边身子,听他读书。然后钻进睡衣和胸膛之间那片缝隙,左嗅右嗅,在旅馆床单的陌生气味、肥皂和剃须膏味道的覆盖之下,搜出他本身的体香。我不断深深吸气,直到肺叶像酒瓶一样,灌饱了他的气息,才肯回到自己床上去。那像是一种无声的旋律、承诺或召唤,睡意如约而至。

最后,在我已入蒙眬之境时,他会过来给我塞被子,将被角掖进脖子和肩膀的空隙里。

……一切都是滋味香甜的回忆。他像是能持续向四周发散热度和光,只要他在身边,空气就会变得奇妙,浓稠温和。

第十一个故事
魔术师的女儿

有一大半的我，满足于两个人的日子、永远不必停歇的旅行。滚石不积苔，没有束缚。而另一小半的我，会时而想象一下另一种相反的常人日子。乘坐驿车时，路过一些小小的村庄，石楠花像浪尖的白沫一样，浮现在灌木丛的绿波之中。可以看清那些乡村家庭，门前种植苹果树，院里趴伏一条大狗。偶尔有一闪念：如果我也拥有那样的家……

有时有人想邀我们进入他的生活，成为朋友，见面，吃饭，饮酒，闲聊。他们对我和父亲投来好奇的眼光，在他们眼中，我和吉姆是居无定所的可怜虫。而在我眼里，这些人才可怜呢——处处都能感受到他们那勉强度日的冷淡情绪、支持着不倒下去的倦怠；妇女们穿着得体的衣服，得意于颈上手指上有钻石的闪光，热心谈论孩子和丈夫，那种甘心自觉把一生献给别人的神情，让人不寒而栗。

我和吉姆，我的魔术师父亲，像是在河岸上缓缓走着，水流经河床奔涌向前，所有的水花和波纹都似曾相识。偶尔蹲下去，将手浸入水中，一旦抽出来，水渍很快就干了。我们永远是旁观者。

那么多男人的面容和神情，让窒塞的生活磨平了，眼珠转动都慢吞吞的，像过多的油脂涩住了似的。到最后他们的长相都变得相差无几。吉姆却永远韶秀，神采飞扬，身材瘦长如发育中的少年。他就像是个难解的魔术。

驻留过的城市、小镇、村庄，柠檬树林、色彩缤纷的花田，在回忆里呈扁平状，缩水、干瘪了，成了舞台布景，成了夹在书页里的明信片。那些有过数面之缘的人，则像摘下来的花朵一样，很快就凋谢，消逝了香气。

唯有他才是永远生机勃勃的花园。

直到十二岁,父亲还会陪我洗澡。我喜欢浸浴,只要财政状况允许,我们总会租用有盥洗室和浴缸的旅店。通常是我躺在浴缸里,他坐在浴帘外的四脚凳上,跟我一起做小报上的填字游戏、趣味测验题。

他在我撩水玩儿的哗哗声中扬声念道:假设你走到一个幽深森林中,遇到了第一头动物。按直觉,你认为会遇到哪种动物?

那阵子我正迷恋希腊诸神,每晚睡前他会给我读一个希腊神话故事。我说,潘神。

潘神是神,又不是动物。

他长着羊角羊蹄子,有一半是动物嘛。你呢,吉姆?

他想了想说,鸟儿,在森林里见到概率最大的当然是鸟。

簌簌翻页的声音。他念出下一页的答案:这种动物就是你的爱人的象征。

我们都沉默了一阵。我喃喃道,这道题目真准,她确实是像鸟儿一样飞走的。

作为报复,他说,你会爱上潘神,那是什么意思?你会被他逼得跳进河里变芦苇吗?

十二岁零九个月的时候,我走进浴室放水,父亲回卧室床头拿报纸。我静静坐在浴缸边沿上,听着门外他的足音逐渐靠近。门被轻轻一推,没有开。

是我揿下了锁。

门外一片安静。我轻声说,嗳,老吉姆,晚饭我想吃桑葚布丁。

他只怔了两秒,就说道,是的,公主殿下,我这就去买。

第十一个故事

魔术师的女儿

我听着他的足音蹬蹬下楼,无声地松一口气。从那之后,他不再陪我一起洗澡。

这是头一次我对他有无法讲明的话,好在他迅速地理解了,这就令我们反倒多了另一种交流的途径。

随之而来的是伤感,和替他伤感。我开始需要私密的空间了。本来我换衣服的时候他从不回避,那天以后,当我在房间里脱裙子,他迅速转过身去。

一个与吉姆截然不同的女人,正从原本性别模糊的肉体中逐渐化生出来,犹如维纳斯诞于海水泡沫中。岁月一锤一锤地,把楔子钉进来。他曾预料过的一切变化,都将会把我跟他越推越远。

就像我海拔渐增的胸部,令我和他的搂抱再也无法亲密无间。

我不由自主地想要补偿他,花更多的时间陪他说话,小心翼翼地取悦他,跟他撒娇,更多地亲吻脸颊,睡前更长时间地依偎、读书。用相似的材料填充楔子造出的空当。我猜他是有些难过的,但他也怕我因为他的伤感而伤感,于是益发装得若无其事……瞧,都怪那可恶的楔子,我们从那时候起,开始互相猜测了。

11

十三岁。我十三岁生日那晚,他陪我喝了一杯孟买蓝宝石金酒,用餐巾把酒瓶盖住,掀开,瓶子变成一个包着粉红皱纹纸的礼物盒。打开盒子,盒底是一件束胸衣。这一年,我的血液开始呼应月亮涌起潮汐。我的个子已经长到他肩膀处,演出服隔几个月就紧绷绷的,需要定做新衣。

他从我不停更换裙子中得到灵感,设计了一个"更衣室"的小魔术。道具是一个两人宽、一人高的柜子,中间用木板分隔,两个穿不同衣裙的女孩（一个是我，另一个通常是临时在剧院或舞团雇来客串的女伶）笑吟吟走进去，分别站在两边。柜门关闭，再迅速打开，两人的衣服鞋子已经互相换过了。

到后来，两个姑娘的发型也可以互换：左边女孩的头发梳起繁复的数根发辫，右边女孩则把长发束在头顶盘成高髻。柜门关闭，再打开，发辫到了右边人头上，左边人的头发则成了高髻。连髻上的红宝石蜘蛛发饰都爬到了左边。

观众们都喜欢这魔术，他们嬉笑着，纷纷举手要求上台去。男人跟老妪的衣服对换，政府小吏跟他情妇的衣服兑换，贵妇与少女的衣服对换，甚至母亲与儿子的衣服对换，每次"更衣室"的门打开，台下都会爆发出快活的笑声。

父亲跟我开玩笑说，莉莉，将来总有一天我会连人头都能换。

那时我没想到那"总有一天"真会实现。

12

十四岁。我们走过的城市已有二十多个。父亲的技艺日益精湛，"葛瑞芬父女"的名头变得响亮，在每个戏院剧场都收获赞誉。这年我们开始接到一些私人宴会的邀请，给阔佬们表演餐后余兴节目。

那一年我开始发胖，像面团发酵起来似的。我和吉姆有史以来第一次争吵，发生在十五岁生日前那个晚上。他从外边回来时，我正在试穿刚取回来的新裙子。

他瞟一眼就皱起眉头：为什么做了一条黑裙？咱们永远用不着参加葬礼。

我继续在镜子前边端详自己，扭身看看后面，再扭回来：黑裙子能

第十一个故事
魔术师的女儿

让我看起来瘦一点。

这裙子多难看！去，换回那件粉红色的。你没必要穿黑衣服，你根本不胖。

你只会骗我。这半年我的腰围涨了七厘米！

你在发育，这是青春期必然的过程。再说，我认为你这样也很好看。

骗子！我重重地坐在床沿。晚上的表演我不想上台了，你另外找个助手吧。

为什么？

我这么胖，观众发现门票钱里还包括看这个丑胖妞，会抗议退票的。

他看了我一眼，站起身把帽子拿在手里：好，那我现在就去找芭蕾舞团的老板，让他给我推荐一个舞女。

我叫道，看！你心里其实也嫌弃我又胖又丑，是不是？你也认为我现在不配站在你身边，是不是？

他的眉毛终于打起结：瞧你现在这个样子！想想你小时候，多懂事，多乖巧，多可爱。

我更讨厌听到这样的话。

一整天的时间，我们一句话也没说。晚上演出之前，我不情不愿地舍弃了黑裙子，换上另一套新演出服，算作和解的意思。

没想到他还是不满意。脱掉！拿回去让裁缝把胸口缝高一些！你又不是卖肉的站街女……

"国王、公主和魔术师"中，原本有"魔毯"表演，毯子载着公主飞在半空。从那一年开始，因为悬挂毯子的隐形机关无法承受长大长胖的公主，他不能再表演这个节目了。

扑火

13

十五岁。我总算瘦下去,又长高了两厘米。

14

十六岁。当我把手插在他臂弯里外出时,我们开始被错认成一对年轻夫妇了。哦不,莉莉是我女儿,是我的小天使……

他为新的腹语节目定制了一个玩偶。半人高,男孩模样,穿白衬衫和黑丝绒背心,皮革马靴,黑头发,黑眼睛,脸颊上有些雀斑,一副憨傻不可靠的样子。

节目开始时,他先出场,扮演一个坐在餐桌前的父亲,等待女儿第一次把准女婿带到家中来。我与木偶一起上场,在餐桌前坐下。木偶拘谨地鞠躬,开口说道,葛瑞芬先生,见到您很荣幸……

演完这一场,我们在休息室整理道具。我半开玩笑地说,喂,吉姆,你为什么把木偶做成这样?在你心里,我就该配这种傻乎乎的乡下木头疙瘩小伙子?

他转过身来,为回答这个问题特意认真打量了我几眼,说,当然不是,小南瓜,在我心里没人配得上你。

我拉着吉姆走到化妆镜前,手插进他臂弯。他在看镜子里的我,我看着镜子里的两个人。

镜中的男人,像银器用久了发乌似的,两颊略现松弛,嘴角处挂下褶痕,但秀拔的身姿仍无可比拟。

我喃喃道,没人能配得上我?……除了你,是不是?

直到这时,我才第一次正视我跟吉姆的关系。我们是父女。父亲,

第十一个故事

魔术师的女儿

女儿。不管父亲这个字眼在我舌尖上滚动时是多么陌生，不管我怎么故作老成地叫他吉姆，他都只是个父亲。

从伦理、逻辑或任何角度，最终陪伴我的，亲密无间的都不该是他，也不会是他。

我可以挑选任意一个男人结婚，共度余生，唯独不能选吉姆。

我悄悄定制了一套男式衬衫、长裤，又配上皮鞋和礼帽，打扮成一个瘦削少年。

吉姆，好看吗？我讨好地掀掀帽檐，又挺起胸，晃晃肩膀，做了几个夸张的男人式动作。

我担心他会像看到我那套黑裙子一样，皱眉说"多难看"。谁知他露出复杂的神情，呆呆盯了一会儿，柔声道，小南瓜，你穿什么都漂亮。

出门去咖啡馆吃饭之前，他问，你不要换衣服？我说，我就要穿着这一身。

他不出声地点点头。

走到街上时，我下意识伸手挽住他手臂，又醒觉自己现在是个男孩，缩回手来。他瞥我一眼，半是好笑半是奇怪，脸色里有一种"虽然不理解但我会纵容你"的宽厚，又低声说，你这模样，倒跟我年轻时很像。

我小声说，你现在也很年轻。

他会明白吗？这样做，只因为我不想被女性身份推远。有好多个晚上，我愤愤地抚摸自己的乳房和胯下。如果我是个男孩，我就能永远光着身子跟他一起洗澡，给他看我任何一处生理变化……我甚至讨厌自己的红头发和绿眼睛。那是母亲的遗物。我想要跟他一样的栗色头发、蓝眼睛。

扑火

但到了登台的时候，我还是不得不换上裙子，剧院经理说，人们想要看到魔术师有个漂亮的女助手，而不是一个打杂小伙计一样的男孩。

我已经开始怀念那些无知无觉的年岁。我紧密地偎在他身旁睡去，探出一只手或一只脚尖碰着他的身体，以保证至少有极微小的一块皮肤紧挨着。心灵的快慰安宁和美梦，就维系在这一平方毫米的接触上。

对我来说，他一直是健硕、美丽、幽默、神通广大、有求必应、温柔与热情的结合体，半人半神。他是灯塔。他是生命的魔术师，把我从虚空之中变出来，又为我施了变大变漂亮的魔术。是世间最好的男子。

这当然是孩子幼稚的迷信，但认识到伟大的父亲也是肉体凡胎，比矫正自己的错误信仰更痛苦。雪白密集的牙齿逐渐发黄，脂肪开始在腹部堆集，皮肤的光泽日渐黯淡，肩膀也不再挺拔得那么带劲儿了。他表演魔术的时候，手势已经不如从前优雅、迅捷。有好多事，他忘记早就给我讲过，又兴致勃勃地再讲一遍，我必须装作第一次听到的样子，哈哈大笑，那真让人烦躁又难过。

任何秩序都并不坚如磐石，总有水滴石穿那天。我们正一点一点互相失去。无法挽回。

因此十八岁那年生日，我的愿望是：时间，请你停下来！我不要吉姆再变老，我也不想再变大了。

不过从没有人的生日愿望能真的实现，我知道。

冬天，吉姆和我离开某座城的前一晚，有人为我们开了一个告别舞会。作为主角，他挽着我走下舞池跳第一支舞。乐曲欢快地起飞了，音阶像灵巧的脚尖在空中踢踏。他捉着我的手，让我急速地旋出去，再把

第十一个故事
魔术师的女儿

我拽回他怀中。我的腰被揽着，上半身猛地往下倒去。白色晚礼服的裙摆带起一阵阵的风，我笑得像痉挛似的停不下来。

他的身手比起别的男人来仍显得轻捷漂亮。我悄声说，这舞倒真像你的魔术，我是你从笼子里放出的鸟儿，飞出去，再飞回你手里。

乐队奏起一支慢板曲，舞池里的人们步伐缓下来，就像风停了。我贴着他身子，手臂扶在他腰间，悠悠旋转，同时发现：他的腰比从前粗了好多，是胖了吗……啊，不是胖，是肌肉松浮了。

15

十九岁那年夏天，我和父亲来到一座海边小城。

那城是著名的度假胜地，该国有头脸的贵族们都在此地拥有消夏别墅。我们在城中第一场表演，增加了"与镜中人共舞"，是吉姆受那场舞会的启发，新创出来的。表演时，他揭开一面巨大镜子上的幕布，镜子在台上旋转一周后，里面凭空出现一位穿白色晚礼服少女的身影。她深情地望着他，向他微笑。他把镜子停在侧放的位置，躬身施礼，意示邀请。于是在一条线似的笔直平面里，那少女的手缓缓探进空气，白色裙摆也飘出来。他拉住那只手，一点点把她从镜中引出来。她好奇地四处张望。欢快的音乐响起，他跟她跳一支舞，再依依不舍地把她送回镜子里。

演出非常成功。几天之后我们收到邀请，到一个寿宴上去表演，主人点名要看"与镜中人共舞"。

下午，我们带着几箱道具到达那所宅第。那是一座庞大、线条温和的建筑物，整体是富于诗意的灰色，常春藤缘墙而上，深深浅浅的树影投在屋顶和庭院里。主人夫妇出门参加聚会去了，要到晚宴前才回来。有人给我们端上茶点。吉姆挽起袖子擦拭配件，组装道具，测试机关是否灵便。

我无事可做,到处溜达。堂皇的大宅十分安静,好像所有的人和狗都睡着了。走到二楼时,忽有一阵隐约的音乐传来。源头就在走廊尽头。

那丝线一样萦绕在空中、绵绵不断的声音,像是一根无形的套索,准确地套住了我的脖颈,把我牵引过去。我虚起足踵,循声穿过走廊,在一扇房门前停下。

我从未经历这样屏息凝神的时刻。把门推开一条缝隙,就看到一个人背对着门,面向窗户,正在吹一管长笛。

午后的光芒把他上半身裹住,耀眼的光晕里,那个边缘模糊的影子微微前后摇晃。旋律持续流泻,吹笛人颀长的背影偏侧了一下,能多看清一点了:原来在他头顶灿灿发光的不只是阳光,还有一蓬打着卷儿的金发;几只白皙的手指头在笛身按键上腾跃、回旋、揉动。

曲子充满整个房间,裹挟天光,向云霄上升。我的眼睛一点点湿润,双手捂住胸口,那儿被笛声穿透了一个洞。

吉姆曾不止一次带我去看《暴风雨》。如今那剧中的戏词在心中欢快地复活——荒岛少女米兰达第一次见到腓迪南王子时感叹道:他这样美,一定是个精灵!

紧接着出现在脑海中的,则是米兰达的暗自祈求:这是我一生中所见到的第三个人,而且是第一个我为他叹息的人。但愿怜悯激动我父亲的心,使他也和我抱同样的感觉才好!

在幻觉里,窗棂格格震动,墙壁从顶棚开始裂缝,一切荡气回肠地消融、崩塌。一个猜了十九年的谜语揭晓,谜底原来是这个。我在森林中遇到的潘神,是个长笛手。

笛声停了,他转身朝我微笑,露出两颗尖尖犬齿。这是第六日,神

第十一个故事
魔术师的女儿

看这是好的，事就这样成了。

这人叫伊斯多，比我大三岁，是本地管弦乐团团长的次子，自幼有天才之名，七岁就开始登台演奏，精通长笛、小提琴。那天，他和姐姐代替父亲出席宴会，并要给这位贵人演奏专门创作的祝寿曲。

我看见他的时候，他正最后一遍练习那首曲子。

后来，他又专门为我演奏了很多次，每首曲子都不同，他说那都是为我写的，有一首献给红头发，有一首献给绿眼睛，一首献给会变魔术的纤手，一首献给浆果一样的嘴唇……

他扶着笛身那只手，手腕与手背接壤的地方，露出一块圆溜溜的小骨头，就像皮肤下边藏了一颗石子，按键的手指用力时，手背上的指骨也时隐时现。若是他挽起袖子，还能清楚看见小臂上修长的尺骨。我总忍不住走神去看那些秀丽的骨头，没法专注听完他的曲子。

16

出于下意识的判断，我觉得这事还是暂时保密为好。每次从跟吉姆形影不离的生活里偷出时间来，与情人相会，感觉都像是一次变节。

几场大受欢迎的魔术表演之后，"葛瑞芬父女"成为城中红人。请魔术师到沙龙上来，讲讲在各国各城市间漂流的故事，再变几个小小戏法，这成了上层人士圈子里的新流行。

浑身洋溢神秘魅力的吉姆颇得贵妇青睐，对比她们的年龄，他仍算是年轻男人，而且英俊、新奇，像远方海上吹来的风。至于我，我负责令魔术表演多一点赏心悦目之处，算作个小小添头。

只要伊斯多听说沙龙女主人打算邀请"葛瑞芬父女",他总会撺掇姐姐跟他一起赴会。苹果变鸽子,葡萄变酒,塔罗牌算命(她们总觉得魔术包含一切玄乎乎的东西),再来几回简单的催眠术,我就可以安静坐着,向房间另一头的伊斯多含情凝睇了。

沙龙结束之后,我总会对吉姆说,你先回旅店,有位姑娘请我陪她一起去蛋糕店。他从不疑心有诈。

我变得懒洋洋的,喜欢呆坐怔忡,像反刍一样,把跟伊斯多说的每一句话在脑中重放、回味……说实话,深陷爱河这种事,实在太耗费精力,把我弄得头昏眼花,要不然我早会察觉到吉姆日益精神不振,乏力,气喘。直到他第二次推掉夜间表演,我才反应过来,而这时他已经咳嗽快一周了。

那时是到达这个城的第二个月。医生确诊他染上了慢性肺炎,虽说并不严重,但也需要更舒适的环境静养。剧场老板心眼很好,他来旅店探望过后,就给他的好友——一对阔佬夫妇写了封信。那对夫妇立即表示,非常欢迎魔术师父女搬到他们海边的公馆小住。

坐在车里,我的眼泪掉了一路,既生自己的气,也生他的气。当我抹着泪质问他,为什么身体不适不告诉我,他又显出小孩被母亲责备时的委屈,说,我一直以为是感冒……

我和他已经很久没出现这种情形了。

但这愧疚并没持续多久。一切安顿好之后,他靠在床上向我微笑,说,陪病人很闷的,你没必要总待在这儿。出去玩玩吧,这些年你没什么闲暇时间,也没交到几个朋友……

我立即想到伊斯多。天哪,感谢上帝,我可以整天整天跟他待在一

第十一个故事

魔术师的女儿

起了!

莎士比亚的诗说:

> 我要把他当一本书来仔细阅读,研究其中的字句。
> 那里贮藏着一切具有深意的、人世少有的欢娱。
> 如果说学问重要,
> 我要求的学问就是完全了解你。

接下来的两个星期,我所做的就是研读伊斯多这本书。

……伊斯多,他说,这个名字源于希腊语,意为埃及女神艾西丝的礼物,象征爱情和自由,公元一世纪时,塞维利亚有一位叫伊斯多的大学者,对语言学和音乐都做出了杰出贡献……我爱慕地看着他,唉,他嘴唇和腮边肌肉不断运动、发出声音的样子,多美!那双唇比红酒还要红。那两只白得发青、花朵似的手,打出优美的手势,像音乐一样流动。谁还在乎他讲了些什么?上帝保佑,请让他一直这样讲下去吧。

爱情和自由,我同时享受到了这两样东西,几乎要昏过去了。

每晚,我和伊斯多在通往海边公馆的路上分手。我目送他的背影消失,一转过身,心中立即被吉姆的影子填满了。只在那短短一刻,对父亲的歉意压倒了对情人的爱意。我每次都会用尽全身力气飞跑起来,双手提着裙摆,没命地跑,仿佛要用折磨自己的法子减轻愧疚。

起初他并没觉出异样,只以为我在沙龙里确实交上了不少同龄的朋友。不管我回来多晚,他总会支撑着等我。我在床边坐下,脊背上流着汗，尽力摆出一个看上去不心虚的笑容。

玩得快活吗？宝贝，你满头都是汗。

我用力点头，真诚地点头。

他忽地挤挤左眼，嘴角含笑。每次我看到这个表情，就知道他有新魔术给我看了。床边放着两瓶咖啡色药水、一杯清水，他平伸两只手掌，遮住瓶子和水杯的下半部分，撤开手掌，两只药瓶已经空了，杯子里的水变成了咖啡色。

这是怎么做到的？我问。

他说，还是用了"更衣室"原理嘛，我说过有一天我会连头脸都能换。

等到那一天，别忘了先帮我换一对跟你一样的蓝眼睛。说完我俯身吻他，道晚安。

日子像手脚伶俐的小偷飞跑过去，我不知道吉姆是什么时候觉得不对劲的。我狂热的脑袋里只剩下伊斯多，我只想看着伊斯多，倾听他存在的声音。如果视野里没有他，所有景物都成了黑白色。

17

某个黄昏，他剥除了我的衣裙，像剥开果实的外皮，露出未见过天日的雪白果肉。

我哭了出来，泪落如抛沙。伊斯多慌得手足无措，其实他高估自己了，这眼泪才不是为他，而是为吉姆。

小时候，那无忧无虑的小时候，我绵软得像一朵棉花糖，他一只手就能托起那轻盈的身体。他给我洗澡、更衣、喂食，脱掉睡衣换裙子，撑开鞋口套到小脚丫上。拌着苹果泥、香蕉泥的燕麦粥，一岁，两岁，三岁，开始时的记忆是混沌一片，后来我逐渐记得了，那珍重的触碰、温存的指尖、天鹅绒似的掌心、魔术师特有的灵巧双手……

每一寸皮肤都经过他上千次的打磨、抛光，每一绺肌肉都吞食了无数他的供给。如今一个金发小子轻易就抢了去，尖锐的犬齿不客气地在凝脂上咬出红印。

我背叛了他。是我开门揖盗，偷走自己。我太了解他，我知道他会有多痛苦。对痛苦的同情比痛苦本身更深重。长久以来他一无所有，只有我。他错在把过多爱意种植在我身上，爱我胜过世间所有的丈夫爱妻子。

如今我变心了。这简直像挖走独眼人仅余的眼珠一样残忍。

那些孩子气的"我跟吉姆永远在一起"，就都如同海上的泡沫了吗？都只是长夜里的梦呓吗？所有因承诺而在胸口汹涌的激动，就全无意义？

可这种背叛和逃脱又多么甜美。十九年的旧生活立刻显得陈腐无味，像是亟待褪去的蛇皮，它处处开绽，已经包裹不住注定要饱胀的欲求。

伊斯多不断叫我的名字，莉莉，我的小花蕾。那张清甜的脸上全是迷惘。

我两眼含泪，应和身旁的呼唤。最后用自觉的镶嵌，完成这次叛逃。

那滋味……我曾想象过多次的滋味……就像剑鞘找到丢失的剑。就像长久对着一面雾气蒙蒙的玻璃窗，终于有一只手抹去了雾水的膜，原来窗外的天这么晴啊，可以看到很远很远的地方的山和云，一切景致都清晰又透彻。

那是一次抵达，真正的、最终的抵达。生在魔术箱子里的婴儿，沿着河道漂流，漂流，终于在一处芦苇丛里停泊。靠岸了。到达了。伊斯多的手抱起我，认领我，永恒地改写了我一个人的文明史。

但我止不住地泪如雨下。

由此，我真正恨上了吉姆。为什么别的姑娘都能自然快乐地踏进这个阶段，唯有他要让我陷入这种境地？

那晚我回到借住的公馆，走到门口才发现，吉姆正靠在门口的墙上等我。

他当然什么都看见了：我和伊斯多在路口的依依惜别、拥吻……

天光早就耗尽。宅子里有灯，幻觉似的微弱的光映在他脸上。他定定地瞧着我，眼睛像是进了沙子似的不断眨动，竭力掩饰目光中的气愤、绝望。

我六神无主地站着，手脚冰冷，动弹不得。

我知道他在看什么：另一个男人在我身上留下的痕迹。被揉乱的、不顺滑的发丝，颜色蹭得不均匀的唇膏，绯红的脸颊，脖子上依稀可见的血痕……我甚至错觉他的视线穿透了我的裙子，看清了布料遮盖之下、那个伊斯多创造出的新伤口。

另一个声音却在心底说，嘁，他有什么资格愤怒呢？你已经十九岁了，你完全有资格找个好丈夫，结婚，成家。难道他真妄想能像拴小狗一样，把你拴在身边过一辈子？难道你真要终生做他的小母亲、小情人、小女儿？

我挪动双腿慢慢走近他。他掉过脸去，不给我跟他对视的机会。

我怯生生地轻声说，进去吧，父亲，怪冷的，你还没彻底好呢。

令人难堪的沉默，犹如饱含雨滴的云停在头顶。

他在微微哆嗦，像一盏风中的灯火。

我以为他会问"那男孩是谁"，或是"为什么你不告诉我"。

第十一个故事

魔术师的女儿

而过了很久,他只说了一句话:为什么叫父亲而不是吉姆?你有十多年没叫我父亲了。

18

我们搬回了旅店。这一次,他要了两个房间。

其实这是必将到来的终结。表演终于到了尾声,观众还留在座位上,但已经开始打哈欠,系围巾,扣外套扣子。他也许预想过这一幕,但告别和决裂来得太突然了。

他像是个刚经历过截肢手术的病人,努力寻找新平衡,无法适应,跌跌撞撞,不断撞翻东西,情绪沮丧,精神颓唐。我觉得自己像咬了农夫的蛇,越发怕见他,每天早晨在他起床之前就溜出去,晚上才回来。他也并不约束我。

伊斯多呢?他自我感觉像个英雄——阴郁自私的父亲造了一个城堡,红发女孩自幼被束缚在里边,赖他搭救,终于呼吸到外面世界的自由空气。

接下来更重要的工程,是清除父亲对我的"洗脑"。

他总找机会贬低吉姆造成的影响。比如,他毫不留情地评论我的发型:你怎么还梳这样的辫子,只有小女孩才梳成这样。

吉姆一直喜欢我的辫子。再说,我们的海报上……

你是大姑娘了,又不是小娃娃,没必要听他指挥。从来不穿低胸的裙子和黑皮鞋,也是因为他不喜欢?……唉,你的生活里挤满了"让吉姆喜欢",可怜的小花蕾。如果他不喜欢,他会跟你发火吧?

我又一次替吉姆感到轻微的屈辱。别胡说,他绝不可能对我发火,他从来没跟我说过太重的话。

哼,在他眼里,你就是任他装扮的傀儡……

伊斯多只有谈到假想敌吉姆的时候,才会暂时失去音乐家的优雅从容,变得冷嘲热讽,有时还会忽然激动起来,抓着我的肩膀摇晃。莉莉,你不可逆来顺受!你要离开他的桎梏,他的专政,他那无所不在的控制!

他要像剥掉我的衣衫一样,剥除吉姆的阴影,剥出一个"原本的"、清白无辜的莉莉·葛瑞芬。我只能保持沉默,不然怎么样,难道为了吉姆跟情人吵一架吗?

数日之后,我独个儿到一个茶会上表演。伊斯多在聚会即将结束时现身,我们在后园里相拥,他笑吟吟的,满脸是打赢一场战役后的自得,吻着我的脸颊,说,我的小花蕾,一切都解决了。我刚跟詹姆斯谈过了,谈了一下午。

我感到血涌向脚底。什么?你跟他谈了什么?

谈咱们的未来啊。别怕,我们没有决斗,没有人流血。我们达成共识了!他已经答应我,让你留下来,留在这儿,跟我在一起。

那他呢?他也留下来吗?

当然不。半个月之后他会做最后一场演出,然后就去下一个城市。

第十一个故事

魔术师的女儿

我一路狂奔回旅店。推开吉姆的房门，吓了一跳，房间中心多了个绞索架，他正用绞索把自己吊在半空，双手握着绳套，一时没法说话。

我咬住嘴唇，等待他费力地扬起手臂，揿动机关，扑通一声掉在地上。

我满心安慰的话，都堵在喉咙口，问的却是：你在练绞索逃脱？逃脱术是你以前根本不屑表演的玩意儿。

他转过身去，装作调整吊索的绳环，说话声调明显在赌气。哦，我想体会死里逃生的感觉。

我意识到，我开始厌恶他这种永远去不掉的孩子气。

伊斯多……他说他跟你谈过了。

你的小情人先生？是，他说了很多大有道理、我无法反驳的话，我答应他，不会妨碍你们创建新生活。

那一刻我几乎心软了。我说，吉姆，如果你坚持……

他的声音突然垮下来。别说了，莉莉，亲爱的。我的小南瓜，你知道我永远会满足你。我的公主，你想要什么，这世上任何东西，我都会想办法给你变出来……过来，让我抱抱。

我顺从地走过去。他亲吻我的额头、头顶，嘴唇沿着发线的航路穿行，最后泊在发心。热气穿透发丝到达头皮上，酥痒的感觉传遍全身。

他凄切地说，小南瓜，我爱你。

我僵硬地靠在他胸口，才短短几天，他的拥抱已经让我觉得不自然。

在肢体动作就要变得难堪的时候，他停了下来，双臂软软地下垂，向后退了一步，然后转过身去。

19

接下来的半个月，我没见到他几面。有时去敲门想跟他说说话，他只肯打开一条门缝,不让我看见房间里的新道具。

我问,要我帮手吗?

他带着难以揣测的冷漠,说出像是开玩笑的话:我认为你现在最该考虑的,是婚礼地点、宾客名单、宴会菜式,以及拿什么捧花——来一束虎皮百合,怎么样?

这种急就章的冷淡其实很虚假,一眼就能看穿。他努力抑制自己,不表达出一丝一点宽恕、谅解的善意。

我只好这样想:这是他最体贴的地方,他知道如果由我主动做出冷漠的态度,会难过得不得了,所以他要替我做。

我没法违背他的心意。

演出前一晚,伊斯多所在的管弦乐团有一场演奏会,我们从音乐厅出来,又被他朋友硬拉着去参加一个午夜降灵会。回来的时候,我想了想,走到吉姆房间门前,握住门钮,试着旋转。

铜钮无声转动,门开了。他没有锁门。

我轻手轻脚地走到床头。

他侧躺着,朝上的那边脸颊有点塌陷,毕竟是中年人了。我屏息俯视他,想伸手替他拢拢额头上的头发,又制止了自己。他睡得很熟。两片薄嘴唇有节奏地微微蠕动,我知道那是因为他的舌尖正在口腔里卷起来。

屋里有股不大好的气味,像是放了什么不新鲜的东西。我下意识地翕动鼻翼嗅了几下,猛地明白,那是他的体味。

不知从何时开始,他身上那让我着迷的清香,已经像水果变质一样,成了陈腐的中年人气味。忽然我对自己的处境感到一阵尴尬难受,就像赤脚踩到又软又黏又滑的东西。

第十一个故事

魔术师的女儿

象征少年的鲜美黎明即将到来,光线被兑得越来越淡,他却被抛弃在夜的暗影里。我抬手捂住嘴巴,捂住饮泣,胸脯剧烈起伏。

最后一场演出安排在海边的半露天剧场,那剧场有数百年历史,是前前前任治城者留下的政绩之一。剧场的屋顶呈贝壳形,一串长长的石头台阶延伸到海水之中,犹如女神的裙裾。

我们表演了所有最拿手的节目,"国王、公主和魔术师","空中悬浮",催眠术,"与镜中人共舞"……

当演到"绞索逃脱"的时候,我用铁链一圈圈捆住他的手脚,用铁锁锁好,然后退到一边。他把脖颈送到绳套里面,蹬开椅子,悬在半空。

帘子放下来了。灯光照在帘子上,可以看到一个吊在空中的黑影,正扭动身躯。阴险的弦乐配合着,颤动在空气里。

我心中倏地浮起一个非常可怕的想法:他会不会真打算自戕,死在这一晚?

三十秒时间。到了最后十秒,观众们一起倒数:十、九、八、七、六……

我攥紧了拳头,冰冷的指尖压在手心里,几乎想要不顾一切地冲上去,抱住他的腿,把他放下来。

三、二、一!帘子在最后一秒飘落,就在同时,他从绞索架上坠下来,重重跌在台子上,一声钝响。

我的心也像是跌落了。那一秒长得没有止境。哗啦一声,铁链子从他身上滑落下来。他倏地翻身,矫健地从地上弹起来,面向观众挺身站好,平平展开一只手臂,另一只手按在胸口,躬身施礼。

台下响起掌声。

扑火

20

最后一个节目是"更衣室"。新造成的巨大道具柜被推上来了。照例要邀请一个观众上台。他扫视一圈高举手臂的人们，目光定在第一排，微笑着向某个人伸出手掌。

他点中的是伊斯多。

伊斯多站起身，显然有些意外。我在台上投去鼓励的眼神，心想：千万别拒绝，最后一次，就依他一次吧……

他走上舞台，看看我，又看看吉姆。吉姆指示他站到柜子左面的格子里。我在台心做了几个伸展手臂、挺胸、踢腿的动作，正要跨进右边格子里，吉姆拉住我，将我拉到一边，自己踏入柜子里。

他向我挥挥手，微笑。

这一幕有些熟悉——哦，对了，他曾给我讲过，我母亲就是这样，走进魔术柜，从此再没出现过。

我心头再次涌起奇特的不祥之感，但柜门已经"砰"的一声关上了。

没工夫多想下去，我保持笑容，推动柜子转动一圈。

然后抓住木头把手，打开柜门。

舞台溢满光芒。光芒刺眼。有一个男人慢慢跨出来。

只有一个人。

有一边的格子是空的。一个人不见了！……

走出来的，是个非常年轻的男人……然而他既不是吉姆，也不是伊斯多。那张脸是陌生的。我从没见过他！……

第十一个故事

魔术师的女儿

可是再多看几眼,我忽然认出来了:那是十九岁的吉姆与二十一岁的伊斯多的合体。

两张脸,两具身体,两个人拼接到了一起:那身材瘦长得像发育中的少年。肌体新鲜,气息香甜。满头蓬松金发,蓝眼睛宛如夏日海水,洋溢叫人一见难忘的热情。双唇比红酒还要红。颧骨和额头光洁如同瓷器。

一个怪物。

怪物向我莞尔一笑,露出两颗尖锐犬齿。那笑容令我浑身哆嗦,站立不稳,几乎要瘫倒在他脚下。

不是情人,也不是父亲。既是情人,也是父亲。就像一半人、一半野兽的潘神。妖异和欲望的合体。

他踏着优雅的碎步走过来,口吐人言,低声呢喃:莉莉,小南瓜,我的公主,我的小花蕾,我不是说过吗,无论你想要什么,我都会想办法给你变出来。好了,现在一切都解决了,我们会永远在一起,只有我们两个人,我,跟你。

U。

少年 H 把这个字母大大地画在夜空中,那痕迹像是萤火虫在空气里飞过。

星群繁茂如秋季果实累累的林子。星空低垂,仿佛就要降落在海面上,又仿佛是一幢无比高大的建筑的华美穹顶,笼罩着永恒的神祇的欢宴,令一切显得卑微、渺小、无足轻重。

里瑟先生猜道:universe(宇宙)? uproar(骚乱)? Uranus(天王星)? utopia(乌托邦)? usurer(放高利贷者)? 还是 ukulele(尤克里里,夏威夷四弦琴)?

它打个响指,空中便响起尤克里里嘀哩嘀哩的欢快琴声。

H 的嘴角折出一条皱褶,那是笑容。他写道,U,you,讲讲你自己的故事。句子写完后整个儿亮起来,闪烁了几下,然后熄灭。

里瑟先生再打个响指,尤克里里的琴声停了。

你为什么对我的故事发生兴趣？

其他的护工不过是中低级智能机械人，而你是具有高智能的超级机械人，你本应该去太空舰做机师，为什么在这儿当护理员？

里瑟先生面上的微笑消失了，就像潮水退去，抹掉沙子上的纹路。你怎么知道我是超级机械人？

H 面现得色：我并不是只能跟你一个人交谈。

首先，高智商的人和高智能的机械人不一定要做高智商的工作，门萨俱乐部的许多成员在生活中也不过是卡车司机、农民、天气观测站的观测员、小学教师、消防员……其次，我可以讲我的故事，条件是我讲完之后，你也要讲你的故事——关于你为什么要那么坚决地自杀。

H 想了想，伸出拳头与它的拳头相碰，表示"成交"。

于是里瑟先生开始讲自己的故事。它的头颅以一种懒洋洋的、显得忧伤的姿势向后倾倒，望着由两颗二等星、八颗三等星组成的人马座。

筵席既尽，众神离去。星空落寞，海潮低吟，犹如乐师们奏出散场音乐，乐声在天际低徊不已。

它的声音跟燠热黏稠的海风混合在一起，滑过他的面颊嘴唇和耳朵，像微弱的光渗进黑夜，变幻出人物、动物、山峦、河流、城市、郊野、银河、宇宙。

第十二个故事

里瑟先生的故事

名字：约翰·里瑟。

隶属：银河机械人公司。

型号：LCR-7。

编号：700150615。

出厂日期：21XX 年 9 月 26 日。

设计部负责人：奥康纳·沃克。

出厂五十年后，我再次见到了我的设计者，时已退休多年的奥康纳。

八十七岁的奥康纳·沃克隐居在一个河谷中。我找到他的时候，他正坐在河边钓鱼。远方连绵的山峰显得温柔敦厚，天空呈现出羊脂的颜色。河水像血在血管中一样汩汩流淌。

奥康纳轻声说，请走近一点，里瑟先生，让我仔细看看你。

他的语气里有着无意识的尊重。外边的人们从不这样对我说话。我再上前一步,侧一侧脸,让阳光照在脸上。

奥康纳说:你们那一型的机械人,名字都是约翰,我记得是设计师比利为了纪念他英年早逝的儿子约翰。

我说:是的,我们的姓氏按字母表排列,John Young, John Wesley, John Thodore……他们称呼我们"先生":扬先生、韦斯利先生、西奥多先生。

奥康纳叹道,即使只瞧着你,也是种快乐,老比利实在是个艺术家,现在的公司和生产线再也做不出这么美的机械人了,协调、轻盈,像好莱坞黄金时代的明星一样典雅。现在那些破烂家伙,只配到消防队去挨火烧,只配到重辐射区挖矿石。

他的目光长时间停在我的面部,那张我在镜子里打量过无数次的脸。高加索人的脸谱,线条如山峦一般柔和。镶嵌在眼窝里的感光器,像真正的眼珠似的晶莹水润。这张脸蛋也跟我的身躯一样,坚固得让人绝望。

奥康纳问,孩子,你右边的感光器损坏了吗?

十几年前就失灵了,用人类的说法是,瞎了,我平静地说,是我自己砸坏的。

他叫我"孩子"。

奥康纳"啊"了一声。我说,感光器是机械人最脆弱的地方,就像眼睛是人类最脆弱的地方。我花了很多年只做出这点成绩。

他不断摇头,头顶的银白短发在阳光里晃动:你们每一颗眼睛都是工人在无尘室里花几十小时手工制作出来的,太可惜了。

感谢你给了我"生命"——或者你愿意叫它什么就是什么,但我现在只请求你帮我结束生命。这就是今天我来见你的原因。我希望你能告诉我"停止"的方法。

"停止"？

停止这具机械身体的运行，让我的智子脑和机体程序不再运转，用人类的说法是——自杀。

他说：为什么要杀死自己，孩子？你是如此完美，是工业和科技的骄傲。

在你诞生的那个年代，大国间关系紧张，战争似乎一触即发。世界各国大大小小的军工厂、研究所卷入一场研发、制造军用机械人的狂潮。

那几十年真是机械人制造的黄金年代。作为世界最大的机械人公司，银河公司一向的野心是"造出世界上最好的超级机械人"。"最好"的，就是LCR-7，能抵抗小型核爆的合金身体，能顺利运转至少两百年的内核机芯，当然还有超人的智慧和反应能力……如果真的参战，LCR-7会是最优秀的机械指挥官、人形武器。

当时研发部的主管是尼尔·彼得逊，后来他做了世界机械人劳工联合会副会长，人们叫他"机械族的马丁·路德·金"，是不是？尼尔有一个著名的信条——我们创造的不是机械，是机械人。LCR-7存储的资料基本相同，但在做情绪与性格渲染时，我们给程序留下了0.01%的随机空白。这0.01%决定了你们每个机械人的特性。就像真正的人一样，差之毫厘，异之千里。

我记得研究室让你们做过一系列测试题，测试你们不同的个性。

韦斯利先生性格热情、诚恳，最喜欢的球员是穆勒，最喜欢的画家是鲁本斯、沃特豪斯，喜欢贝多芬的《C大调第一钢琴协奏曲》、朝气蓬勃的快板；欧文先生沉默寡言，最认同的哲学家是尼采，认为最杰出的美术作

第十二个故事

里瑟先生的故事

品是《梅杜萨之筏》；普兰先生诙谐，爱说笑话，热爱一切乐器，最喜欢的电视节目是《星夜真人秀：宠物与主人的冒险》；库珀先生最喜欢的歌曲是《阳光不再有》，最喜欢的乐队是金斯顿三重奏……

战争终究没有发生，一些高价研发的军备物资需要拍卖，大量没机会参战的军用机械人也流向民间，被用在高危险、高辐射，以及最需要"超人"的判断力的地方。

公司很花心思地为"超级机械人LCR-7"拍了广告，你们的身影悬浮、闪耀在伦敦、纽约、慕尼黑、里斯本……最繁华商业区的夜空。广告词是什么来着？呃，好像是什么"臻于永恒的机械艺术品"，还有"能在小型核爆中生存"，"传世奇珍"，"你无法真正拥有它，你只能为你的后代养护它"，等等。

在那几年间，各国董事长、亿万富豪都以能拥有一个LCR-7而骄傲。你们就像昂贵跑车、腕表、钻石、游艇一样，是金字塔顶端群体竞逐的奢侈品。

后来很多政府机构也加入采购队伍，我记得的有常驻木卫三矿冶基地的安德鲁先生，核事故救援部队的指挥官杜威先生，在海牙国际法院任职的菲尔丁先生……

买主对LCR-7型都很满意。某一年法国政府机构改革，裁汰冗员，财政部长在媒体面前开玩笑说，如果每一笔支出都花得像购买预算司司长布莱恩先生那样值，恐怕民众也不会有怨言了。

约翰·葛德文先生是被墨西哥联邦警局买走的。它不负众望与重金，带领一支中智能机械人队伍与黑帮展开斗争，不到半年就成了国民英雄。据说有一档电视节目做了个半玩笑似的街头调查，居然真有很多人支持葛德文先生竞选总统。

当然，竞选总统是不可能的，但民意的倾斜也让当权者警惕起来。智囊团认为原因是，大腹便便的总统在形象上比葛德文先生差太多。于是墨西哥政府将葛德文先生暂时送回来"维修"，再次出现在公众面前的葛德文局长看上去苍老了十岁，腰围也增长了十厘米，这才令它的支持率急速掉落。

在那之后，研发团队决定把LCR-7的外貌设定从三十岁调整到四十岁，以降低它们因过于优异对人类造成的心理威胁。

当时机械人制造业的全盘目标是让机械产品无限接近人，然后超越人，我没料到那会引起人越来越重的恐慌。

我说：先生，这些我都记得，宛如昨日。安德鲁先生、杜威先生、菲尔丁先生、葛德文先生……我数年前还去拜访了它们。这个待会儿再说。

不过，您知道订购我的买家是谁吗？……是的，当时我们谁也不知道。市场部很多合同是保密的。在合同签订后的两周，研发部为我完成了程序测试和各类技能植入。

随后是一个例行欢送派对，就像毕业典礼一样，每位"先生"离开研究所时都有——不过您从来没参加过，是不是？

派对上，有四位先生自告奋勇组成一支管弦乐队，双簧管、圆号、定音鼓、小提琴。尚在调试阶段的服务型女机械人被送来助兴，它们打扮成脱衣舞女、护士、内衣模特的样子，与先生们共舞。机械人的舞蹈跟人类不一样，我们能做出种种人类不可能做到的动作：单手握住女伴的腰肢向上高高抛起；搂着女伴让身体向后倾倒45°；拉着女伴的手，单足不停旋转，令它的身体在空中飞旋……

最后的狂欢结束。凌晨三点，我接受进入休眠状态的指令，然后被

第十二个故事
里瑟先生的故事

装箱,运上军用直升机。按照"同学们"的职业来看,我认为我会服役于美国太空总署或是航空运输基地、联合国秘书处。

程序重新启动,电流再次充斥神经网络,指尖和趾尖传来一阵微麻,我睁开眼睛。眼前站着一个体重二百三十磅的肥硕男人。面部识别程序给出结果:这男人是阿拉伯半岛第二大酋长国的酋长,阿扎迈德·谢赫·本·马哈茂德。

揿下按钮,重启程序的是……一个女人。

资料库中有她的图片:四年前阿扎迈德曾公开过唯一一张全家福,这女人名叫塔黑热,二十六岁,在酋长的十九位妻妾中排第十七位,她为酋长生的儿子艾米尔现年八岁。

阿扎迈德弯起手指关节,敲一敲我的颧骨。看看,它跟真人简直一模一样!这礼物你喜欢吗?可比我送给哲玛的南非粉钻贵得多了。

哲玛是酋长的大夫人,二十岁的王储即她所出。

塔黑热说,您送的东西我都喜欢。

我按照程序介绍自己:我的名字是约翰·里瑟……

这第一句话就被酋长打断了。他说,以后你的名字叫哈萨穆。

晚上,阿扎迈德在吸烟室召见我。

他趿着鞋在室内踱步:营销部门的人告诉我,你会绝对遵从我的命令。

我说,是的,酋长,但执行重启程序的是您的夫人,所以……

阿扎迈德说,你们这智子脑袋真不通啊,那只是为哄她高兴。就像这幢房子一样,用是归她用,但房屋的产权还是归我。也就像我儿子艾米尔,养是让她来养,但儿子终归还是我的儿子。

他又说,据说你通晓八十多种语言,你肯定知道"哈萨穆"在阿拉

扑火

伯语中的意思。

是的,"哈萨穆"是剑的意思。

酋长点点头。你就是我手中的一柄剑,你的任务是陪伴和保护塔黑热和我儿子艾米尔。

我答道,是的,酋长。

还有一件事,他的目光移到我的下体,哈萨穆,把裤子脱掉。

我只犹豫了人类无法察觉的四分之一秒,就伸手迅速解开西装裤扣子,露出皮肤颜色、毛发浓密程度绝对符合人类平均值的光腿。

他笑了。我的真主!机械人还穿内裤?……脱掉,内裤也脱掉。

待我的下体完全赤裸,他走过来,蹲下仔细端详,又握在手中掂了掂,不断摇头,哎哟,太逼真了。做这么精细有什么用呢?他妈的,这也算在我的账单上了?!喂,你这东西不能使吧?

我答道,不能,保持仿造的完整性是为了令机械人在心理上更……

他打断我的话:我对你们的设计理论不感兴趣。另有一个任务交给你,盯住我的女人,如果她跟别的男人交往过密,向我汇报。这个命令你明白吗?

明白。

门口有人会带你去你的房间,不过我没让他们准备家具,机械人不需要床和椅子吧?

其实在研究所里,所有机械人都有挂着自己铭牌的单间公寓,我们甚至像人类一样使用电动牙刷和漱口水……但我答道,是的,不需要。

我猜你们都像马一样站着睡觉,是不是?我该安排你去马厩跟我的"角斗士"做伴。

"角斗士"是当时世界排名第三的英国纯血马,两年前在著名的塔特

第十二个故事

里瑟先生的故事

索斯马匹拍卖会上,被阿扎迈德以四十万英镑的价格拍下。

第一晚的经历,差不多就是此后二十年的缩影了。

后来,阿扎迈德曾对我说,我把你买下来的唯一原因是,你是"超级"的,你很贵。我就喜欢买贵的东西,越贵越喜欢。

自此,我就在这座房子里住了下去。

我的工作是:每天早晨,陪塔黑热和艾米尔跑步、玩球,陪他们在院子里吃早饭,然后给艾米尔上课——数学、物理、法文、阿拉伯文,下午则教骑马、击剑、搏击。整幢屋子设了信号屏障,无法接触网络信号。我陪着酋长的女人和儿子住在一个"玻璃鱼缸"里。

您一定记得,在LCR-7型的调试阶段,有一项"情感体验测试",我们会被要求将词汇库中的"悲伤""屈辱""苦闷"这些词语与"爱德蒙·邓蒂斯在伊夫堡""冉阿让因偷面包被判刑""圣地亚哥带回一副大鱼的白骨"等情节匹配,帮助我们体会人类情绪,以便日后能更好地与人交流,融入社会。

现在我明白了,不管怎样凭空想象邓蒂斯蜷缩在黑牢中的感觉,也无法与真实的"屈辱感"相比:我的学识足以领导一个核子研究所,足以主持一所大医院的工作,足以运营一个跨国企业,足以指挥一艘军舰……结果只是被有收集奢侈品癖好的酋长像买钻石、纯种马和超级跑车一样买下来,送给他的女人当礼物。

我担任的,是古代王宫中太监的工作。我是一个不必阉割的机器太监。

奥康纳问:是这种"屈辱感"令你想要自杀?

我说:啊,不是的……请您听我讲下去。

扑火

每隔一两个月，酋长会不定时通过一个秘密频道与我通话，询问我那另一项任务的完成情况。据说他曾因怀疑塔黑热与保镖队副队长有染，一颗子弹打爆了那副队长的脑袋。

对这项暗地里的工作，我认为可以匹配"极度憎厌"和"恶心"等几种情绪。

日子一天天过去，生活乏善可陈。值得一提的几件事：我与酋长的儿子艾米尔一起骑马，马受惊人立，艾米尔坠马，我以200km/h的速度从另一匹马的马背上飞扑过去，抢在孩子落地之前抱住了他。翌日酋长回来，第一次邀我进入他们的客厅共进晚餐，在席间向我敬了一杯我并不能真喝的葡萄酒。

后来，塔黑热为我买了床、书桌和衣柜。在我到来一周年之际，她为我订了一个蛋糕（虽然我也不能真吃），上面写着：FAMILY。

……三年过去了。五年过去了。十年过去了。

艾米尔到瑞士去读书，一年才回来一次。酋长两年也没有来过。塔黑热衰老了。我则被遗忘了。我就像被酋长买下的豪车、纯种马和游艇一样，身上蒙了一层时间的灰尘。

出厂后的第十年，按保养条例，我回到公司做检修，并增补一些内部程序。研发部里的研究员们已换了大半，楼中几乎没有旧识了。新程序安装后要等待它试运行，测验兼容性，我在大厦里溜达，走上观景阳台，发现跟我同型号的约翰·普兰也在那里。

我们以高度近似人类的热情，互相拍打肩膀，紧紧拥抱。然后坐下来聊天，望着远方楼宇和投影到空中的全息广告：一大批身着胸衣和丁字裤的美人配合摇滚乐扭动身躯，那内衣在她们身上不断变换形状，一

第十二个故事
里瑟先生的故事

会儿变成缠绕在胸口和私处的响尾蛇,一会儿变成遮盖在私处的藤萝叶子,"全息电子变形内衣!让他每晚看到不同的尤物!"

我说,我在新闻里看到过你——太空船副船长,了不起。

普兰先生苦笑道,没什么了不起的,我在舰队里始终被孤立,人们不愿意听机械人长官的命令,还好我的老板比较开明,暂时还没有让我降职……你这些年在干什么?

我的工作是服侍一位女士和她的儿子。

你在白金汉宫?

我笑出声来。不不,我的朋友,我说的女士不是大不列颠女王,是酋长阿扎迈德的小妾。前几年我一直在她家做酋长儿子的家庭教师。

普兰先生面部的合成材料表达出了极限程度的惊讶。

我像它一样苦笑一声。是啊,人类已经开始建设外星殖民地,地球上有些地方还在三妻四妾,文明的进程慢得难以想象……你也是回来检修的?

普兰先生摇摇头,是休假。我回研究所来看几个朋友,明天就走。

你有假期了?机械人可以有假期吗?

它很讶异,你还不知道?

原来在我为酋长做"机器太监"的这十年里,机械人和自然人的关系已经变得敏感而紧张:在大规模生产浪潮过去之后,地球上多出了几千万个各种型号的高等仿真机械人,成了无法忽视的庞大群体。

它们组成维权组织,举行消极罢工和游行,要求像人类一样领薪水、获得休假,并有赎买自由权。各国政府对此多半态度暧昧。有一些大型跨国公司进行了制度改革,以期看上去"政治正确",为形象加分。那时我不知该乐观还是悲观，无论如何，机械人的权益越来越受重视，似乎总是好事。

但我也知道，我的雇主只会对这些冷笑一声，就像他看到机械人还穿内裤、有生殖器时的反应一样。

奥康纳说：异教徒被烧死，犹太人被屠杀，黑奴求解放，妇女寻求选举权，同性恋争取合法婚姻权利，机械人希望赎买自由……人类社会总是陷入相似的循环，区别出不同的群体，划分阶层、正义与邪恶，以确保多数方或掌握话语权的一方站在高处。时日久了，低阶层的群体再慢慢聚集力量反抗，讨要"自由"与"权益"。

一堆芯片和合金的聚合体成了最优等的族群，人类没法忍受这点，更难忍受的是由机械人反过来为人做决策。

我记得在那段时间里，很多煊赫一时的机械人公司都倒闭了，没倒闭的，有些改搞促生技术、由生物电控制的机械肢体研制，有些则改变策略，转型去生产中低级别的智能机械人。

换言之，大部分人类虽然承认高智能机械人的智子脑优于生物脑，承认有些事它们能做出更高明的判断，但他们就是——咽不下这口气。

再换言之，人们宁愿机械人替代他们做他们能做但不愿做的事，而不希望它们替代他们做他们不能做的事。

有一个著名反机械人组织的口号是："一个智障儿童，也比一个机械人高管更高贵！"……

我说：请让我继续讲下去。

我在酋长家中服役的第十五年，塔黑热娘家的部落突发暴动，由她

第十二个故事
里瑟先生的故事

的哥哥和一个远房叔叔领导。暴动在一周后被镇压。我接到酋长的命令：杀掉塔黑热。

塔黑热甚至没有挣扎。她临死时并不像电影中常演的那样，满口溢血，只是迅速地惨白下去。

我一动不动地看着她，说，对不起，我是个机械人，我只能执行命令。

她含泪喘息，说道，我知道不是你的错。你能不能抱着我，直到我咽气？……我不想孤单单地死。

我便抱起她，双手紧搂她的身子——那双刚才对她执行了死刑的手。

她小声说，在你的使用手册最后一页有小字注释：机械人是自然人的财产，雇主可与机械人解除契约。这就像百达翡丽的说明书上写的：把手表用力摔在石头上，会摔坏。

她说，但……我要给你自由。是我重启了你的程序，理论上我是你的主人，我宣布与你解除契约。哈萨穆·里瑟先生，你自由了。

那是她最后一句话。

奥康纳说：获得自由不是所有机械人追求的吗？难道你对那女人产生了感情，因杀了她而感到生不如死？

我说：我并不因为她死去而悲哀，我只为我自己悲哀。她是自然人，但她跟我一样从没享受过自由。

我自由的代价，是她的死亡。我没法接受这件事。如果你一定要说我对她产生了感情……那好吧，也许有一些。

我第一个念头是：自由了，终于可以实现这些年心中的梦想了——杀掉自己。

我认为我的存在没有意义……我的智子脑的运转没有意义。人类不需要，甚至厌恶这具合金身体的美和优异。我越杰出，就越惹人讨厌。我始终不知道怎样理解我的血统和痛苦。

任何人都不可能对自己生命的产生获得主动权。海德格尔说，唯一能把握生命的机会，是放弃生命。

我处理了塔黑热的尸体后，就离开了那幢房屋。我在脑中储存的国境线地图上找了一处最荒僻的地方，步行出境——那里没有守卫，因为人类的体力无法翻越那处山峰。我步行了几百天，有时在河底行走，有时在林中穿行。那些天我的心绪前所未有地宁静，因为我的"生命"总算有了一个清晰的，属于我自己的目标：自杀。

自杀的人类数不胜数，地球上每四十秒钟就有一个人结束自己的生命。他们为什么要自杀？

巴尔扎克在《幻灭》里面说：一个人一朝瞧不起自己了，被人瞧不起了，现实生活和他的希望抵触了，他就自杀，表示他重视社会，不愿丧尽了人格或者失去了荣华再活下去。

而在机械人史上，是否曾有一个机械人试图自杀并成功？没有。[1]也

---

[1] 2013年11月12日，奥地利发生一起疑似机械人自杀事件，可能也是世界上第一起机械人自杀事件。被疑自杀的是一台Roomba清洁机器人，它的男主人四十四岁，当天他让机械人清理案板上的食物残渣。在它完成清理工作后，他关闭机械人的电源开关（在后来的调查中，他始终坚称自己"绝对"关了电源），将它放在了厨房一侧的餐具柜上，然后与妻子、儿子一起出门去。后来据猜测，可能是男主人指使机械人干活的态度不好，或是这家的清理工作太繁重，家中无人之后，机械人竟自行启动，移近电炉，将放在电炉上的锅子推开，然后自己蹲坐在电炉上。在火焰中，它很快就开始熔化，熔化的残骸粘在了电炉上，引起火灾。等消防员赶到时，炉子上已经只剩一堆灰烬。

第十二个故事

里瑟先生的故事

许那是因为从前的机械人没有这样的高智能和情感体验？

我在欧亚大陆流浪了几年，在洞穴、沙漠和森林中过活，尝试每一种能毁坏自己的方法。

但我发现，无论是从千仞之崖上跳下，还是潜入深深海底，为机体供应能量的内核都无法损毁或关停。这事很讽刺，你们的设计理念是把我们做成世上最坚固的机械产品，结实到能抵抗小型核爆。当机身预判到危险时，又会自动开启保护程序……

我没法杀掉自己，要承认这件事，真令我沮丧万分。

流浪期间，有时我会趁守林人带狗出门打猎，溜进他们的小屋，翻一翻报纸，用他的电脑浏览一会儿新闻。我看到越来越多的国家同性婚姻合法化，容许安乐死……

有一年秋天，我得知世界机械人劳工联合会成立了，但登上它们的官方网站一看，它们反对的是人类恶意虐待、残害机械人，反对歧视，呼吁关注高智能机械人的心理健康，要求正当的工作待遇、合法婚配权……

我的同类们正一团热火似的想要生存权，甚至是与人类通婚的权利，还没人想到要争取"死亡"。

我决定借助外力——人们不是要把最危险的工作交给机械人吗？我大可挑一种伤亡率高的活儿，让自己光荣殉职。

第一个五年，我先加入了圣彼得堡星际运输公司，他们负责为外星殖民地运输物料，每年总有好几艘飞行器坠毁，或是干脆起飞失败，一头栽在发射场。公司为了省钱，买飞船都买二手的，或是别家公司退役的，雇来的飞行员也多半是流浪打工的自由机械人。

扑火

有一回，我的愿望差点实现。那段工期中，我的搭档也是个高智能机械人，它是那十年高智能热潮的最后一批产物。

那时各生产公司已经开始努力降低机械人对人造成的"心理威胁"，因此它的外表被做成非洲裔人种的样子。平时我叫它"巧克力"。它这一型投产的时候，工厂缩减生产线投入，给它造智子脑用的是次等材料，导致它的智力和反应力比我差了一大截。

某次飞行回程途中，自动驾驶系统突发故障，转为手动驾驶，由巧克力那边的仪表主控，我来辅控。

忽然，我发现它的操作错了一步。那是非常致命的错误，如果不告诉它，我的心愿也就达到了，三秒之后，我们就会撞入大气层中，跟着失控的飞船化成一个火球（这火到底能不能把我烧毁，我也不知道，但总归是个希望）。

只有三秒考虑时间。在最后一秒，我看到了巧克力操作台上贴的照片，那是它跟它收养的机械男孩"奈奈"的合影。

奈奈是个"Toy Boy"（玩具儿童），是家长给小孩买来当作玩伴的，但等小孩长大后，多数"Toy Boy"都被丢弃了。它们的智力设定不到五岁，报废年限也只有三年，被丢弃后存活不了多久（有些喜欢猥亵男童的自然人会把这种机械男孩捡回去再"玩"几年）。巧克力四年前收养了奈奈，把它叫作"我儿子"。我知道它挣的工资有一半花在了给奈奈更换配件上。

如果巧克力死掉，奈奈也活不了多久。

最后一秒，我伸手纠正了错误数据，飞行器从致命的轨道改出。

那之后我就从运输公司辞职了。我发现，我没法让别人陪我枉死。

第十二个故事

里瑟先生的故事

第二次，我申请了到外太空维护空间站的工作。机械人不用呼吸，不用进食排泄，太空作业相当适合。这工作在高危行业中排第三位，死亡率仅次于纽约布鲁克林的妓女和墨西哥毒贩。太空垃圾就像背后打来的密集冷枪一样难躲，陨石雨更是难以预料。

我在空间站干了两年，是出舱次数最多、太空滞留时间最长的，可惜运气不好，总也赶不上出事故。

某天，太空站的瑞典工程师到外面去采集数据，忽然舱内警报声音大作，一阵陨石雨袭来。工程师紧急回舱途中，设备被击中失灵。我心中窃喜，自告奋勇要出去救人——顺便自杀。

我出舱后，与工程师会合，要把身上完好的装备卸下来给他。他说什么也不肯，满脸激动地大叫，我读唇读出来，他反复叫嚷的是"要回就一起回"。然后他就紧紧抱住我，紧得像刚从战场上回来的士兵抱住未婚妻。我没法让他松手，只能一起回到舱内。一进舱，只见众人都在舱口等待，欢呼着涌上来拥抱我们，连最歧视机械人的副站长都破例拍了拍我的肩膀。

我只能苦笑。

三个月后下一次陨石雨袭来的时候，我想偷偷溜出舱门，被门上的识别系统拦住，试图硬闯，触怒了报警装置。结果我被下一趟接驳飞船送回地球，提前终止聘用合同。

第三份工作在太平洋上，我应聘进入海上钻塔，负责深海石油开采。

之后我曾在摩加迪沙当雇佣兵，在南极洲做考察队助手，在空军基地做试飞员……

有一部二十世纪的电影，非常老，叫作《与狼共舞》，男主角是个军人，受伤后腿将被截肢，他决定与腿共存亡，就从医疗帐篷里摸出去，骑马冲向敌军，本来一心求死，却误打误撞立了战功，成了战斗英雄。

还有欧·亨利的小说《警察与赞美诗》……雇佣兵团里有个身经百战的老兵跟我说，战场上的规律是越怕死死得越快，越不怕死越死不掉。后来我不得不承认，似乎我越努力追求死亡，死亡反而躲得越远。

不断更换工作十年之后，我决定放弃"殉职"这个方案。

在与我同类同型的机械人中，是否有人与我有相同的想法？我记得当年在性格测试阶段，有好几位先生都是悲观主义者。

我拜访了能找得到的LCR-7型机械人，普兰先生、欧文先生、库珀先生……它们都已赎买了自由，居住地点横跨欧亚非大陆。这趟旅程总共花了三年。

在我能找到的四十八位先生中，只有三位尚在州郡政府任职，而且都被调动到了清水衙门，做档案管理或资料馆建设等闲职。

八位在太空舰公司做驾驶员。

六位做了商人，但都赚得不多。

五位加入了机械人劳工联合会。

四位进入医院。两位负责脑科手术，一位是眼科手术师，一位在骨科。机械手的稳定冷静是人类没法比的，但它们也只能做机械手，手术还是由自然人医师来指挥调度。

四位成了"修行者"：一个在圣米歇尔山修道院做修士，一个在尼泊尔皈依印度教，一个在西藏，一个在耶路撒冷。

两位是话剧团演员，一个在伦敦，一个在百老汇，但由于受歧视，它们能演出的最重要角色只是波格涅斯（奥菲利亚之父）这样的配角。

一位在大西洋底的一艘潜艇上做声呐技师。

一位是德甲某足球俱乐部的主教练助手，负责分析球员和比赛资料。

第十二个故事

里瑟先生的故事

一位到柬埔寨山区做医生。

一位成了先锋艺术家。

一位在日本某画院做人体模特。机械人摆姿势永远不会嫌累，而且，欧美人外表的高仿真人在亚洲还是颇有市场的。

一位进入华尔街证券公司。

一位做了男模。你觉得它会做内衣模特？T台模特？毕竟机械人都有最棒的身材。错。那位先生告诉我，自然人会下意识地排斥机械人的漂亮肌体，尤其在某些快餐盛行、肥胖人士居多的国家，他们会觉得机械人的完美是在羞辱自然人的缺陷和丑陋。如果消费者知道哪家公司拍广告时是用机械人做模特，会立即掀起抵制风潮，导致销量锐减。所以它做的是武器模特——在各家军工厂的枪械军火展销会上，手执武器摆出姿势。据它说，还有一位先生在成人片拍摄公司当GV男星，但改了姓名，因此那到底是谁，不详。

……

它们中一半以上有固定伴侣：医院的女护理员、幼儿园的女教师、女心理医生——当然，都是机械女性，因此没有合法婚姻。

每一位对目前的生活都表示：很平静，很满意，即使权益什么的暂时得不到实现，也可以忍受。歧视？歧视是永远存在的，同为人类，胖子、姜饼人（即红发人）、第三世界国家公民……不也都是被歧视的对象吗？

听到我的问题，每一位都会疑惑、发笑：什么？怎么让脑袋和身体停止运转？天哪，从没想过这个问题，我一直觉得能成为世上最坚固的超级机械人，是件超级幸运的事……

我也不间断地给银河机械人公司写邮件、打电话，希望获取自我毁灭的方法。

某天，我终于接到银河公司现任研发部负责人的电话。他告诉我，很抱歉，机械人自行毁灭是不被允许的，因此不能透露相关资料。

这让我万分诧异。

那人的答案是，公司当年为LCR-7型做的广告是"臻于永恒的机械艺术品""在核爆中也能生存""家族传世之宝"，如果你竟然能够自行毁灭，那公司的信誉何在？不是自己打自己的脸吗？

我说，我会选择一个绝对秘密的地方销毁自己，不会泄露出去。

负责人仍说，很抱歉，不可以，这是公司原则，是商业信誉。

我也向机械人工会的主席写邮件寻求帮助。半个月前我收到回信，是一个地址，奥康纳·沃克的住址。

这就是我为什么要自杀，以及五十年来自杀未遂的经过。

也是我要来见你的原因。

我希望，你能结束我的痛苦。

太阳已经消失了，天地间充满金黄色的霞光。奥康纳凝视了我很久，他说，我理解你，也支持你。

那让我的机械心脏多跳了两下，他紧接着摇摇头：可是，对不起，孩子，要让你失望了。在进入银河机械人公司时，我签署了终身保密合

第十二个故事

里瑟先生的故事

同，关于我参与研发的机械人的一切信息，在我死之前绝不可以泄露。

但是，你不妨等一等，那老人忽然狡黠地向我眨眨眼。你看，我已经八十七岁了……等我死后，我的遗嘱里会安排一封信，一封秘密的信寄给你。我保证，到时你会知晓一切。

我没有泪腺，这是 LCR-7 型与自然人不多的区别之一。如果我有眼泪，这时大概会喷涌而出吧。

我陪着他在河边坐了很久，直到整片黑暗的天空俯身下来，亲吻山峰与大地。河水已隐没在暮色中，但那血流一样的汩汩声仍清晰可闻。

我问，在等你死去的这些年，我该做点什么打发时间？

奥康纳柔声道，你可以选择一些更贴近人群的工作，也许你会发现你从前没发现的意义。

我连夜离开了那个河谷，回到城市中，平心静气地等下去，等待另一个自然人的死亡给我另一次自由。

按照奥康纳的建议，我做了很多人群中的工作：博物馆解说员、匿名戒毒小组的志愿协助人、游轮乐队小提琴手……

我上上上一份工作，是受雇于政府，在各国追捕弃保潜逃的罪犯，亦即"赏金猎人"。如果一个嫌疑犯用二十万美元保释，赏金猎人能得到两万到十万美元的报酬。我总会把大部分赏金匿名寄回给那个罪犯的妻子或父母。

还有一些工作跟死亡有关，比如提供"自杀协助"——我的顾客是那些想要自杀又对自己下不去手的人，只要他们在网上下单，提供时间地点器材以及免责合同，我就上门协助他们杀掉自己。

跟其他"协助人"不同的是，我动手之前，会跟他们聊聊天，人们痛哭流涕，诉说有这些那些东西舍不得、放心不下。

结果是我不得不租了一间更大的公寓，才能放得下那些人临死前托付给我的东西：五条狗，七只猫，两只豚鼠，一条科莫多蜥蜴，一盆仙人掌，一盆普罗旺斯玫瑰，一只泰迪熊玩具，一整柜子漫威的漫画书和模型人偶——钢铁侠、夜魔侠、死侍、白皇后、恶灵骑士、惩罚者、毒液、美国队长、冬日战士……那个三十七岁的男人生怕他死后这些东西被拍卖、分散，因为他妈妈恨透了他这些收藏品。他请求我，"一定不能让它们分开，就像不能拆散一个星空"。

把那个柜子搬回公寓，我觉得屋子已满，不能再干这行了。

后来我做了这家医院的护理员。

故事就是这样。不过，故事还没结束。

第十二个故事
里瑟先生的故事

天空中弥漫不知从何而来的微光，海水在那光的渲染下，像一张熟睡中的沉郁面庞。浪潮低低喧响，发出叹息。昼伏夜出的透明蟹类从海水中钻出，在沙砾上簌簌爬行，留下细小的足印。

里瑟先生的讲述犹如融化在海浪之中，没有征兆地止歇了。

H等了很久，终于发现那一句"故事还没结束"就是结束语。他显得有点困惑：就这样？

里瑟先生点点头：就这样。

H说，首先，我绝对支持一切人——自然人与机械人——拥有剥夺自己生命的权利；其次，你到医院里来，是为了贴近人群，观察人类精神病患，以此发现"意义"？

它不置可否，只轻声说，还没结束只是因为你。讲吧，讲你自己的故事，然后我会告诉你一切。

这时候，天上出现了陌生的、未被命名的星星。

第十三个故事
H 的故事

我是一名"体验录制者"——在我被捆在医院里之前。

"体验分享"这项技术从研发到盛行,也才四五年时间。它的原理与录声音、录影像的原理一样,它把外界给人脑的刺激和感受转化为数据,再在另一个脑袋里"播放"出来。

想体会冲浪?不用去夏威夷瓦胡岛,只要在网上买一段"瓦胡岛冲浪体验记录",复制到播放器里,播放器就会依照数据,对脑细胞发出相应刺激,让你眼前出现澎湃巨浪,让你的额头感到灼烫的热带阳光,以及随着浪头摇晃身子,在冲浪板上努力寻找平衡的快感。

想跟身在日内瓦的情人一起喝啤酒,听布达佩斯音乐节上的歌曲?只要戴上体验记录器,再让地球那边的她戴上体验播放器,把信号同步,她就能听到你听到的音乐,尝到你吞咽的酒浆。

发明这项技术的,是个二十八岁的英国天才青年,他有一个双胞胎弟弟,两人都是极限运动的狂热爱好者,攀岩、跳伞、单板滑雪样样精通,兄弟俩还拿过 U 台滑板挑战赛的洲际冠军,在圈内名声甚著。

二十四岁时两人一起到堪察加半岛跳伞,出了事故,弟弟脊柱受伤,自颈部以下全部瘫痪。

哥哥伤心得几乎疯狂,在辗转多国求医未果之后,他把痛苦发泄到了研究"同步经验"的技术上。几年后他申请了体验录制器和阅读器的专利,并建立了第一个体验共享网站,"Read My Mind"(读我的心)。

在电视采访中,他蹲在轮椅上的弟弟身边,头靠在弟弟肩膀上,微笑着说,现在我们又能一起滑雪、一起骑自行车了,我能感受到的,他也跟我一样能感受到。

个人感受的物理疆界被打破了,那就像是敞开了一扇新世界的大门。在这项技术出现的半年之中,就出现了上千个供全世界人民上传、下载各种体验的网站,人们陷入了录制和分享的狂热之中。

钟爱饭前拍食物上传到图片社交网的人们,迅速把喜好置换成了"这是今天午饭三文鱼的味道""超好吃的乳酪肉丸饭!跟我一起尝尝"。原本喜欢炫耀跟男友合照的女人们,则痴迷于上传"睡前晚安吻的甜蜜滋味""傍晚我们牵手在海边看落日""啊,被男友抱起来转圈的感觉好棒"……

明星们的热情参与,令这项技术掀起的热潮如火上烹油,在普通社交网络上更新一张自拍、一句话,哪比得上录一段在迪拜拍戏或参加首映礼的体验更有诚意、更受欢迎?

人们从未能如此真切地了解彼此的感觉,心和心之间,似乎终于找到了一条无障碍的平坦大道。测谎仪退出历史舞台,执法人员获取证据与供述变得前所未有的容易,运动员可以更清晰地领会到动作要领,电

扑火

影和书籍的反盗版也迎来新挑战……总之，世界被这项技术改变了。

某一年下载点击量最多的，是一个姑娘的性爱体验。她脑子里的画面是一个俊俏的金发男孩伏在她身上，一面亲吻她，一面用西班牙语深情地叫她"宝贝，我的热辣小猫咪"，但睁开眼看到的画面是一个满头油汗的中年胖子，嘴里念叨着"你这小婊子"。

整段体验就在闭上眼睛、睁开眼睛两种画面里切换。而且所有阅读这段体验的人都能感受到，那胖子的技术极差，姑娘则在心中抱怨"哦，天哪，快完事吧……快滚下去吧！""听他发出的声音，简直像只嘴巴里含着垃圾的猪""上帝，我后悔死了"……

这段体验的标题叫作"升职的代价"，本来是她偷偷录了发给密友的，结果被泄露了出去。

那姑娘自然被公司免了职，这件事好的一方面是那金发男孩被狂热的网友搜索到了，是个西班牙餐馆的大厨。再后来他跟那姑娘复合了，还闪电结婚，两个人的婚礼体验在网上做了付费直播，收取的费用捐给了"女性职员权利维护保障协会"。收看婚礼直播的人数超过了观看英国王储加冕直播的人数。

硬币总是有两个不同的面，与"亲吻初生婴儿""参观好莱坞的名人内衣博物馆""品尝孟买最辣咖喱"一起疯狂流传的，还有各种极端性爱体验、吸食禁药体验……

有趣的是，在这种"疑似有害体验"出现的初期，很多青少年的家长公开表示，对孩子下载"吸食大麻""迷幻剂之夜"等体验并不严格反对，他们认为，孩子不过是好奇罢了，虚拟体验可以成为不错的替代品，

第十三个故事
H 的故事

既能满足好奇心，又不至于伤害身体。就像用奶嘴替代乳头、用电子香烟替代真实香烟一样。说得再难听一点，用充气娃娃泄欲总比召妓好一些。

可惜，人们很快发现，虽然让大脑生成的体验是虚拟的，对脏器并无真正伤害，但那些"有害体验"其实与毒品的原理类似，是靠刺激脑部的固定区域产生快感，会让人产生极强的依赖感，亦即"上瘾"。

虚拟体验是否也算罪行？"虚拟毒瘾"与"毒瘾"到底有多大区别？……很快，政府出台的新法律规定：吸食毒品与自主购买、下载吸食体验，同罪。

在体验分享技术出现一年后，第一批职业录制者出现了。

他们在网上公开接受体验订制，例如，有人在订单页填写"体验内容：我想知道猫肉的味道"，提交，并上交预约金，一位录制者接收订单之后，会戴上记录器，捉一只流浪猫，杀死，去毛，剥皮，切片，煎熟，浇上调味汁，吃下去，再把记录数据发给客户，拿到全部报酬。

物理爱好者订购解题过程体验，已婚妇女订购与俊美青年的性爱体验，鳏夫为孩子订购由母亲朗读的《猜猜我有多爱你》，卧病多年的老人订购跑马拉松的体验……

这些只是合法生意，犹如冰山一角，更庞大、蓬勃、热闹的是海面之下的"体验黑市"。有很多可能危及性命的乐趣，人们不得已要舍弃，但如今有了体验交易，只要肯出高价，你可以让那些不惜命的录制者替你冒风险，咀嚼吞咽一只剧毒狼蛛，以250km/h的车速行驶，把气化酒精直接吸入肺中，窒息性爱，拳交，抢劫金店……

在几个最著名的地下黑市网站，集合着世界上最大胆的录制者，就像海盗和赏金猎手、海底寻宝人汇集的小酒馆，那里时常出现几个出手豪阔的匿名客户，开出天价，求购下流变态得匪夷所思的体验。

具体内容我就不描述了，单是说一说都会觉得不舒服。只要接下那样的一单，就有可能会让录制人落下终生心理阴影，造成轻微肢体残疾，甚至丢掉半条命，但获得的报酬也足够下半辈子的生活。

只要你不惜钱，总会有人不惜命。

猜测那几个"变态狂"的身份，是录制者们碰面聚会时永远热衷的话题。有人说其中一个是油王家的三少爷，夜夜游艇派对、玩弄女影星像风车似的那位；有人言之凿凿说是日本财阀家族的继承人；有人则独辟蹊径说，为什么一定是男人？为什么不可能是女人？也许是某国王室那个已经公开出柜，剃光头打眉钉的公主……

你甚至可以体验濒死的感受，真有冷心肠的家人，想在将死的老父或老母身上捞最后一笔钱。也有医生护士冒着被开除的危险，偷偷录制病人的临终体验。

有时候，给临终者戴上录制器是因为病人已经无法开口，家人想知道他是否还有未了的愿望，或者没来得及说出的遗产。

老妇人脑中出现的，总是未能到场的那位子女或孙辈。老先生脑中出现的，则是已去世的老妻。没人会想到珠宝、证券、遗产……

在我购买过的一个家庭旅游体验里，有录制公司赠送的一段"濒死三分钟"，体验来源者是一个五岁小女孩。我试着阅读了一下，差点连那三分钟都忍不下去。

简介上说，女孩死于一种罕见的血液病，她父母录制了这一段捐献给相关机构，希望作为宣传材料，呼吁大家捐款支持对该病的研究。

弥留之际的影像，当然不会太清楚。画面有点模糊，色调发暗，是

第十三个故事
H 的故事

她和妈妈坐在花园里晒太阳，一人一口吃覆盆子冰激凌，然后是她和爸爸一起给一只柯基犬洗澡，再然后是她跟姐姐抱着柯基犬一起坐在湖面小船上，父母各坐一端，水波反射的阳光在她脸上晃动。

还能听到她脑子里不断地说，姬蒂要乖，姬蒂要陪着爸爸……

姬蒂就是那只柯基犬。

死前的感受是什么？跟以前那些传闻完全不一样。没有发着光的隧道，没有天际飘来的音乐，没有轻飘飘地浮在空气中，注视自己肉身的奇妙感觉，当然更没有背生双翼、身穿白袍的美少年前来迎接。只有像坏掉的老式电视机屏幕一样的画面，不规则的黑斑、白斑跳动，图像变暗，声音降低……

直到彻底黑下去。大幕合拢。

这就是死亡。

虽然各国政府很快立法，禁止非自愿性的录制，禁止有可能危及生命、触犯法律法规的体验交易，但是禁毒禁了那么多年，不也是屡禁不绝吗？

我读中学那阵，录制器和播放器还像一个铁头箍一样难看，套上脑袋，卡在太阳穴的位置，十分蠢笨，也没法戴出门。一年之后，那玩意儿就变得越来越轻巧好看了。现在最流行的一种能别在耳朵上，像耳饰一样。

十年级的时候，我是学校滑板队的主力队员，某天训练结束后，一个网站的录制者团队在训练场外叫住了我。他们和颜悦色地问，能不能替他们录一个空中反向转体900°的动作体验，就是刚才我练习的那个。

那是我上传的第一条体验记录。那时我压根想不到自己会成为职业

扑火

录制者。

如今在地铁上、咖啡馆里，放眼一看，到处都是耳朵上戴着播放器，目光呆滞，表情古怪的人。他们正用别人的眼睛观看世界。他们正活在别人的一段生命里。

故事已经讲到一半，没法再拖延下去，我不得不说到我母亲了。

她叫洁迈玛。

洁迈玛年轻时是个漂亮姑娘，可惜到我记事准确的时候，她的容貌已经被酗酒、嗑药和滥交毁掉了。跟很多稀里糊涂度日的女孩一样，她的生命开端似乎还不错，后来就神鬼莫测地往深渊滑下去。

她二十一岁进入一家公立医院做护士，在社区圣诞舞会上遇到我的消防员父亲。两人一个碰巧打扮成超人，一个打扮成路易斯·莱恩，事儿就这么成了。我见过他们那时的合影，两张脸上全是没什么想法的、快活的笑，头碰着头，像一对年少妩媚的动物。

我四岁那年，父亲殉职身亡。等火彻底灭掉，人们找到尸体，他已经被烧得面目全非。

我对他的印象很模糊。只记得他那一头总是梳不顺溜的褐色头发，哦，还有，他左脸颊上有一个浅浅的酒窝。

在哭哭啼啼几个月之后，母亲领到了一大笔抚恤金，但半年后，她弟弟就把那笔抚恤金借走了九成，据说是拿去入股做一家夜店的合伙人。

后来夜店不知怎么没开成，钱呢，也不知去向。而她爸妈居然还支持儿子不必还钱了。

她跟父母和弟弟大吵一架，吵得伤筋动骨、赌咒发誓，然后带着我搬到另一个州去。

第十三个故事

H 的故事

从此，我就没有外公外婆家可去了。

她认为换一个地方就能甩掉坏运气，但事情当然没那么简单。租房，置办一点简单电器，买一辆二手车，积蓄很快用光了，她没找到医院里的工作，只能有一搭没一搭地做上门服务的按摩师。

我飞快地学会了做很多家务，但也阻拦不住家里那股往下滑的颓败之气。沙发上乱扔着她的胸罩内裤，我每天将高跟低跟的鞋子在鞋柜里摆整齐，她着急出门时一通扒拉，又弄得一团糟。我的晚饭总是外卖。她周末时会心血来潮，带我到超市买回一大堆莴苣、培根、蘑菇。但至多做一次饭，她就厌烦了。碗碟仍由我来洗，剩下的食物则堆在冰箱里等待过期。

后来她不知跟哪个新结交的姐妹学会了喝酒，然后是……抽大麻。

同时，她还不断地交各种男朋友，每次总有掀开生命崭新篇章的兴奋和慌乱，但每次总是被男人用各种借口甩掉。

洁迈玛是那种一辈子都沉浸在漫长青春期中的女人，喜欢鼓起腮帮子、睁圆了眼睛说话，看人的时候歪着头。生命中的东西来了又去，她是来也不知其所以然，去也不解何故。男人们会暂时被这种天真打动，但很快他们就忍不住开始犯浑了。

她就像是个活动的人渣吸附机——对不起，我不该这么评价自己的母亲，但她确实是。

晚上我在我的小房间画画、看书，常听到客厅有奇怪的声音。我偷看过一次，后来再遇到这种情况，就用枕头压住耳朵。

五年级的一个半夜，我忽然醒过来，看到门缝下沿有光，却没有声音。赤着脚走出来，见她正坐在厨房的瓷砖地上喝酒，一头金色长卷发

扑火

剪得乱七八糟，碎头发满身满地都是。我目光扫了扫，看到剪刀的尖端从她裙摆下面露出来，便走过去，把它拿起来。

就在我想悄悄离开的时候，她用醉酒的人那种神经质的态度，压低了声音喊道，喂，哈瑞！

我冷冷地看着她，干什么？

她若有所思地说，你说你爸爸会不会根本没死？你想想，那具尸首烧得只剩一条狗那么大，谁知道到底是不是他。也许他杀了一个人顶替他，抛下咱母子，不知去哪儿逍遥快活了。

我转身就走。她在后面叫道，儿子，你不陪妈妈喝一杯呀？

她没再留过长发。

我忘记在哪本书里读到的：如果一个母亲是人格化了的牺牲，那儿女便是无法赎补改变的罪。

我爱她，她也爱我，这没法否认，但我没法把她当"真的"母亲。

我羡慕那些有"真的"家庭的小孩，他们拥有催眠曲、睡前故事，母亲特制的香喷喷的纸杯蛋糕，父亲建造的树屋，以及全家到球场看球赛的周末，那些东西汇聚成一片粉红色的私人天空，笼罩在他们头顶，让他们随时散发出知道自己被宠爱着的自信气味。

我猜，我跟洁迈玛都在默默等待互相离散、结束折磨的那一天。

我上大学前一年，洁迈玛的新男友叫霍顿，是个重型货车司机。为

第十三个故事
H 的故事

了不遇到他，我晚上总会在外面练滑板练到很晚。

但某天我还是看到了最不想看到的画面：霍顿光着身子坐在客厅沙发上，玩我的笔记本电脑。

我问，洁迈玛呢？

在床上，她醉了。他嘻嘻笑着，显然也已经半醉。我可还没尽兴，哎，小子，你有没有兴趣跟我来下半场？我超棒的，你妈爱死我的技术了。

我难以置信地瞪着他。

他合上电脑，摇摇晃晃地站起来，在沙发后面捞起牛仔裤，单脚跳着往里蹬腿。顺便告诉你，我刚传了一段很有意思的体验到网上，才一小会儿就有上百点击量了……是关于你妈妈的。哈哈哈哈。

等他走了，我气急败坏地打开电脑，查询浏览历史。一看到霍顿上传的体验标题，我只觉得浑身血液冲到头顶，又全部落下来。

那标题是"干一个胸和大腿还不错的，喝醉酒的单身母亲"。

已经有308个男人（或女人）播放过这段体验，虚拟地把我妈干了308遍。

我拨通网站的联系电话，找到管理员，表示这段体验是在非自愿状况下录制的，无论如何要撤下来。那边的人说不可以，他们不愿损失点击量。

我说，你们积攒点击量无非是要拉广告赚钱，我也可以给钱，把这段体验买断了，怎么样？

那边的人低声商量了一阵，笑道，那倒可以。

他说了个数字。

那根本不是我能承担得起的，家里全部家当都拿出去卖了也值不上那么多钱。但我说，好，请你们先把那段体验冻结三天。

扑火

我登上地下黑市的网站，火速寻找高价体验订单。能让我赚够那笔钱的订单很多，但大部分都超越了我的能力和忍受范围。而在"合作"区域，录制者们寻找的合作者也都条件颇高，例如"有五年以上冲浪经验""身高七英尺左右，职业或半职业橄榄球员"……

就在快放弃希望的时候，我发现了一个条件极简单的录制者，对合作者提出的要求是"二十岁以下，金发男孩"。

他的 ID 叫"约拿单"。

——约拿单是《圣经》里扫罗王的儿子，大卫王的密友。

我立即拨通约拿单留下的号码。他告诉我，他接了一个多人性爱的订单，已经找齐了三个金发女孩和两个金发男孩，只差最后一人。

我自拍一张传给他，听到他在电话那边吹了声口哨。第二天，我没去上课，去了他给我的一个市郊地址。那是个废弃的洗车场，约拿单已经准备了好几个旧床垫，堆叠在一起，看上去倒很像装置艺术。

一共七个人，四人需要戴录制器，又动用了塑胶阳具、口枷、手铐、眼罩、绳裤……一大堆繁复道具和程序，其中还有一系列杂技似的动作。失败了三回，到第四回才算成功录完，所有人都累得气喘吁吁，倒在床垫上动弹不得。

约拿单真是个妙人，他第一个爬起来问，没人受伤吧？我带了超好的创伤药，管治！

我苦笑道，自尊心受伤管不管治？

所有人都笑出声来。

第三天分钱的时候，约拿单给我的钱比我预期的少了五分之一。虽然差得不算太多，但我没时间再补上这个缺口了。

第十三个故事
H 的故事

他也很不好意思,把网站转账单据都发给我看。嗐,那个客户反悔了,说是录制的效果不如预期,得扣掉一些酬金,他非要耍赖,我也没办法。七个人里,分给你的已经是最多的了。

他说,你若是急用钱,我那份你也先拿去。

又说,喂,有什么难处不如说出来,看我能不能帮得上?……

就这样,我靠一次屈辱的体验录制赚到的钱,把洁迈玛的屈辱体验买了回来。

这件事从头到尾她都不知道,我也并不打算让她知道。约拿单替我花钱雇了两个人,把霍顿揍了一顿,让他很长时间都没法再炫耀自己的"技术"。洁迈玛始终蒙在鼓里,她不明白为什么霍顿换了手机号,也不再来找她,以为自己再一次无缘无故被抛弃了,为此伤心酗酒了一个多星期。

那之后我就从家里搬了出去。

为了还约拿单的钱,我又跟他合作了几次。我暂时没找到房子的时候,睡了一个月他房间的沙发。

后来我第一次自杀,也是他把我送到医院的。

我搬出去住这件事,洁迈玛装作并不在意,也不阻拦,还帮我收拾行李,其实我知道她很伤心。她有一回在学校门外等我下课,给我送来一盒她烤的蛋糕。坦白说,烤得不怎么样,蛋白打发得太潦草。约拿单咬一口就怪叫起来,但我还是都吃光了。

半年后我考上了本地大学的商学院,这让洁迈玛高兴坏了。说实话我更希望考一个美术学校,但洁迈玛中意商学院,她特别喜欢想象儿子穿着定制西装，在证券公司跟客户聊天，嘴里吐出一串串金融界专用词汇的画面。

她特地买了一条新裙子，到美发店做了头发，很认真地化妆开车送我去大学宿舍。

那一路上，我是很爱她的。我们扭开电台听歌，还一起唱了《我被锁在天堂门外》和《黄色潜水艇》。把我和行李箱安置好之后，她说，哈瑞，下月六号是你爸爸忌日，你回家来吃饭，好不好？

下月六号，我记得牢牢的。那天下午回到家，发现门敲不开，我从门口花盆下抠出门钥匙开了门。家里乱得像遭过贼，卫生间洗手盆里有男人的胡楂儿，从胡子的颜色和硬度来看，是个大块头汉子。

我打她的手机，拨了好几次终于拨通，那边有很吵的音乐背景声，她说，什么？我听不清。啊，哈瑞，我跟史蒂夫在酒吧。你在学校？什么？今天就是6号？啊，宝贝，太对不起了……

我说了声没事就挂了电话。翻翻冰箱，把过期的酸奶和盒装沙拉扔掉，找出所有还能吃的东西，冻肉、胡萝卜、青椒、土豆、蘑菇、一袋意大利面，做了凉拌蔬菜、烤肉排和黑椒酱汁意大利面。面分了三份。我把自己那一份认真浇上酱，一口一口吃掉，把碟子洗干净，剩下两份面留在餐桌上，关灯，锁门，钥匙放回花盆底下，坐地铁回学校去。

大学第二个学期快结束的时候，约拿单说，有一个很肥的订单，要求两个人一起到马洛卡岛洞穴潜水，是个母亲给双胞胎儿子订购的生日礼物，来回大概两周时间。我有深水执照，你可以现考一个。想不想去？

我说，下周是我们学院的考试周。

约拿单显出古怪的笑，说真的，你将来真想进证券公司？我一直以

第十三个故事

H 的故事

为你的志向就是当个录制者。

他说,你不会甘心尝那些乏味的、别人尝惯的东西。你其实是个天生的录制者。得啦,我都在这儿等你这么久了,你就别假装自己是个正常人了。

如果约拿单看过我的体验阅读记录,他大概就不会这么说。

在各个体验网站,总有一个阑尾似的条目叫"家庭生活",点击量寥寥,通常是十几岁的中学生随便录了,挂上来攒积分的。那些正是我渴求的珍宝。"陪祖母去教堂望弥撒""全家一起吃复活节大餐""拆生日礼物"……我把每个网站家庭版的体验都下载下来,一遍一遍活在别人家的笑声和火鸡香气里。

后来我也开始下单订购,"分类:家庭生活。内容:周末郊游或度假。要求:母亲与父亲均在三十五岁到四十岁之间;母亲金色长发,父亲褐色短发;左脸颊有酒窝;郊游地点不限,湖边、林区、国家公园皆可"。

接我订单的录制者都是些半大男孩,他们会提前给我打电话:我爸爸没有酒窝,不过我妈确实是金发,我还有个弟弟,这样行不行?……我爹虽然是褐发,但是没有酒窝,我家出门郊游还会带着祖母和狗,成交吗?

符合要求的母亲很多。左颊有酒窝的父亲太难找了。

所以我总会说,不要紧,好吧,成交。

——如果父亲一直活着,那我肯定会有个弟弟。也许还会有两个,三个。洁迈玛喜欢男孩,她喜欢被异性围绕着。

扑火

一切宛如天意，就在我复习备考的时候，网上有那么个男孩给我传来一张照片，天哪，他的母亲和父亲简直就是按我的要求定制出来的，那男人连左边脸颊上酒窝的位置，都跟我死去的父亲一模一样。

他人很精灵，说，价格得随着市场浮动，你给那么低的价格可不行。

他叫出的价比原价翻了十倍。

我被弄得啼笑皆非：你要那么多钱干什么？

他倒很坦白：我看中了一套超贵的"亚洲女子性爱体验合辑"，兄弟，那真是难得的好货色啊！

利用别人的欲望，满足自己的欲望，世界还不就是这么回事嘛。

没办法，录简单普通的体验挣不到那么多钱。我对约拿单说，走吧，咱们去马洛卡。

我付钱。我将数据输入阅读器。我在床上躺下来——不，是在春风漫卷、春草鲜嫩的山坡上躺下来，在巨大如伞盖的樟树下躺下来。

那儿有我买来的母亲和父亲。

温柔姣好、金发垂下来在肩头打着卷的母亲，身穿特地为周末郊游缝制的碎花连衣裙，平底玛丽珍鞋，美得像广告招贴画儿里的模特。高大爱笑的父亲左脸颊上有个酒窝，他提着野餐篮，篮子里有保温茶壶、母亲前一晚做好的沙拉、带无籽葡萄干和杏仁的蛋糕。

那个我从未见过面的儿子，那些我永远没法变成的儿子，我就是他，是他们。我投入金发母亲的怀抱，食指绞起一绺金发，绕在第一个指节上，再松开。父亲脱掉上衣，打开工具箱，光着膀子修车，母亲让我把保温壶给他提过去。阳光落在鼻尖和肩膀上，晒得发辣。健硕的、活生

第十三个故事
H 的故事

生的父亲皱眉对着打开的汽车前盖,嘴里骂骂咧咧,我一步一步走过去,走过去,走过去,走过去,"爸爸,你喝口水,让我试试"。

阳光真耀眼啊。回头看一眼母亲,她斜坐在树下读畅销小说,嘴唇轻轻动着,读出书里的句子,一只光脚压在臀部下面,另一只脚蜷曲在侧边,脚趾上涂着莓红色指甲油,树叶里漏下的光斑,在她的手臂和小腿上跳动……

我办了退学手续,跟约拿单一起做了职业录制者。

直到现在,我还要说我为这个职业自豪。录制者们都认为:我们是这颗星球上最了不起的那群。我们享受第一手的乐趣,人们花钱买回的其实是二手货,是我们品尝生活的余沥。

就像门萨俱乐部的成员,加入俱乐部的唯一好处,就是在心理上感受自己置身于人类金字塔的塔顶。

每个录制者都有自己拿手的领域。有人擅长"旅行",有人擅长"烹饪",有人擅长"运动",有人擅长"性爱",约拿单擅长"组织",他喜欢接组合订单。我则花了两年时间,成为一名客源稳定的极限运动体验录制者。

购买者需要的是那一刻的快感,如果录制者在过程中心里充满恐惧,那是要被退货的。我提供的感受全是兴奋的、镇定的、欣快的,是第一流的体验。约拿单说得没错,我天生该做这行。

我出门,去拳击馆,去赛车场,去搭飞机,去登山,去潜水,去沙漠和丛林中。无论到哪儿,我都把播放器别在耳朵上,那里面有几十个金发母亲和一个左脸颊有酒窝的父亲,陪我到世上所有地方。

扑火

我替别人生活。别人替我生活。每个人都获得他想要的。这世界难道不是很圆满吗？

洁迈玛对我的职业选择反应相当大。她知道这事的时候，我已经退学三个月了。她给我打电话，拨通之后，还没说话就哭了出来。

我只能听她哭，听她哽咽着说她多么盼望我有一份稳定的工作，而不是像她这样……一切本来多美好，多顺理成章，你会拿到商学院的硕士学位，成为有身份有地位的人，过体面的生活，天哪，你为什么把我最后一点生活的希望都毁了……

那声音大得从听筒里溅出来，像疯狂的号角在吹奏。约拿单站在房间门口，咧一咧嘴，做了个诧异恐怖的表情。

我没有挂断，只把手机仰天放在沙发上，轻手轻脚地出门去。

几天后的下午我和约拿单开车回来，看到洁迈玛坐在我们合租的公寓楼下，双手抱着膝盖。我呻吟了一声。约拿单说，不要这样，你得跟她好好谈。

我拖着脚步朝她走过去。她紧紧盯住我，并不理睬跟她打招呼的约拿单。哈瑞，我问过学校了，如果你现在回去，学校愿意保留学分和第一学期的考试成绩。

我尽力耐心地跟她解释：我不会回学校去了，这就是我的选择。我喜欢做录制者，我认为我能做出成就来，就算做不出成就，也足可以养活自己。我已经十九岁了，希望你尊重我的决定。

约拿单帮腔说，不用担心，我可以保证录制者这活儿没什么危险，挣到的钱一点也不会比上班少，我干了快十年啦。

第十三个故事

H 的故事

她转头瞪视约拿单，忽然一巴掌打在他脸上：我儿子本来好好的……

事情就这么彻底闹僵了。

每个人在人生中都有拿手的领域，洁迈玛擅长半途而废，擅长心不在焉，擅长昏头昏脑，擅长把一切变得稀里糊涂，令人厌倦。

有时想到自己永远无法靠近深爱的人，真让人又哀伤又愤怒。

我换了手机号码，跟约拿单到德国去参加一个国际录制技术展，之后从因斯布鲁克、苏黎世、伯尔尼、日内瓦一路晃荡下去，有时住旅馆，有时睡在租来的车子里。路费花光了，就上网找几个订单赚点钱，"在圣莫里茨城坐马拉雪橇""在莱蒙湖裸泳"……约拿单还组织录制了一次马球比赛，结果他把脚踝扭伤了，我们不得不在那个小城多待了半个月。

大半年之后，洁迈玛再婚了，跟一位带着十六岁女儿的律师。当时我在墨西哥的索诺兰沙漠，留在家中的约拿单打电话告诉我收到了一张请柬，还有一封长信。

他问，信我给你念念？

我正躺在野营帐篷外的火堆边，仰望星空，用手指给仙王座和仙后座连线。信？不必了。

约拿单又说，你至少要给她打个电话，这是迟早的事，早点比迟点好。讲点好听的，告诉她你回去之后会去新家看她——就算不去也得这么说。

他的话我总会听，于是我拨了洁迈玛的号码，草草说了几句祝福的话。她的态度冷淡平静，这倒让我有点惊喜。她问要不要跟你继父和妹妹打个招呼，我说不用了，请转达我的祝福，回去之后我会去新家看你。

挂断电话，我打开播放器，春风骀荡，父亲站在我旁边，中年男人的汗味热烘烘地飘过来，母亲在樟树下读小说。树下有属于我的一角蛋糕，和永远热气腾腾的红茶。

夏天，我到阿尔卑斯山录一段滑翔翼体验，在涡流区遇到强烈扰动气流，单边折翼，附伞虽然最后抛了出来，可惜不够及时，落地时摔断了腿。十九个小时之后救援人员找到了我，用直升机把我送到医院。

我被接回公寓。虽然我极力反对，约拿单还是退掉了手头所有订单，留在家里陪我。

他问，你不打算告诉洁迈玛？

我说，当然不能，她恨透了这工作，要是看到我摔断腿，岂不要得意死了？

堪可算作补偿的是，我的坠落体验客户居然也收了货，说是成功的体验有意思，失败的体验更有意思。

回来的第五天，我躺在沙发上看球赛。网上有在球场看球的体验直播，但我总是喜欢看老式的电视转播。

听到门开的声音，我高声说，已经四比一了，帮我到冰箱拿瓶啤酒过来，谢谢。

进来的是洁迈玛，约拿单站在她身后。我噌地坐直身体，狠狠瞪他一眼。

他躲开我的目光，搓搓手说，我去泡茶。然后就溜到厨房去。

洁迈玛在单人沙发上慢慢坐下。我一年没见过她了。她憔悴得真厉害，脸颊的肉垂下去，在嘴角两边压出两条纹路，头顶的头发竟然开始

第十三个故事
H 的故事

稀疏了。

她看了看那条石膏腿，问，还疼吗？

我把频道从球赛换到电影台，说，不怎么疼，只是不能动。

你的室友也很忙吧？你可以回我那儿去，我来照顾你。

我说，你不是跟我继父和妹妹住在一起吗？

她沉默了几秒钟，说，我跟他分居了，正在办离婚手续，我又租了一处房子自己住。

我不知道该说什么。电影台在放一个新西兰的纪录片，天空非常蓝，云朵挤来挤去。我指一指电视屏幕，干巴巴地说，我去过这里，非常美，如果有机会你也该去玩玩，散散心。

她又答非所问地说，哈瑞，我参加了戒酒小组……

这时约拿单从厨房走进来，装作刚刚想起的样子，哎，哈瑞，明天是你生日，你不想请洁迈玛来吃饭？

洁迈玛有点怔怔的，嘴巴张开，显然她不记得我的生日了。

我看着她的脸，又回头朝约拿单笑一笑，你要我请的人连我生日都不记得，那还是不要请了吧。

为什么人会爱一个人爱到愿意献出生命，却又希望从此不再会面？

她又一次闭着眼睛，往人生之河里扎了个猛子，狼狈不堪地呛咳不止，挣扎着要回岸上去。仅仅是想到她所代表的那种浑浊、黯淡的颜色，我的心就退缩了。就像人在泥潭边缩回脚来。

两个月之后，我的腿拆了石膏。作为庆祝，我和约拿单计划了一次没有录制任务的滑雪旅行。

我们住在山下小村庄里的木屋旅馆，那儿聚集着来自世界各地的旅行者和录制者。晚上，约拿单去附近酒馆喝酒了。我躺在床上翻网页，检查邮箱，发现一封匿名邮件，里面有一段没名字的体验数据。

我将数据传进播放器，揿下阅读键。

画面开始有些模糊，物体的边缘线条扭曲着，像是一个人眼里有泪时看出去的样子。

哈瑞……

那是洁迈玛的声音。

我被一阵恐惧的眩晕攫住了。我正在母亲的脑子里。我跟她在一起，融为一体，就像我生命最初十个月时那样。心脏狂跳，胃绞在一起，呼吸艰难，分不清那到底是我自己脏器里的感觉，还是她的痛楚映射到了我身上。

她正对着盥洗室里的镜子说话。我透过她的眼睛看到镜子里惨白的脸。她把头发梳得整整齐齐，戴上了蓝绸缎新发夹，嘴唇上涂了红唇膏，但只衬得面庞更加死气森森。

哈瑞，当你看到这段纪录的时候，你已经是个孤儿了。

对不起，对不起，对不起。这是我做的最后一件糟糕的事。

我知道我是个不称职的母亲。家务总是你在做，我只会把屋子弄乱，我没给你办过生日派对。我没教你骑自行车。我缺席了你的每一次滑板比赛。你从来不敢把同学请到家里来吃饭。我总是胡乱交往男人——我

第十三个故事

H 的故事

知道因为这个你一直很看不起我。我还打过你的朋友……

（我第一次真切领略到，她想到儿子时那忐忑不安的、痛苦的柔情。）

哈瑞，回大学去，把书念完，我喜欢你念商学院，可我知道你更喜欢美术，那么就去读美术学院。

（她眼前出现我小时候画的蜡笔画、水彩画，还有在卧室墙上的铅笔涂鸦。她竟然记得这些东西。）

（我胸口窒闷，四肢绵软，头疼欲裂，舌头上满是苦味。那是洁迈玛的濒死体验。）

不要再做那见鬼的录制者，算我求你。太危险，而且不算是份职业，我死也放不下心。你得找一份正常的工作，找个脾气好的姑娘，结婚，生个男孩，再生个女孩。等你到四五十岁，就明白那样做的好处了。

（很多面目不清的少女，像蒙太奇一样一闪而过，那大概就是她理想中的儿媳。然后是想象中的结婚典礼。金发婴儿……有喘息咳嗽的声音，她快撑不住了。）

我一生的渴望就是你能成为我的升华。我想，如果没有我，你一定会轻松很多。这世界也会轻松很多。

哈瑞，感谢你一直容忍我。现在我也容忍不了自己了。我不想让自己的糟糕事迹单子再加长了。这可笑的一生该结束了。

（那声音越来越不连贯。越来越微弱。）

（绝望，跟死一样的绝望，身体像浸泡在雪水中。）

最后，她脑中出现一副老电影似的画面。春风轻柔，她和我父亲坐在树下。父亲手执小刀削苹果，长长的苹果皮落在他腿上，不断抖动。她脚边躺着一个熟睡的、两三岁模样的男孩。树叶缝隙里漏下的光斑，在他身上跳跃。

（原来那不是幻想。原来我真有过这样一个下午。）

她倒在地上，伸开四肢，瓷砖地又冷又硬，像是她一生遭受过的冷遇和不可越的壁垒。

她怀着一个小女孩在夜路上走着，知道马上就要到家的心情，度过了人生最后半分钟。

画面黯淡，消失，变成一块黑白斑点闪烁的，坏掉的电视屏幕。

哈瑞，哈瑞，哈瑞，哈瑞，我的宝贝。

直到彻底黑下去。大幕合拢。

这就是死亡。

那之后的几个小时，我的记忆都不太确切了。我只记得我拼命嘶喊，疯狂地在山谷里奔跑。我就像进入了一片白茫茫的雾，除了自己的叫喊，什么也听不见。约拿单和另外几个人追上我，把我按倒在地。

第二天，我装出恢复平静的样子，其实心里只有一个念头。

趁约拿单暂时离开，我冲进盥洗室，反锁门，摔碎一只玻璃杯，用碎片割断脉搏……

洁迈玛很好地发挥了体验共享的优势。她用最后的力量叩着我的心扉，想要敲开某种东西。然而她开启的是死的边界。日日夜夜，我再也没法驱走她的声音。她的痛苦和绝望像种子一样在我脑袋里生了根，盘踞在血肉之中，给我的心打上了永久的封条。

从那天起，我踏上了漫长的寻求自杀的旅程。

第十三个故事
H 的故事

扑火

H用了一整天，把这个故事写在沙上。他有时写得飞快，但大多数时候写得缓慢，仿佛不胜回忆的重荷。当最后一行字的光芒熄灭，天色已经从暗到明，又从明到暗，循环过一次。

　　令他意外的是，里瑟先生的眼睛里没有一点诧异。

　　他端视它良久，问道，这些事……你早就知道？

　　它的声音异常稳定：你应该记得，我曾说我做过提供自杀协助的工作。

　　H起初不明白，但他立即明白过来。他的面色变得灰白一片，连手指尖都颤抖了。

　　洁迈玛。他的嘴唇无声开合，说出逝者的名字。

　　里瑟先生点点头：是的，我就是她的协助者。我是她死前见到的最后一个人。遵照她的愿望给你邮寄那段体验记录的，也是我。

　　有一整个海洋那么多的语言涌到他破碎的喉咙口，眼泪像潮汐一样涨起。在失语数月之后，他第一次试图调动肌肉叫喊，却只发出一阵咝咝声。最后他被泪水呛住了，连声音都发不出来。

　　它说，她不该那样做，她确实脑筋糊涂，她不明白她的死是个狭隘自私的选择。

　　他连否认这句话的力气都没有，只能痉挛一样小幅度地摇头，并不断提起手背擦拭眼睛下面，没一会儿，两只手都水淋淋的。

　　它耐心等着。他翻起眼睛看它。它看出那句埋在泪膜下面的话：我是像宠物和盆栽一样，由死者托付给你的遗物吗？

　　它再次点头：是的，这就是为什么我会到医院里来，照管你这个生命力比机械人还弱的自然人。"故事就是这样。不过，故事还没结束。"

他张大口吸气,眼泪在嗓子里发出咕咕的响声。

它知道他还要问:她临死前说了什么?

它说,我不会告诉你。我也不会告诉你我怎么帮她杀掉了自己。没有意义。

过了很久很久,他在沙上写道,何必一定要将苦酒饮到最后一滴?

它默然半晌,说,你们人类所拥有的力量,不过是耐性混合时间。所有活着的人,也只是闭着嘴,关上心扉,心中带着死念,涉泥淖,穿丛莽,不断往前走。

H没有答话。

它继续说道,火焰完全可以在灰烬之上燃烧,在我的死期到来之前,我将守住对你母亲的诺言,继续照管你,等待你自己把火焰点燃。

它又说,我也没有料到,这会令我感到自己的机械生命有了重要意义。"单独一个人可能灭亡的地方,两个人在一起可以得救。"因此,你也是拯救我的人。

他们在黑夜的海边坐着。他把头颅靠在它的合金肩膀之上,让它用没有温度的五指握住他的手。

那只手慢慢被人类的体温染热了。

夜空中忽然出现一颗巨大彗星,从西面天边横划过来,拖着长长的彗尾,散发出白亮的璀璨艳光,犹如梦幻中的图景。在那一刻,岛屿、波浪、夜云和两个人影都被照得清清楚楚,令这虚幻的、不存在的海有了出奇真实的质感。他抚摸着旷废的咽喉,长久以来第一次想要诉说,诉说那些漫长无望的日子,那来不及挽回的舛误,以及不被承认的深情。

陶丈夫

吻癮者

猜书人

梦城

收集患者头发的医生

乐队主唱在世界末日

盗贼合作者 / 诗与其他魔法

魔王与男孩

海滩鉴赏家

魔术师的女儿

里瑟先生的故事

H 的故事

后记

对我来说，写完的小说就是前男友。希望他过得好，受欢迎，但不会主动联络。这里的小说五年间我没重读过。这次为了再版，打开旧文稿逐字逐句校订的过程，就像被迫跟五年不见的前男友见面，坐下来聊了次漫长的天。

聊着聊着，惊奇地发现，爱意又回来了。

长夜晤对，我仍然觉得他美。他轻声给我讲，那些我忘了的东西——我曾热爱的音乐，曾痴迷的自然景观，我从生活中汲取的，我那时的爱憎、幻想、痛苦、失望、疑惑、决心……他始终替我保管着。

那时我不太爱世界，总想在空中刨一个洞，钻进去度日。字和句子，就是我的鹤嘴锄、铁锹。有的洞弯弯曲曲，跳进去，东一拐西一跌，有坐螺旋滑梯的乐趣。有的洞像一个城市那么大，彩笔画了星空、河流、街道。有的洞里摆着剧院舞台，可以坐下来，等音乐响起，幕布拉开。

里面的人物各有不同的剧本台词，不过有一项共性，是我这个"女娲"给他们按的大拇指指纹，那就是"扑火"。他们是一群不惮投身火焰的人。

至于火是什么，我想，读完书的人会有自己的理解。

而我跟"前男友"的会面即将结束。他仍有孩子气，有时缺点章法，但双眼晶莹，热情真诚。定居在时间的琥珀里，他不会再变，不会变老或变成熟——人是活在爱过的人事物上面，灵魂用红嘴唇儿给它们一吻，带纹理的印子就留在那儿了——我的一部分也跟着一起固定下来，在《扑火》之中。

感谢为这本书提供帮助的编辑和朋友们。还有巨大的爱意，给喜欢我小说的读者，你们的鼓励是我继续写下去的燃料，也是这本小说得以再版的因由。在这不寻常的 2020 年，愿你们多喜乐，长安宁。

天翼谨白

2020 年春